U0939177

走向文明诗学

张大为 著

天津社会科学院出版社

图书在版编目（CIP）数据

走向文明诗学 / 张大为著. -- 天津 : 天津社会科学院出版社，2018.6（2021.5重印）
ISBN 978-7-5563-0476-9

Ⅰ. ①走… Ⅱ. ①张… Ⅲ. ①诗学－中国－文集 Ⅳ. ①I207.2-53

中国版本图书馆CIP数据核字(2018)第124192号

走向文明诗学
Zouxiang wenming shixue

出版发行：天津社会科学院出版社
出 版 人：张博
地　　址：天津市南开区迎水道7号
邮　　编：300191
电话/传真：（022）23360165（总编室）
（022）23075303（发行科）
网　　址：www.tass-tj.org.cn
印　　刷：永清县晔盛亚胶印有限公司

开　　本：710×1000毫米　1/16
印　　张：17
字　　数：263千字
版　　次：2018 年 6 月第 1 版　2021 年 5 月第 2 次印刷
定　　价：68.00元

目　录

东方心智与中国古典文明—政制秩序

作为一个严肃的政治哲学问题，从政治心智角度，来探究一种文明传统及其政治社会建制，其前提需要基于这样一种认知：很少有纯粹的思想观念力量，或者偶在的个体信仰的心灵力量，会以"直义"的方式，也就是以它自己所凝聚、设定的义理所指或指向，直接作用于（甚至直接转换为）文明秩序和政制现实——不管这种义理是"显白"的还是"隐微"的，是"大义"还是"微言"。在这方面，不仅自由主义实证性的政法思维不明白，以施特劳斯式的政治哲学来比照中国古典文明—政治心智，也并不贴切。这也就是说，至少在某种传统当中，并不太信赖和依仗纯粹思想、语言及个体心灵力量自身的"内部"秩序：在这样的传统当中，义理、语义和心灵的"内部"秩序，都要经过心灵秩序之外的"外部"现实秩序的"曲折"和建构，或者不如说只有经历"外部"的运作机制与中介程序，才能成为一种现实力量。这一过程，如果是出自于心灵的主动作为或营构，或许就是文明—政治心智学层面的考察内容。但无论如何，任何心智秩序的实体化幻觉，或在它与文明秩序、政制实体之间，设想存在某种简单的内在符契、相互符合的隐喻或象征性关系，都是致命的错误，尽管它或许也是某种永恒的人性诱惑——对于以思想观念作为日常工作领域的知识人来说可能尤其如此。

一、理解传统的西方心智与“学者”信仰

近世以来，在诠解和阐述中国传统时，每每有人把诸如康德这样最典型的西方传统孕育出来的哲学家，当作理解和会通中国传统的中介甚至根据，并且还有一套不可理喻的理由，比如牟宗三就认为：“……西方哲学与东方哲学之相会通，只有通过康德的这一个间架才可能，其他都是不相干的。”[①]执此类看法者当然远不止牟宗三一人。对于这样的核心性的思想资源和学理根据的抉择，与其说反映了人们对于西方传统的理解程度，倒不如说更深层地反映了几代人家族相似的知识结构、心智结构，反映了关于中国传统的认知核心。它是不是可以说明，我们的思维和思想方式，我们的文明心智，已经以我们没有意识到的方式和程度西方化、康德化了？与康德这类哲学家不同的是，施特劳斯学问的主旨，并不是标举一种“理论”“范式”“主义”或“方法论”，而是主张像一个哲学家理解他自己一样来理解古代哲人，并依此重新审理西方文明的大传统，重新发现被进化论和历史主义矮化了的古典政治哲人的大智慧。此外，并非不重要的，与东方和中国文明的深层交流似乎是施特劳斯本人和施特劳斯学派的真诚愿望[②]。那么，遵循施特劳斯式的学问路径，是否将会把我们带入一种完全不同的对于中国古典传统的理解、领会的机缘、方式和路径呢？

这种对待传统以及自身传统之外的传统的态度，倒是很符合施特劳斯对于自己作为“学者”的定位：施特劳斯认为自己并非哲人，而是学者，但他似乎认为康德也只是学者[③]。要回答前面的问题，首先需要弄清楚的一个问题就是：这个“学者”称谓，仅仅是一种谦逊的对于自身思想品级的权衡，还是同时也代表了

①牟宗三：《中西哲学之会通十四讲》，上海古籍出版社1997年版，第217页。

②施特劳斯：《海德格尔式存在主义导言》，见《古典政治理性主义的重生——施特劳斯思想入门》，郭振华等译，叶然校，华夏出版社2011年版，第90页；《何为自由教育？》，见《古今自由主义》，马志娟译，江苏人民出版社2012年版，第5~6页。

③刘小枫：《施特劳斯的路标》，华夏出版社2011年版，第257页。

一种操持哲思、理解和面对世界的心智方式？施特劳斯没有正面解释什么是“学者”和学者的心智方式，但他反复陈述了一种哲人心智：苏格拉底、柏拉图这样的大哲，窥见了哲学理性的无限伸张终将导致虚无，因此采用了一种“显白教诲”与“隐微教诲”分而用之的方式——前者作为有意为之的假话面对公众，而后者属于面向少数以哲人与哲人生活为榜样的哲学学习者的秘传真理……对此，我们可以做一个简单的反问：假定诚如施特劳斯所言，启蒙理性把本不应该公之于世的“真理”魔鬼给释放了出来，以致天下大乱，那么靠着“显白”与“隐微”之间的理性语义曲折，还可能把它收回到哲人之“隐秘的精神统治”的宝瓶当中吗？如果不可能，那今天反复申述这样一个“理性”命题、“哲学”命题的意义何在？这样的提问方式，或许没有看上去那么幼稚，因为它涉及施特劳斯式的“学者”心智的关键问题。

施特劳斯没有应对和回答这样的问题，而是引入哲学与律法的冲突，并将之看作西方文明的动力来源。或许有人会说，施特劳斯是哲学立场，但哲学立场也可以有两种：哲人的哲学立场和“学者”的哲学立场。前者直接作哲学立场的思考，而后者，或许可以认为是对哲学立场的某种“信仰”。我们可以认为确实有一种“柏拉图式政治哲学”的东西，但如果“柏拉图式政治哲学”是哲人的道德、哲学的政治的话，那么施特劳斯便是将这种“道德”和“政治”加以“学者”化：将那种“道德”和“政治”的实践的直接性，变成一种“学者”化的“教条”、一种“学术”化的“理性”的自在秩序。苏格拉底和柏拉图设想过这种“教条”化、“学者”化的哲人、哲学之“道德”与“政治”吗？它确实需要或应该如此吗？它经过“学者”化和“教条”化，还能够称之为“道德”和“政治”吗？施特劳斯所做的，是不是对于圣哲心智的一种康德式、学者化的“启蒙”？施特劳斯是不是一个向内收缩的、二次开方的康德式“学者”？这也就是说，是否具有或者一定需要一种独立、自在的“哲学”精神、“哲学”领地、“哲学”理性？这一点，施特劳斯没有说——这是说，他没有从“理性”和“哲学”上论证这一点，但他或许“信仰”这一点。

施特劳斯自认为自己是“学者”，在这里倒也是一种精确的自知之明。这也就是说，在施特劳斯的心目中，仍然存在着一个挥之不去的“理性”标准的结石：

“所有实践生活或曰政治生活本质上低于沉思生活”[①]。这种“理性”与康德式的启蒙理性之间的距离，在另一个传统的眼光看来，并没有施特劳斯自己认为的那么遥远。由这样的“理性”所发现的自然性（自然德性、自然正当等），或许是施特劳斯的哲学出发点。但作为施特劳斯的政治哲学起点的“自然德性”“自然正当”之类，即便在西方传统当中，或许也只有在“学者”心智面前，才是某种“坚固”和究极性的东西：所谓“自然德性”，根本上说是以某种方式符合于古典哲学理性所发现与建构的“自然”标准的德性。在苏格拉底、柏拉图和尼采这样的大哲看来，在他们的“哲学实践”面前，道德是世界终极虚无的症候。但施特劳斯却相信某种道德和政治生活建构的温良、中庸的“理性”秩序，问题不在这种理性秩序是否在实践上可能，而在于施特劳斯认为这种秩序首先是哲学本身、或者哲学式的自然理性本身的某种“秩序”的系统后果。施特劳斯在现代思想条件下，以一种无论如何属于“拟人化”的方式，不得不将哲学本身的“道德”和“政治”系统化、实质化，但这终究是系统化了某种虚无性，或者只是某种虚妄的系统性与实质性。

事实上，即便是施特劳斯意义上的“学者”，也不是一种没有任何先在立场“信仰”的认知白板和诠释机器，他至少“信仰”某种自在的理性组织、思想秩序，以及相应的符号与语言秩序。盲目迷信“学者”立场的超越性，最多只能是某一类型的学者“信仰”。从“学者”心智的角度，引入精神冲突的视野，其实是对哲学的理性立场的钝化，而属于对生活世界的完整性的维护：因为这恰恰是走向了精神冲突的另一极的蜕变和衰败形式，即一种对于“理性”本身的含混信仰，或者更准确地说，是对于一种独立和自持于完整的生活世界之外的思想和语言的“理性”组织、秩序的信仰。理性和信仰，这一对似乎是非常严格的对立范畴，或许只有在生存性的功能之维上，才是一组可以对等的二项选择，在其余的维度和层次上，它们很容易相互裹挟、搅绕在一起，将人带入迷离恍惚之境。一般来说，信仰似乎要比哲学理性隐蔽和复杂得多，而它的颓败和衰变形态，往往比起“正信”可能来得更加顽固。施特劳斯所说的一切，终究是“学者”心智层次的可

①施特劳斯：《显白的教诲》，见《古典政治理性主义的重生——施特劳斯思想入门》，郭振华等译，叶然校，华夏出版社 2011 年版，第 118 页。

道之道，而非“常道”，而这背后的关键所在，并非是“显白”“隐微”之间的问题，却是凸显了一种无处安放的对于“哲学”和哲学“理性”本身的信赖或信仰：喋喋不休的“隐微教诲”还是“隐微”教诲吗？它真的只是一种中立的、“学者”化的开启古典哲人智慧的锁钥吗？依此方式，开启这样的智慧传统之后又将如何？又当如何？

苏格拉底和柏拉图肯定没有想过要将这样的“哲学的政治”或“道德”加以系统化、“学者”化。苏格拉底和柏拉图的修辞方式和文体形式，正是为了避免将一种心智或心灵图景固定化一种自在的秩序和被观照的客体表象的存在：在这种情况下，即便是孔子和柏拉图这样的圣哲，他们的思想也仿佛就是为了作为被批判的靶子、充满缺陷的“理性”客体来存在的。政治思维就其作为政治思维而言，它必然是历史情境当中的思维，脱离这种情境的具体性，再伟大的政治思想也是充满缺陷和歧义的；但另一方面，像孔子和柏拉图这样伟大的圣哲和政治哲人，他们的思想与政制秩序之间的关系，并非是思想和理性本身的延伸，并非是由思想和理性能够决定的“理性”秩序本身，更非思想和理性本身的“政治”或“政制”。施特劳斯本人将“政治哲学”首先建立在哲学的“政治性”存在的问题性当中，应该说体现了对于这种政治心智的具体性的努力捕捉。但他自身的西方哲学传统、“理性”传统，将这一切再次“哲学”化、体制化、秩序化为一种“教条”。当然，这其间体现的根本问题等于：我们是否一定要“信仰”哲学理性、直至让哲学理性成为遮蔽、击穿、穿透我们的生存的自在秩序和“神学”体系？我们是否一定要让哲学理性无限膨胀，走到导致终极虚无的地步？或者说，只有如此，才是哲学精神和哲学理性吗？世上就没有别的“哲学”之路吗？抑或就只有“信仰”之途？世上难道就没有别的生存之道吗？

对于这样的问题，施特劳斯只是以其对于“学者”心智的伸张或护持，谦卑但又充满歧义地进行了某种回应。但在西方传统之外，在东方和中国传统当中，“自然德性”“自然正当”之类没有那么高的地位，即便不是“附赘悬疣”的话。在中国传统当中，“失道而后德，失德而后仁，失仁而后义，失义而后礼”(《老子·第三十八章》)。“自然德性”的德，仍然是失道之德。在中国传统当中，作为“失道之德”的“自然德性”并非究极，在它的背后，是作为终极实在的天地“自然”大道。

哲学、政治、道德、宗教，各得大道之一体，是通向大道的不同的门径。按照西方传统，自然始终不能在自然当中、按照自然本身的方式得到反映，那是因为西方传统当中的“自然”终究只是一个自然的“概念”、自然的“理性”秩序。但按照中国传统，比之于道德实践和政治生活，自然是一个更高的标准，或者说达到“自然”之道层次的道德实践和政治生活是人们努力寻求的目标。当达到这样一个层次时，不但哲学的理论沉思是多余的，道德也是多余的。这一点不是虚无主义，而是说明一种自然的道德实践和政治生活完全是可能的，一种自然的“非道德之道德”同样是可能的。施特劳斯以及很多西方思想者讲过“两希”传统、雅典与耶路撒冷、哲学与宗教的内在紧张和冲突，在中国传统中，这种性质的冲突只是一个起点，它最终被消融和化合在一个文化和文明的生存结构当中。而东方和中国文化与文明传统，恰恰是不在理性思维和概念的世界里兜圈子，在这一传统当中，理性包括政治理性，都建基于文明，以及文明之下的自然基础和自然法则：自然法则本身是“理性”和哲学之源，而不是由于哲学理性才“发现”了自然。因此，自然不是被理性发现和发掘出来的“本质”，而是人的理性反映了自然的节奏和律度。

“隐微教诲”和“显白教诲”的区分，显然需要依赖于一种能够支持和维系这种区分的更为宏大的秩序，这种秩序就是一种独立自持的理性秩序、一种自在的义理和语言秩序。或者也可以说，就是这种区分以否定性的方式所依赖的、被后现代哲人反复描绘的遍布宇宙万物之间的“逻各斯”秩序，因而，施特劳斯式的思维方式从另一角度，可以说就是这种“逻各斯”秩序的一种局部性的、“显白”性的否定方式表达。这样的秩序并不仅仅是它“本身”，在西方传统当中，在形而上学化的闭合的宇宙意义秩序当中，“逻各斯”的重重幻影，在各个领域和层面上，具体而微地进行着各种隐喻性的复写、复制。从根本上属于探讨人类生活方式、生活秩序的政法思想，也同样出自这种思想方式，正如法国学者维莱指出的，“无论在亚里士多德和托马斯那里，还是在罗马法的传统法律思想中，‘法权’在根本上都是指蕴含在事物秩序之中有待法学家、哲学家和立法者发现的某种客观性质。”[①]这种秩序如果以神话和上帝的方式来表现出来，则构成西方

①李猛：《自然社会：自然法与现代道德社会的形成》，生活·读书·新知三联书店2015年版，第238页。

传统内部的又一主要脉络。对这种秩序本身的真理性和“律法”性质的信仰，是西方传统当中自然法、神义论的来源：它们提供根本的“合法性”，它们是人类组织其生活方式和政治秩序必须去“符合”的“法理”。

后现代主义从批判性维度上揭示出这种秩序：“柏拉图的太阳是可见世界的太阳的父亲。”[①]这是一个从垂直的方向上展开的、在封闭的意义空间内进行隐喻性和象征性的意义复制的生存和文化空间，当然也是一种修辞和心智空间；同时，它也是西方传统当中的真理性和法理性追寻的心智方式。但至少柏拉图本人的伟大之处，就在于他是这一切的“制作”者，而非“信仰”者，一个伟大的修辞者的地位和心智方式，应该有如上帝：上帝不会“信仰”他自己的“制作”，如果人们总认为在上帝“制作”的“显白”表象之下，有一种“隐微”的启示，那么他首先是一个信仰者，尽管他所信仰的“上帝”，可能只是支持这种关系的某种“理性”机能和秩序本身。因之，柏拉图并没有沉迷和放任自身作为哲人的“理性”，以及由此而来的理性沉思的哲人式“幸福”，他的修辞和心智方式至少并没有阻碍和屏蔽这样一种理解方式：这只是一个隐喻，柏拉图的理念体系整体上是现实世界的一个隐喻。除非真的确信我们生活的这个世界只是柏拉图的对话文字的“影子”，才可以将其隐喻性修辞的字面意义当真，柏拉图式的心智清楚地知道自己制造的理念大厦的隐喻机制和作用方式：柏拉图一开始就“理论”地知道，“理想国”的心智并不是实践《理想国》的义理和理念本身，“理想国”作为一个“依附于理论的城邦”，不属于大地上的任何地方[②]。一个隐喻如果确实仅仅被作为隐喻来理解，那就可以认为等同于转喻和寓言性的修辞[③]，“理想国”事实上只是一种转喻和寓言性的修辞；而德里达的解构性思维、施特劳斯所认为的“柏拉图式政治哲学”及其“显白”与“隐微”教诲的区分，连同中国传统当中同样崇尚“微言大义”的修辞技艺的汉代公羊学，恰恰从根本上、从否定的方向上，依赖于某种至少柏拉图本人并不信赖的秩序。真正意义上的“柏拉图式政治哲学”因此并不是“西方的公羊学”。

①J.Derrida, *Writing and Difference*, The University of Chicago, 1978, p.86.

②柏拉图：《理想国》，王扬译注，华夏出版社 2012 年版，第 355 页。

③维柯：《新科学》（上册），朱光潜译，商务印书馆 1989 年版，第 200 页。

二、心智空间的闭合与人造的文化实验室

中国传统的道统秩序和政制秩序相互之间是时间性的、水平性的、经验性的、转喻性的"并生"关系，而非空间性的、垂直性的、形而上的、隐喻性的"符合"关系，因此诉求的是政治主权的文明正当性，而非政制架构的超越性、宗教性法理(合法性)。在此，圣人所代表的道统秩序拥有的现实权威是一种文化法权和道义力量，而不可能近距离地直接裁决主权者的制度安排和具体行政举措①。这样一种关系或文化意义机理，甚至反映在一些古代经典的修辞和文本结构当中:《诗经》当中的"兴"诗的基本语言结构，就是一种自然性与道德性、政治性的转喻性并置关系，而从《颂》《大雅》的神话叙事，到《小雅》《国风》的"兴"诗的过程，则正好表明了中国文明传统从外在的、超越性的意志之天，到自然理性、诗性文化的过渡过程;《周易》当中号称出自孔子的、作为道德形而上学系统的《易传》，也从来没有闭合《易经》部分的灵知经验系统，《周易》以其经、传并置、并行的修辞和文本形式，而非以一个整合的义理系统，来发挥某种文化实践模型的作用……这些是中国先秦时代已经完成的中国文化的轴心性机制。不过，汉代谶纬之学和公羊学却将《春秋》的"微言大义"，树立为一种对于中国文明来说已经非常陌异的心智传统。

司马迁在《史记·儒林列传》当中对所谓《春秋》"微言大义"的理解，大概就是"辞微而指博"。"辞微而指博"的意味可以用《屈原贾生列传》当中的"其文约，其辞微，其志絜，其行廉，其称文小而其指极大，举类尔而见义远"来解释，这段话很好地解释了什么是作为董仲舒弟子的司马迁心目中的"微言大义":文辞之约、微、小、类迩，皆是相比较于屈原的高尚人格以及文辞背后的"指""义"的"极大"、极远而言的，并非是有意贬谪文辞的地位，或对其做什么手脚，而让它"隐微"起来。因此，"昔仲尼没而微言绝，七十子丧而大义乖"，作为集今文学义理大

①张大为:《东方传统:文化思维与文明政治》，上海三联书店，2015年版，第6~7页。

成的《白虎通》的总撰集者，班固在《汉书·艺文志》当中的这两句话，语义上是连续性的，句式上是排比性的，这恰恰说明，“微言”与“大义”之间并非如“隐微”与“显白”那样是对立的两种东西：如果“大义”就是“显白教诲”的话，那也谈不上什么“乖”，就是出问题，也不是“乖”的问题。此外，更主要的一个问题是，汉代的谶纬之学和公羊学义理“微言大义”的意义格局，不仅仅是修辞和义理层面上的秩序，在它背后，出现了德里达视野中的柏拉图式的隐喻性“符合”链环：

> 人之人本于天，天亦人之曾祖父也，此人之所以上类天也……人之好恶，化天之暖清；人之喜怒，化天之寒暑；人之受命，化天之四时。人生有喜怒哀乐之答春夏秋冬之类也……天之副在乎人……
>
> （《春秋繁露·为人者天》）

传统儒家虽然也有“事亲也如事天，事天如事亲”（《礼记·哀公问》）的说法，但同时也明确表明这只是一个比喻性的说法（“如”），更没有具体和亲密到“曾祖父”的程度。“为人子而不事父者，天下莫能以为可，今为天子而不事天，何以异是？”（《春秋繁露·郊祭》）公羊学的“天人之学”，始于诉求天人之间、自然与政治之间的简单符合关系（祥瑞、灾异），终于“天”的人格化、意志化、拟人化，董仲舒以此方式，将“天”圈进了公羊学隐喻性的意义循环和心智方式当中：这分明是用隐喻性的锁链将“天”限定在人性的监牢之内，因此，它不是“人为天类”，而是“天为人类”，它只是“天”的拟人化，以人度“天”，强迫“天”为人服务。这里并不是从理性启蒙主义的立场，简单地将对于外在的、意志化的天命和神圣信仰的扫荡看成是“历史的进步”，但也不能强迫一个没有超越性、宗教性的神圣天命信仰的民族去信仰；尤其是，纬书和公羊学的神圣义理要具有跨越时空的穿透性，成为一种现实的政治力量时，它就不能只是读书人纸面上的“信仰”和文字游戏。或许有人说，谶纬和公羊学在汉代、尤其是在新莽时代，确实产生过一种现实的政治作用，然而，这种政治作用如果仅此一代而终，而不能构成一种超越时空的道统性秩序，则还不足以驳倒普通的历史教科书上的讲法：它们可以只是“统治者”出于维护自己的统治、实现自己的野心，而伪造和虚构出来的。公羊学在两千年里并不彰显，说明它确实只是中国传统当中的异数和异类，尽管它以一部书“当新王”、以文字当“王法”的思维方式、义理方式，对于读书人的想象力和“知识权力”欲望是一种极大的满足；而它的秘传性质和隐秘宗教形式，也确实对于具有西方式宗教情怀的人能够产生一种莫大的吸引力。

汉武帝与董仲舒之间的“贤良对策”或者“天人三策”的际遇与对话，或许无论如何也称得上是儒学史上的一段佳话。但它不仅仅是一个动人的故事，同时也是中国传统儒家政制秩序确立的一个关键时刻，以及儒学政治心智与政制秩序之间的关联和关系的本质表露。然而，从根本上说，《天人三策》是董仲舒答非所问。雄才大略的汉武帝所说的“王道”，不是处于特定历史时空内部的刘汉王朝政治如何获取其合法性，也不是具体的国家治理方略，而是如何将汉家王政“传之亡穷，施之罔极”(《汉书·董仲舒传》所载汉武帝关于“贤良对策”所下第一道制册，本节中以下引用“天人三策”当中的内容不再注明)。对于汉武帝的雄心和所处的历史态势来说，或许只有如此，才可以说是“王道”的实现，这就需要将王朝政制系之于某种更为宏大的文明统绪之上，而不只是从一家一姓的“天下”本身着眼。因此，汉武帝是从文明统绪本身看问题，而那个从特定的时空格局当中，从垂直、纵向上“偶之合之，仇之匹之”(《春秋繁露·楚庄王》)，给予汉王朝乃至他本人的帝位以合法性的“天道”，并不能保证王朝政治本身避免“浸微浸灭浸昌浸明”的内耗和循环；而董仲舒则一开始就是“正次王，王次春”这套公羊学的说辞，董仲舒所论，始终是在“元年春王正月”这个闭合的公羊学义理空间内，如何从天道那里“受命改制”、获取某个特定的王朝本身的合法性的问题，以及如何上承天意、秉顺天命，来展开具体的儒家教化与治理举措。在汉武帝看来，无论是刘汉王朝还是他本人的帝位合法性，都早已不是问题，武帝可以认同孔子“其微言大义实可为万世之准则”[①]，但他心目中的“王道”是具体的文明秩序，是一个具体的秩序实体，武帝想的是遵循什么样的“万世之准则”或什么举措可以让这个秩序实体本身万世长存；而董仲舒虽然也是从王政本身的视窗出发来

①皮锡瑞:《经学历史》，周予同注释，中华书局2004年版，第6页。

看待那个“道”(“道者,所繇适于治之路也”),但他所认为的不易之道,或“道”之所以“不易”,只是因为“王者有改制之名,亡变道之实”的结果,所以他所诉求的,是如何让汉帝国从王朝的根本合法性到具体的行政作为,都去符合那个“道”的规范和标准,所以,“道”本身仍然只是一种由抽象的公羊学义理构成的标准和规范。

汉武帝所说的“王道”,作为“万事之统”,因此就只能是一种普遍性、恒久性的文明格局本身,他所忧虑的就是由于政权更迭等原因造成的这种文明秩序的不断“复反”、衰息的循环。从而,汉武帝需要从董仲舒那里得到的,是刘汉王朝万世无极的、可以与文明“实体性”合一的王朝政制,也就是如何做可以把刘汉王朝直接打造为不随时间之流坏灭的政治文明的“实体”本身。至于王朝政治、乃至实现“长治久安”具体行政举措,是不是具有完全符合“儒道”的合法性,倒不一定是他所真正关心的。而董仲舒所论,始终是一个闭合的文化实验室内部的事情,他虑及的是这个实验室内部的工作可以为汉王朝这个特定的政治秩序提供什么作用。因而,在武帝看来,真心“为汉定道,为汉制作”[①]的董仲舒所认为的不变的“道”,仍然过于抽象或过于局限:既然“天不变,道亦不变”,所谓“改制”“更化”就应该早已是过去时,董仲舒正在进行文化实验已根本不是问题,即便真的需要一个文化政治的实验室,其最终作用也应该是如何使王朝政制免于无休止的、内耗性的陵替“实验”,而使汉家政制成为永恒的真理性、实体性存在本身。所以,读罢董仲舒的对策,武帝的反应是“览其对而异焉”,进而认为董仲舒是“惑于当世之务”。这个“当世之务”,并不是具体的政事或者政务,而恰恰是董仲舒式的“公羊学”一心一意地“为汉制作”的义理空间和闭塞的政治思维、政治心智:

> 吾以其近近而远远、亲亲而疏疏也,亦知其贵贵而贱贱、重重而轻轻也。有知其厚厚而薄薄、善善而恶恶也,有知其阳阳而阴阴、白白而黑黑也。
>
> (《春秋繁露·楚庄王》)

①皮锡瑞:《经学历史》,周予同注释,中华书局2004年版,第6页。

这就是董仲舒的公羊学的思维方式、义理构成方式，这是一个密闭的公羊“义理”镜室当中的心智模式。孔子也有“君君、臣臣、父父、子子”（《论语·颜渊》）的说法，但那是针对“君不君、臣不臣、父不父、子不子”的齐景公这个特定对象来讲的。从根本上说，人或许只能看到他能够看到的东西，但这其间还是有一个“程度”问题：专心“为汉制作”本身并不是让武帝不满的原因，董仲舒的对策无法让武帝真正满意的原因，在于公羊学总是从自身的义理空间“内部”进行隐喻式的自我复制、循环论证，以及镜室化的“符合”实验。文明和政治秩序实体并不是靠着只能在特定时期起作用的、义理性的“合法性”说辞就能延续，动不动就启动“受命改制”这种合法化机制，甚至会影响这个秩序实体的稳定；而要求在具体的政事和行政举措上“偶之合之”地符合儒家义理所规定的伦理规范和行动法则，更是不切实际。“汉初人仍普遍存在‘古苟可循，先王之道何莫相因’的疑问。汉武帝对儒术的怀疑主要也表现在这个方面，故《汉书》卷五六《董仲舒传》所载三道册问诏中，都有是否存在‘百王同之’‘同条共贯’‘久而不易’的王道的问题”[①]。这也可以理解为，汉人根本的疑虑在于，公羊学所崇尚的“奉天而法古”（《春秋繁露·楚庄王》）的《春秋》之道，乃至“天”道本身，并不具有保证政制秩序“百王同之”“同条共贯”“久而不易”的神力，因而或许在武帝看来，董氏公羊学的自我循环的神话叙事，充其量只不过是一个有待验证的实验性结论。

公羊学企图用某种特定的义理—修辞方式将《春秋》王道楔入历史，将柏拉图式的理念图景构筑为实质性的、制度性的存在，并打造政治现实与儒家义理的隐喻式“符合”关系，但能够保证这一切的，也仅仅只是一种义理和修辞性机制，或者说，根本上仅仅只是一种“心智”力量。公羊学的现实情怀是其长处，在直至当代的公羊家那里，那种宗教性的道义担当和信仰坚守精神令人钦佩不已，但也是把文化实验室和隐喻性的东西当成了现实，而忘记了实验室和隐喻只能以实验室和隐喻本身的方式发挥作用：

①陈苏镇：《〈春秋〉与“汉道”：两汉政治与政治文化研究》，中华书局2011年版，第190页。

> （汉元帝为太子时）柔仁好儒……尝侍燕从容言："陛下持刑太深，宜用儒生。"宣帝作色曰："汉家自有制度，本以霸王道杂之，奈何纯任德教，用周政乎！且俗儒不达时宜，好是古非今，使人眩于名实，不知所守，何足委任？"
>
> （《汉书·元帝纪》）

武帝比宣帝的认知格局或许要大得多，但在"汉家自有制度"这一点上，肯定不会输于汉宣帝的自信。所以，"霸王道杂之"的汉武帝，对于董仲舒的对策或许感到似是而非，因而没有公开性的表态，但也许同样没有完全理清自己与董仲舒之间的真正倒错关系，更没有从政治实践的角度去处置这种神话叙事当中隐含的危机。所谓"不达时宜，好是古非今，使人眩于名实，不知所守"，不能算是对儒生的浮泛批评，而是董氏公羊学自己也没有厘清的与汉家政制之间的结构性的"名"（隐喻）"实"（现实）错位关系。这种公羊学思路和叙事方式，在西汉后期逐渐成为一种广泛的社会思潮，其结果就是王莽"改制"：

> 自儒者不得竟其用于汉，而王莽依之以改革，凡莽政之可言者，皆今文家之师说也，儒者亦发愤而归颂之。①

如这段话所示，新莽政治的"受命改制""奉天法古"的神话之迅速破灭恰恰说明，儒家政治并非是真正获自天命的神圣政治，新莽"革命"只是儒家教义在第一次取得国家政治的法统地位后，在西汉后期特定历史条件下产生的具有实验性质的一个政治神话。这样的神话，在之后的历史当中几乎没有重复的可能，而这也充分验证了简单拘执儒家政治理想的"理想"性质。从历史现实条件的角度，很容易指出王莽新政的乌托邦性质，但从另一角度看，也可以说，谶纬和公羊学提供的"超验"性的政制法理，本来就是一个缥缈的神话或者童话。人们不一定要

①蒙文通：《论经学三篇》，载《中国文化》，1991年第4期。

接受那个在历代“正统”历史叙事当中被刻意曲解和丑化的王莽，但王莽的悲剧在于他在当时喧腾的今文经学营造的神话语境当中，真的把自己当成了神话或童话的主角。远至孔孟，后至东汉以后的儒家，大概从来没有设想过要在现世实现“大同”之世和“致太平”的理想：“……在王莽‘奉天法古’的变法改制破灭之后，又一个新的深刻政治文化转型发生了。这就是那种‘高度现实主义的经世精神’的回归，它体现于东汉时期的王朝‘经术’与‘吏化’并重的政治路线。”[①]中国传统政治社会和历史条件，也基本容纳不了这种神圣理想的政治“身位”的正当性，帝国政制也不可能让公羊学义理真正具有实质性的政治“王权”和“法理”。作为西汉后期广泛的社会思潮和儒学观念发展的结果，其破灭充分论证了王莽新政、乃至一切政治本身的非神圣性和现实性品格。王莽的神话也告诉人们一个道理，如果是以董仲舒式的公羊学的心智来行“王法”、理“王政”，不要说是“《春秋》当新王”，就是孔子本人为王，其结果估计和王莽也差不多。

三、藏真理于真理，藏天下于天下

儒家圣贤现实地、实践地区分、安顿了理想和现实、道统和政制之间的差异性并置秩序。在中国文化机理和中华文明脉络当中，纬书和公羊学的实际文化政治功能，不会超过柏拉图的“理想国”、乃至《理想国》文本在西方传统当中的政治效用，也就是说，它不会超过一个政治的文化实验室的效用。所谓的“受命改制”“奉天法古”不过是说说而已的正当化论证资源和意识形态修辞，而且还得控制得当——因为它们在一定的条件下也有可能论证相反的结论，谁要真的将其当真，王莽就是现实的教训。所谓的“《春秋》当新王”，只是类似《诗经》当中的“兴诗”的起兴、兴辞或转喻，而具有或许是真正意义上的“宗教”情怀的谶纬家和公羊家，却将其当成隐喻—象征维度上的价值实体来追求。这结果就只能是“改制”神话的迅速破灭。这内中的关键之处，或许正是反映为修辞方式的文化、意义机制，以及更为重要的，一种心智机制方面的根本性差异：一为许可差

①阎步克：《士大夫政治演生史稿》，北京大学出版社 2015 年版，第 364 页。

异性的异质并置的“兴”(转喻、寓言),一为预设意义的内在相关性与符合关系的“比”(隐喻、象征)[①]。这样的关系,前者转化为汉以后的文人与君主之间关系,它只是接近于《诗经》当中“依微以拟议”“环譬以托讽”(《文心雕龙·比兴》)的“兴”诗的意义关联、修辞方式,在这种情况下君主不听劝谏也没有太多的失落;而后者就类似屈原,屈原则真的将君主以“美人香草”相期,因而只能在“比”之“切类以指事”“畜愤以斥言”(同上)绝望之余,以身殉国。

在现实的政制格局当中,“兴”的意义机制、心智方式,转换为“陈诗观风”的制度性构成,这一传统印证和确立的是一个政治社会的优先性存在,这与西方传统当中以诗歌为文明立法所具有的法理性秩序意义形成鲜明的对照[②]。这里,可以把“政治社会”理解作具有某种“意见”秩序(意识形态)的闭合性的社会,这里潜在地包含着与真理秩序乃至各种自名为“真理”的秩序之间的曲屈与张力,这是不言而喻的。因此,政治社会只能是在观念的现实冲突摩荡当中平衡的结果,在这种情形下,它不会相信存在着什么自在的观念性秩序,或者观念秩序的“自为”性存在与表述:“只有当 polis(城邦)建立以后,正义才有其原初语境,然后才有可能发生如下问题:是否有出于自然的正义,抑或,是否所有正义的事物都只是出于习俗才如此? ”[③]政治社会是一个不能被自然“理性”所条贯的秩序,一个不能够被通彻的“理性”思维所充分理解的社会。亚里士多德—施特劳斯意义上的、作为一个封闭社会的政治社会,正是其政治哲学的“政治性”存在和“哲学的政治”发生的现实处所:对于处于其自身意见秩序的封闭性当中的政治社会来说,任何进入这块看起来或许清澈透明、或自称透明的“意见”晶体的“理性”之光,必然要被那看得清或看不清的晶体表面所弯折,或者说,只有以一种弯折和屈曲的方式,才能尝试着进入这块晶体;但不能反过来奢望如此就能穷尽和理解其全面本质。所以,政治社会或许意味着一种“隐微”性的真理情境和历史境况,但这样一种真理和历史情境的复杂性,是凭

①张大为:《元诗学》,大众文艺出版社 2007 年版,第 110~112 页。

②参见林国华:《古典的“立法诗”——政治哲学主题研究》,华东师范大学出版社 / 上海三联书店 2006 年版。

③伯格:《尼各马可伦理学义疏》,柯小刚译,华夏出版社 2012 年版,第 161 页。

靠一种隐微—显白的修辞秩序就可以重建、复现或穷究的吗？作此想的“理性”不是过于自以为是，就是过于敷衍了事，沉溺于关于自身的神话和意见秩序的“封闭性”自治当中。

对于中国传统来说，如果从“学者”心智出发，将圣哲心智和圣贤道德加以语义化、主题化，则是对于这一传统核心进行的“含混”“暧昧”的、学者化的理性“启蒙”，这将从根基处根本性地误读和肢解这一传统。“上以风化下，下以风刺上”，在这里诗只是政治外在的再现和表象，以及交流方式的工具性存在。但这并非是对于诗歌的藐视，而是这一东方心智传统本来就不相信什么义理和语言秩序可以通“达”为一种自在的秩序，不相信它们可以依据自身的力量和逻辑，而具有一种规范性和建制性的秩序作用。“《诗》无达诂，《易》无达占，《春秋》无达辞”（《春秋繁露·精华》），但之所以如此，恰恰是因为东方和中国传统的圣哲心智，直接质疑心智成果本身的物化增生和拟人化的虚妄，所以可以化解掉这种“系统性”和“实质性”的“信仰”对象：“凡所有相，皆是虚妄”。如果一方面相信心智产品本身自在的“理性”品质，另一方面又将其拟人化、道德化、政治化，那这个世界终将迷失在越来越纷繁错乱的人类自身的心灵镜像的迷宫当中，因为这将使得除了作为一个理性“概念”之外的任何意义上的“自然”，都不再可能。

从这样的角度来看，董氏公羊学只是用自身的思想和修辞“义例”，搭建了一个文化政治的实验室，它在汉代以后的作用，也就是一个在少数人当中维持的、几被遗忘的文化实验室的作用。董仲舒的思想天空，已经无法超越政治社会和政制秩序的优先性在场及其几乎是“先验”的封闭性，政治社会和政制秩序的边界，就是他的思想方式的边际。董氏公羊学的义理构成，因而只是一个义理镜室内部的自我复制的镜像：他只是、也只能用天道自然来论证特定的政治社会的合法性，而非思考政治社会之“自然”（本质）本身。在亚里士多德的意义上，“人不仅仅是公民或城邦。人还超越于城邦；然而，人只有借助于他身上最好的东西才能超越城邦……”[①]董仲舒缺乏的就是那种“人身上最好的东西”，因此他

①施特劳斯：《政治哲学的危机》，见施特劳斯：《苏格拉底问题与现代性——施特劳斯讲演与论文集：卷二》，刘小枫编，彭磊、丁耘等译，华夏出版社2008年版，第31页。

算不上一个千古圣哲，一个思考政治社会之普遍性和穿透性的“道”的政治哲人，而只是一个真正“为汉制作”的“哲人”；但同时他恐怕又不是一个有着强大的事功能为的政治家：

> 五帝三王之治天下……天为之下甘露，朱草生，醴泉出，风雨时，嘉禾兴，凤凰、麒麟游于郊。
>
> （《春秋繁露·王道》）

尽管表达的情感类型或许与《楚辞》相反，但这多么像是《楚辞》的修辞与辞藻。更重要的，是其理解和组织这种辞藻的修辞、意义机制与心智方式的相似：他将这些草木、风雨、鸟兽，理解作某种有着确定意义指向的、被上天所肯定的帝王德政和治功的隐喻和象征——“祥瑞”，这与屈原对楚怀王“美人香草”的隐喻和象征性的“期待”完全一致。从某种意义上说，屈原、董仲舒和王莽是一类人，他们都无法超越自身心智构造的内在的意义秩序之隐喻性镜像复制、循环，在他们身上，两种身份、两种心智（非政治心智和政治心智）可能是冲突的，而其解决这种冲突的结果，就是以其非政治身份和心智来统摄、裹挟、支配其政治身份和政治心智。因此，他们的故事总是过于戏剧化。

对于心灵秩序与政制秩序之间的隐喻式同构和符契的信仰，以及由此而来的对于作为心灵构造物的心智秩序之镜室化循环、复制的信仰，归根到底是对于心灵力量和心智机能的自我信仰，是某种类型的知识人格的自我信仰。现代知识分子以“独立之精神”自诩，不过这种“独立”身份本身可能只是政治社会的某种制度性建构的结果，而且它的表现方式也可以是“制度性的闲置”：贤良对策以后，董仲舒除了因为推说灾异“当死，诏赦之，仲舒遂不敢复言灾异”的经历之外，就是两次做诸侯王相：“凡两相国，辄事骄主，正身以率下，数上疏谏争，教令国中，所居而治。”（《汉书·董仲舒传》）治理诸侯国的成绩，好像和“致太平”的公羊学理想还有天壤之别，而“正身以率下”之类，也不一定与《春秋》大义有直接关系。不过，这些似乎倒是符合本文前面所说的公羊学作为文化政治的“实验室”性质：董仲舒想做的正是以公羊义理“为汉制法”，以他心目中的儒家大同之世的“理想国”为样板，来规范刘汉王朝的政治作为和行政举措，使之符合董氏公羊学意义上的儒家的“天道”，将汉家天下装进他自己的文化政治的义理实验室当中。人们一般认为汉武帝独崇儒术是采纳董仲舒“对策”的结果，但其实武帝崇儒究竟在多大程度是董仲舒、尤其是董仲舒式的公羊学义理的作用，这是值得考量的，武帝想的或许只是将“惑于当世之务”的董仲舒式的公羊政制，试验性地施之于一个有限的空间内（诸侯王国）……但其实在一个诸侯邦国之内，公羊学所设想的王道政治也无法展开其实践，而董仲舒唯恐久事“骄王”，时间长了获罪，于是设法“病免”。在此之后，董仲舒所蒙受的朝廷的礼遇，经常被人们当成是其公羊学获得的政治成功的标志：

> 仲舒在家，朝廷如有大议，使使者及廷尉张汤就其家而问之，其对皆有明法。
>
> （《汉书·董仲舒传》）

在朝廷为“大议”，在《春秋》王道不过是一些具体的政事。“使者”都是谁不好说，但就专门标明的一位使者——“廷尉张汤”来看，大概也可以知道问的内容是什么：估计不离“春秋决狱”一类问题，也即在打散了《春秋》王道的前提下，在一些具体的政务和刑狱之事上，实用主义地寻求能否从公羊学义理当中找到“符合”的依据。而且，更主要的是，这种“礼遇”，还只是在“制度性闲置”前提下的“礼遇”。在这里，刘向、刘歆父子对董仲舒的评价的悬殊，恰恰反映了董仲舒式的公羊学义理在汉朝政制秩序当中的现实地位：治与公羊学接近的今文经学《谷梁传》的刘向，认为董仲舒有“王佐之材”，“虽伊、吕亡以加，管、晏之属，伯者之佐，殆不及也”；而治古文学《左传》的刘歆，则是从其“师友渊源所渐”着眼，认为其“犹未及乎游、夏，而曰管、晏弗及，伊、吕不加，过矣”（《汉书·董仲舒传》）。伊、吕、管、晏都不能算是严格的儒家道统当中的人物，刘向将他们与董仲舒相比，是对董仲舒式的公羊学义理之“王道”功业的期许，但这种比较方式或许恰恰印证了“霸王道杂之”的汉家“王道”，不一定是儒家、更不一定是董仲舒公羊学的“王道”；刘歆从儒家道统次第着眼，认为董仲舒连子游、子夏都赶不上……

在真正政制化的今古文经学之间[①],董仲舒式的公羊学只能不断被“开方”和内缩,因而恰恰打破了其在制度框架内部幻影重重的“镜室”效应,被打回到作为一个文化政治实验室地位的原形。

“吾言甚易知,甚易行。天下莫能知,莫能行”(《老子·第七十章》)。在任何的文化与文明传统当中,能够探得真理之骊珠者,在事实上可能确实只是少数人,而愿意或者能够起而行之、行之有效的则更为稀罕,但这不是由于圣哲施行“隐微教诲”的缘故,从知识人格在终究是自我“信仰”当中构筑的心智迷宫当中超脱出来看,这可谓藏真理于真理、“藏天下于天下”(《庄子·大宗师》):阻止每个人都成为圣哲,阻止政治社会轻易实现“大同”理想的,是大道本身的构成、性质,是自然世界和政治社会构成本身的“自然”属性。当然,也可以反过来说,这才是道、才是合乎道的世界,而不是由“隐微教诲”和“微言大义”的语言织体所构筑的理性秩序与等级之墙阻隔的结果。因此,类似“显白”和“隐微”问题当中的心智断层和理性幕幛的问题, 在东方和中国传统当中只是一种消极后果,而它可以有多种解决办法:老子的办法是强立名言,尽量将“教诲”的理性成分压缩到最低,而通向开放性的诗性思维启迪;庄子的办法是“寓言”之类;而佛教禅宗的办法是不落言荃、随说随扫……总之,不能让它本身成为扰乱心智空间甚至生存秩序的陷阱。施特劳斯盯住“显白”“隐微”这一种路径不放,恰恰突显出其“学者”心智,而也只有对于施特劳斯式“学者”心智和董仲舒式的公羊学心智,它们才确实是挥之不去的“附赘悬疣”。

更为主要的是,以“学者”心智阐述的“微言大义”,向上诉求于人格化和意志化的、作为“曾祖父”的天与天道,恰恰泄露了其对于生存的虚无主义的否定性天机。而东方心智传统当中真正的“微言大义”或许在于,人类只能生存在“道”的转喻和寓言当中,人性化的生存就是“道”的转喻和寓言,这其间的关系是在斩断意义的内在“符合”前提下的一种意义关联:“不知周之梦为胡蝶与?胡

①刘向是宗室,侯外庐指出其问题意识与这种地位有关是大致可信的,见侯外庐等:《中国思想通史》(第二卷),人民出版社 1957 年版,第 198 页。刘歆作为王莽国师,他的古文学或许是王莽在“奉天法古”的“制作”方面的重要倚仗,但历史上人们因此认为王莽崇尚的是古文学,则正是被表象所惑——王莽“受命改制”的根本性“法理”只能来自今文学,参见刘小枫《纬书与左派儒教士》,见刘小枫:《儒教与民族国家》,华夏出版社 2015 年版,第 60 页。

蝶之梦为周与？”(《庄子·齐物论》)这不是庄子一个人的诗意逍遥，而是包含了华夏文明秩序的深度机理:生存与真理、“政”与“道”由此才既相互掩映，又两不相害。但这并非修辞、思想和义理层面的显白“秩序”，而恰恰是一种肯定性的生存秘密，这才是真正的“隐微”真理与一种并非“秘密”的秘密，通过“解密”的方式所保藏的生存秘密。所谓诗性文化，恰恰并非意味着任何浪漫主义和理想主义的文化范型和文化程式，而是意味着生活世界既内在地意义具足，同时又能从内部消化和消解类似这种理念与现实之间的支隔、冲突和抵牾，在“错”“综”关系当中，水平地、诗性地展开生存的宽度和纵深。这在文明格局方面的体现，就是圣人的道统秩序与君主的实证性政制秩序之间张力性地错综并置、并生，以及由此而来的圣人的文化法权，与政治主权的文明正当性格局，这也是中国传统政治社会的基本构成方式。

“《春秋》经世，先王之志，圣人议而不辩……孰知不言之辩，不道之道？”[①]所谓“议而不辩”当中的“议”，指的悬空拟议(犹如柏拉图在语言中建立的“理想国”)，而“辩”则是要以己之所“是”，格彼之所“非”。因此，“议而不辩”在于明确意识到自身心智秩序的语言性、寓言性存在方式，而“微言大义”则是要求对于政治的实质性的“法理”的规范力量。“议而不辩”因此是“微言大义”的反面:它意味着放弃儒家义理在政制秩序内部垂直维度上的实质性“法理”与“王权”的地位，以及在现世实现大同理想——这意味着认可儒家义理和理想的语言性、寓言性性质。但这并不意味着儒家从此随波逐流、自甘堕落，而是意味着实践理想的心智方式的转换:理想仍然是其努力和向往的方向，儒家价值理念仍然是其教化资源，只是不再追求理想和现实、理念与政制之间的影子般的叠合与符契，而是认可其间的现实距离和落差。反过来说，如果一种政治理念或者政治理想，没有这样一种被“现实”打折扣、与“现实”周旋的弹性，那它也就只能是一种缺乏现实性的纯粹“理想”。因此，在这种格局当中，所谓“士大夫政治”是一种原

①语见《庄子·齐物论》。郭象、成玄英以来的《庄子》权威注疏，对这一句每每给出一些奇怪的解说，而不把“春秋”解作“《春秋》”。其实，《庄子》书中的孔子“寓言”比比皆是，《天下篇》中就明确提到“《春秋》以道名分”，而孔子所谓“志在《春秋》，行在《孝经》”，不就可以看成是秉承“先王之志”吗？当然，注《庄子》者作此解的根本原因，可能在于其早已先人为主地认定庄子不会视孔子为“圣人”。

因还是只是一种结果？是某种实质性的、完整的政治形态和价值体系构成，还只是某种“身份”上的含混的表象？在由“以人随君，以君随天”(《春秋繁露·玉杯》)的政制架构当中，这种“士”之身份的“多余”本身，究竟能够有多大的作为是值得怀疑的——如果不是这种政制架构本身就为士人所代表、所诉求的那种价值取向留出了结构性的空间和余裕的话。这也就是说，士人的个体身份的结构构成(“士”与“大夫”的双重身份)，可能不是中国传统政治社会属性和政制秩序的来源，而只是其表象和后果之一。

总之，文明秩序不是义理秩序和思想秩序，护持文明秩序，恰恰需要从文明心智的层面，重新体认和靠近东方心智的复杂性和智识心性的灵敏性，重新体悟那种自我涣释、自我“去秩序化”的心智机理，这是清除尾大不掉的僵直的启蒙理性、重建文明传统的必要前提和内中应有之义。但在此前提下，也同样需要冷静面对和抑制那种或许是某种人性的本能的“超验”信仰冲动——尤其是指向以各种形态、各种方式表现出来的知识人心智秩序本身的“信仰”本能，这对于经历了西化文明“洗礼”的现代中国知识人来说尤其重要。理清这其间的关系，不仅仅是是否能够全面理解和公正对待中华文明传统的主体构成和主流价值取向的问题，也不仅仅是思想史问题和“教义”之争，它同样会深刻地影响到我们看待现实问题的眼光。

2016年3月7日

总体观与中华传统文化(研究报告)

按照通常的认识,国家文化安全是国家安全系统的一个子系统,而国家文化安全观是国家安全观念的一个组成部分。不过,研究分析国家文化安全和国家文化安全观不同于一般的国家安全问题及其相应的观念构成的特殊属性,以及它们的特定地位和特出作用,并据此提出相应的文化安全举措和文化安全战略,并不违背科学的认识途径。按照马克思主义的基本原理,国家文化安全属于上层建筑和意识形态领域的安全,经济基础决定上层建筑和意识形态,但上层建筑和意识形态对于经济基础具有强大的反作用,在特定情形之下,还可能具有决定性的作用。人们经常把文化安全当做“非常规安全”“非传统安全”来认识,本身就体现了这种国家安全问题、安全领域的特殊情形与国家安全的特定“时刻”,而后者正是这里需要探究的对象,因为这其中很可能停驻着国家文化安全问题的特定本质和特出的重要性。在这其中,对于国家文化安全问题的一些新的认识、新的视野,以及由此呈现的中华传统文化与这种新视野当中的国家文化安全观念——“总体国家文化安全观”的相互生成、相互呈现、相互支持的关系,是这里努力探寻的目标。

一、从国家文化安全到"总体国家文化安全"

对于国家文化安全问题的研究，是随着冷战结束以后的一系列国际政治形势和意识形态斗争领域的变化，走入中国学术领域和学者视野的。自从 20 世纪 90 年代以来，中国学界逐渐意识到国家文化安全的问题，开始一般使用"非传统安全""新的安全威胁"等概念表述相关问题，1999 年以后，"国家文化安全"的概念逐渐明晰，在此概念之下，发表了相当数量的一批论文和专著，所涉及的问题基本覆盖到了国家文化安全的方方面面。在这其中，既有对于国家文化安全问题进行总体论述和一般性的研究的系统专著和文章，也有从全球化、国际政治、国家主权、软实力、文化产业、信息安全乃至网络、影视等问题的角度进入国家文化安全问题的专项研究。这些研究基本奠定了这一问题研究展开的作业面，形成了一个具有共识性的问题框架。①

当代中国的政治和历史实践，提出了很多涉及国家文化安全领域的新的问题，值得我们着重重新考量国家文化安全的问题框架。举例来说，中国在"一国两制"的制度框架下成功解决了中国香港、中国澳门的历史遗留问题。这时的国家文化安全问题，已经呈现为跨越和大于政治制度边界的全新议题。这一方面代表了中国对于世界政治和文化实践方面的巨大创举，让人们看到文化认同意义上的国家的文化国界、文化主权和文化安全问题，在实现国家统一上可能具有的重大作用和密切关联，为下一步解决中国台湾问题提供了有益借鉴，积累了丰富经验；另一方面，这也突破了通常意义上的国家文化安全问题的概念框架和预设前提，对于国家文化安全问题提供了新的思路、新的视野，当然也提出了新的难题和挑战，值得人们慎重思考，认真对待。这只是一个例证，对于日新月异、高速发展的当下中国来说，这样的一类情形会不断出现，不断刷新人们的

①这其中曹泽林的《国家文化安全论》(军事科学出版社 2006 年版)、胡惠林的《中国国家文化安全论》(上海人民出版社 2001 年版)、艺衡的《文化主权与国家文化软实力》(社会科学文献出版社 2009 年版)、韩源等的《国家文化安全论：全球化背景下的中国战略》(社会科学文献出版社 2013 年版)等著作，都是在某个阶段或某个问题领域当中国家文化安全问题研究的代表性著作。本文从上述著作当中获益良多。

思想地平线，同样也激发人们在包括国家文化安全问题、安全举措和安全战略上的创造力。鉴于上述种种情况，总而言之，在当前中国的发展态势和历史条件下，面对国家文化安全问题需要新方略、新举措；应对国家文化安全问题的新形势、新挑战，亟须重新确立国家安全问题的新认识、新思维。

这就要求我们必须从根本性的文化自信和文化主权的政治性思维出发，重新审理国家文化安全因素和安全力量的内在结构、组织、关系，对于国家文化安全的战略举措进行评估。正如习近平总书记指出的："当前我国国家安全内涵和外延比历史上任何时候都要丰富，时空领域比历史上任何时候都要宽广，内外因素比历史上任何时候都要复杂"，因此适时提出要"坚持总体国家安全观，走出一条中国特色国家安全道路"。这为我们重新思考、研究和审理这一问题，提供了理论指导和基本前提。通观习近平总书记的"总体国家安全观"思想与治国理政新理念新思想新战略，"总体性" 不仅仅是对于问题领域的合并与整合，同时也意味着一种具有"总体性"特征的战略性、全局性思维方式：它不仅仅是客体领域的要求，同时也是对于思想与认识主体的要求。这就启示我们，不仅仅要从"总体国家安全观"出发，来考量国家文化安全问题，也意味我们可以从"总体国家安全观"思想中汲取"总体性"的思想与思维方法，来对于包括国家文化安全及其他各种现实问题进行思考与处置，以应对变化了的国家文化安全情势与一个日新月异、不断变化着的世界——这符合普遍性与特殊性及普遍性中包含特殊性、特殊性中包含普遍性的辩证法。

在一个全球化和高科技条件下影响国家文化安全的因素，往往具有超越主权和国家疆界的非常态、弥漫性、持久性特征。因此，国家文化安全方面的威胁，既有现代的"全面战争"的总体性、技术性的规模、强度，同时，又有"恐怖分子"无孔不入的非常规性和不可预测的特性，从而直指人类生存的核心，"文化"的核心。所以，国家文化安全并不是像国土边界一样用一种消极性的"守卫"和保护，就可以保障的对象，不能用军事安全、国防安全来简单类比和考量国家文化安全的问题。而国家文化安全体系的建设，也并不只是一个技术性的、工程性的工作，这也就是说，一个仅仅是技术性的文化安全体系，并不能阻挡国家文化的安全威胁，保障国家文化的真正安全。工程技术化的安全体系仅仅是手段，它无法完成全部国家文化安全因素、安全力量的总体性的调动和组织——因为这些安全因素和安全力量其核心并不是工程技术要素；而一种深层次的“工程化”和“技术化”的国家文化安全问题的思维方式，则更加需要避免，因为它会将肢解文化安全问题的总体性。在目前对于国家文化安全问题的认识与学术性研究当中，一个比较普遍的现象是将国家文化安全问题，分解为各个具体的社会生活领域和“安全”问题层次的局部问题，将国家文化安全定位于这些“安全”问题的一个孤立子项和问题框格，而对于国家文化安全的总体性性质关注不够。各个具体领域、各个具体安全问题上的文化安全，并不能保证国家文化的总体安全，一个技术化的、无懈可击的安全体系；一个完美的文化安全防控程序，并不是总能保障文化安全从总体上不出问题、不出总体性的文化安全问题。国家文化安全具有不可分割、割裂的总体性特征。这其中的根本问题，出在对于文化与国家及国家安全问题关系的理解上。从根本上说，现代国家观念建立在特定的文化观念之上，而不是相反："现代国家体系的形成本身就是一种关于世界体系的文化建构"[①]，事实上，文化建构的还不仅仅是世界体系和现代国家体系，同样也包括“现代”人的认知和思维方式，以及关于“国家”与“文化”的种种观念和理念。后者在西方近代以来的思想史和哲学史当中占据了一个相当大的比重，而这些思想观念和哲学理论，也是当代中国此方面问题研究的主要参照系统、观念来源和思想武库。这些不可避免地、在有意无意间对于当代学者的思想方式和问题格局构成影响。因此，如果只是从这样的国家观念出发，透过这样的国家观念的认知框格去看待国家文化安全（以及相应的军事、政治等方面的安全问题领域），对于国家文化安全问题可能会造成致命的问题局限性。这可能是导致此方面的一些研究总让人觉得言不及质的原因。

当今时代是一个科技高度发展和发达的时代，这对于国家文化安全问题产生了两方面的影响和作用：一方面，它使得我们面对的文化安全挑战空前复杂和严峻，与高科技因素相联系着的文化威胁无孔不入、令人防不胜防，不仅仅是向着社会生活各个方面和其他安全领域全方位地渗透，而且也使几乎每个个体

①胡惠林：《中国国家文化安全论》，上海人民出版社 2001 年版，第 67、132 页。

都难以置身事外，这使得文化安全的保障和防控工作变得空前艰巨；但另一方面，我们也不能因此被这种“高科技”和工程技术性的思维所绑架，认为文化安全只是技术性和“信息”层面的安全，并且任由这种思维方式向着文化安全问题的核心领域和各个问题层面蔓延。这很可能将会肢解国家文化安全的核心问题而舍本逐末。在这种情况下，恰恰需要一种总揽全局的、富有穿透力的战略性眼光，来把握住问题的根本核心所在，而不是被花样迭出的技术问题、偶然事件和表面现象牵着鼻子走。从根本上说，国家文化安全仍然是人的安全；或者说，比之于其他国家安全领域，尤其是属于“人”的安全。人的因素在文化安全问题当中占据核心位置。不仅如此，一方面，这个人的因素不是作为生物学和经济学意义上的人，而是作为社会的人、历史的人、文化的人尤其是精神性的人这样更为本质的人性因素。另一方面，在很多国家文化安全的问题领域和层次，需要关注或者观照到个体和个体性因素，需要将个体的因素考虑进去，但不能因此将个体视为国家文化安全问题的思考基点，不能用个体案例和个体事件，来抵制国家文化安全问题的总体性考量；反过来说，个体文化安全的叠加，也不等于国家的总体文化安全，并不能保证国家文化的总体安全，因为后者并不是个体安全的简单扩大和“量”的总和，从问题的思考方式上，也不是个体安全问题的平面延展和简单放大。

总之，对于国家文化安全问题的“总体性”特征的理解，至少要避免以下几个方面的误识：第一，不能把国家文化安全从国家安全和国家政治等问题的总体性当中割裂出来，作封闭的、孤立的考量；第二，不能把国家文化安全问题技术性、工程性地分解为安全领域和安全体系的各个局部和维度的安全；第三，不能脱离国家文化安全主体的生活状态和生存条件，脱离国家文化安全的内部外部条件，仅仅作外在性的、形式性的抽象考量；第四，不能将国家文化安全当成是一个空间性的、瞬时性的安全状态，乃至安全要素和安全组织体系本身的“安全”，不能仅仅从“安全”求“安全”，为了“安全”而求“安全”。一种“总体性”的国家文化安全观念认为，国家文化安全是国家安全体系和国家安全建设的一个重要组成部分，不过它并不是简单地依附和附属于国家安全问题，它也不仅仅是与其他国家安全问题或安全领域并列的一个区段、一个框格。国家文化安全不仅仅是与军事安全、政治安全、经济安全、社会安全等安全领域平行的一个领域，它同时具有自己相对独立的特殊性、特定的内在规律，以及特别的重要性：

1.根本性。人们一定都听说过这样一种通俗的说法：要真正灭亡一个国家，就首先要消灭它的文化。一种广义和扩大视野当中的国家文化安全，直接连接一个国家和民族生存的核心领域。国家文化安全问题的核心，是一个国家和民族生存的价值根据，以及国家的文化主权与文化正当性。没有国家的军事安全、政治安全、经济安全、社会安全，不可能有国家的文化安全；但是国家的文化安全，却必须是包括军事、政治、经济、社会安全在内的常态的、整体的安全效应的集中体现与反映。因此，文化安全反过来也可以当做是对于后者进行考量和检测的一种指标。在某种意义上，一个国家、民族也与个体的“需求层次”类似，当物质意义上的生存和发展问题得到解决以后，文化上的追求和要求便上升成为主要目标，而相应的“安全”问题便也凸显出来。文化安全，最终保卫的是一个国家和民族生存的尊严和存在的意义与价值，因此，称之为是一种根本性的、高层次上的“安全”问题也不为过。可以想见，随之我国经济社会的进一步发展，在物质层面逐渐进入富裕和小康的同时，文化需求和文化安全的重要性，将进一步凸显出来，成为人们关注的重点目标，也成为中国作为一个大国崛起和文明复兴的必然要求和重点关切。

2.常态性。总体国家文化安全，从效应上讲是常态性的，追求的是几乎绝对性的安全，而不是应激性的、临时性与局部性的安全，不是动态和递补平衡性质的安全。国家文化安全不可能是在一时一事上的安全，而必须是一种常态的、恒久的安全状态和整体安全效应。因此，总体国家文化安全突出的是其生存性特征，具有一种突出的“时间性”安全特征。这也是由国家文化安全的性质决定的，因为文化反映的是一个国家、一个民族最深层的生活和生存本质，是价值观念和生活理念、理想的领域，在这个领域当中，比之经济上的损失、军事上的失利、甚至一城一地的得失更加容不得丝毫含糊。所以，国家文化安全可以看作是国家安全的日常性状况和总体性状况的反映，而文化冲突和文化战争——这意味着人类生存的价值理念的不和谐与纷争，则可能是人类“最后的战争”。中华民族历来热爱和平，反对纷争，“和而不同”当然是最好的状态，同时“和”也不意味着绝对的同一和同质化，但既然“不同”，也就免不了有失“和”的状况。所谓“最后”，并不只是意味着时间上的终结点，而且也意味着这种“战争”可能的长期性和终极性。因此，要消灭此种意义上的“战争”，比之止息军事上的冲突，可能需要人类付出更为长时间和更加艰巨的努力。但反过来，此方面的安全，由此恰恰必须是绝对的生存常态。

3.独立性。如前所说，国家文化安全有赖于其他领域和层面上的国家安全的保障，但国家文化安全又同时具有与军事、政治等方面的安全并非简单一致和对等的相对独立性，国家文化安全的核心，并不是简单地依附于国家机器和政治制度建构、构成。“南渡君臣轻社稷，中原父老望旌旗”，前一句是讥讽：讽刺当权的统治阶层，抛弃宗庙社稷，实际上是国家文化安全上的流亡状态，即便仍然能够保有国家政治（“君臣”）的外在形态；后一句是实情，只要社稷犹存，就不失其“中国”（“中原”）和“父母之邦”（“父老”）的地位，但的确迫切需要国家的政治和军事上的安全保障（“旌旗”）。国家文化安全在这种相对独立的前提下，具有特别顽强的性质，因而可以在脱离国家制度形态和军事、政治安全的情形下独立持存：“衣冠南渡”“鼎器北迁”，在失去军事政治安全屏障的游移状态下，长期顽强地持续下来。覆灭的国家可以由此重建，离散的种族可以由此重聚。在这个意义上，有效地维护国家文化安全，在某种意义上具有更为关键和根本性的意义，反过来说，对于一个具有坚定的文化信念和强大文化价值认同力量的国家和民族，要想从文化上击败他们，可能比之军事上的胜利和政治上的统治更加困难。

从外部因素讲，放眼世界和全球格局，从中国现实的国家文化主权和文化战略的意义上说，这里也必然带出一种文化意识和文化价值理念内在的“总体性”问题，或者说，国家文化安全的“总体性”战略，是一种必然的选择：“一个非西方的社会文化主体意识，必然是一个总体性的主体意识。因为在西方主体性的总体性面前，放弃自身主体的总体性就是放弃自身价值体系的正当性，就是放弃整个生活世界的价值依据和历史远景。这样的‘主体性’根本不具有参与普遍与特殊、自我与他人的辩证法的资格，因为它在一开始就已经丧失或放弃了自身文化认同，早晚会变成西方体系内部差异性格局中的一个品位。”[①]这里的问题提得有些激切，但这也有助于我们认识到问题的严重性和迫切性。对于一个国家和民族来说，文化价值领域代表了这个国家、民族对于自身的理解和认知，而国家文化安全，也是这个国家和民族自身的生存状态和生存方式的全面主张、评估和卫护。因此，这种文化意识和文化价值的内在“总体性”也基于这样一种现实：那就是“说出来的”价值理念，反映的往往并不只是价值“理念”本身的问题，也不仅仅是狭义的“文化”范畴内的事情；而可以达成“交叠”的“共识”，可能恰恰只是“理念”本身，所以仅仅从价值理念本身着手考量和达成的“交叠共识”，可能只是一些表层的东西，往往并不能真正反映双方全部的深层真实意愿。这也充分说明，一个国家和民族的根本性的核心价值理念作为其生存的总体性的反映，从本质上讲是不可交易的，也没有讨价还价的余地。反过来说，那些总是“说一套，做一套”的国家，从其自身的角度讲，它自己或许并不觉得违心，而是在不同层面上、以不同的方式从总体上维护其自身的“价值”诉求。因此，不能简单地期待它会有朝一日良心发现、心口如一，对此可以向好的方向努力，但也应有充分的估量和心理准备，并做好战略性的应对预案和措施，避免总是“争端——应激”式的反应模式，落入对方的话语圈套和思路当中。所以，对于文化价值和价值理念层面来说，真理总是全体或“总体性”的，不应该类比和复制军事国防安全领域的“防御性”战略；而这个领域发生的争执与“不同”，也不会产生军事冲突和战争的破坏性后果，它反而有助于双方更充分地认识自身，理解对方，促进文化发展，未见得都是坏事。

在对于包括国家文化安全在内的文化问题和文化战略考量当中，需要以各种不同的维度和视角来观照认知对象，要能经得起出于不同的焦距和变换的视点对于问题的反复推勘，能经得起对于问题性的部分与整体、认识对象和认知主体的互换、互照式的审度，并且在这其中，始终保持国家文化安全问题本身不可还原的独特性和内在的“总体性”。在关于国家文化安全问题的研究当中，大部分有害的思路，都可以归结为将国家文化安全及其相关性问题、概

①张旭东：《全球化时代的文化认同：西方普遍主义话语的历史批判》，北京大学出版社 2005 年版，第 19 页。

念做一种隐喻或比喻式的思考。这可能是有意的,可能出于无意,也可能源于某种概念和问题方式,或者源于某种思想传统和学术传统:它最为根本的问题,就是以某种已知的、熟悉的问题领域、问题属性和问题格局(军事、政治、社会等安全领域),来推演、比拟和类比未知(文化安全)的问题性。这种思维方式的结果,就是肢解和取消了国家文化安全问题的独特现实性。"总体国家文化安全观"力求从根本上避免这种思考方式,重新梳理从根本性的"文化自信"出发的文化安全问题的内在学理结构和学理线索,同时基于中华文化和文明传统的连续性,用"总体国家文化安全"的概念,重新审视中华传统文化在总体性国家文化安全当中的地位、意义和作用。具体来说,通过阐释国家文化安全在国家安全体系当中的这种根本性、常态性、独立性特性,以及"总体国家文化安全观"的学理品质,从纵向上阐明文化自信、文化认同、文化主权等问题与文化安全问题的内在理论线索与"总体"性关联,从横向上凸显"总体国家文化安全观"视野下中华传统文化在国家文化安全当中的重要性。"总体国家文化安全观"因此不仅仅是考察国家文化安全问题的"总体"关涉,同时也从这样的"总体性"问题视野当中,来重新整合国家文化安全的问题性和问题领域。这并不一定否认原先的问题格局和概念框架,不过希望由此对于问题能够有比较全面和整体的把握。

二、"总体国家文化安全观"的基本概念与学理品质

这就带来"总体国家文化安全观"和总体国家安全观的关系问题。"总体国家文化安全观"是在"总体国家安全观"的前提和启发之下,遵照总体国家安全观的思想方式和问题方式观照和处理国家文化安全问题。但正因此,"总体国家文化安全观"并不是总体国家安全观的问题框架与概念格局当中的一个局部和次生的问题框格,由它与诸如"总体国家政治安全观""总体国家经济安全观"等组合成"总体国家安全观"——那将再次回到之前的问题格局当中;"总体国家文化安全观"并不意味着对于政治、经济、文化等概念系统和问题格局组成的国

家安全观念和国家文化安全问题的否定,而是对于问题性从根本上重新组织和的重新审度。这样,所谓“总体国家文化安全观”,既是从综合国家乃至全球性的政治、经济、军事、社会等方面的问题视野,进行的国家文化安全问题的“总体”观照和“总体”审视,也意味着从国家文化安全的角度,对于整个国家和民族的生存和发展状态重新进行的“总体”性考量,将国家文化安全意义上的文化关注和文化思考,全方位地渗透入国家政治和社会生活问题的“总体性”当中,并在这种“总体性”的问题网络和关联格局当中得出相应的结论和对策。它可能会在与原先的问题方式的相互参证当中,有助于不断推进和加深对问题复杂性的“总体”认识和全面把握。

因此,“总体国家文化安全观”的基本概念和学理品质,根本上基于一种对于文化本身的“总体”性理解方式。前面所讲的国家文化安全的根本性、常态性、独立性特征,将这里关注的国家文化安全问题,与国家安全的一般问题、也与一般意义上的“国家文化安全”问题区分开来,它们属于是对于国家文化安全问题的“总体”特性和“总体”视野的归纳。着眼国家文化安全的“总体”问题性,一种不同于以往的对于国家文化安全的理解和认识视野,一种“总体国家文化安全观”的概念系统与学理规定性,具体表现为以下几个方面:

1. 在“总体国家文化安全观”看来,国家文化安全首先意味着一种对于“文化”本身的全面本质的高度尊重,而这种尊重最终导致对于人的因素的高度重视。如果说,即便是在军事安全和战争领域当中,人的因素、尤其人的精神性因素也是一种不可忽视的重要力量,那么文化安全就更加主要是“人”的安全领域。“总体国家文化安全观”的核心,是一个国家存在的核心价值理念、价值根据问题,以及人民对此进行的价值认同问题。一个国家、尤其是一个大国在国际世界当中的存在,不仅仅是民族成员个体的集合,也不仅仅是军队等国家暴力机构的存在,同样也不仅仅是中立性的体制、机制和各种社会性、经济性组织机构的存在;国家的存在首先是政治性的存在,而政治性存在的核心,是从某种价值理念和生存理想出发,规划和安排一个民族和国家人民总体性存在方式的问题。在当代中国,由于特殊的历史原因,人们对于“政治”一词总是过分敏感,其实政治正代表了那种对于生活和生存领域的筹划、组织、安顿方式,这种扩大了的政治概念,即便是临时性的使用,也有利于将一些问题的本质层面展示出来。当然,从大的政治概念和政治思维着眼,说国家文化安全的内在核心在于文化价值认同,不等于说从制度和技术等方面可以无所用心,或者根本无从着力。恰恰相反,认识到"总体国家文化安全观"与文化安全的核心问题所在,方可以制定更加切实有效的文化安全的体制机制和工程技术性举措。"总体国家文化安全观"由此主要涉及一个与"政治"概念重叠的广义上的"文化"概念,而非与政治、经济、社会、军事等并列的狭义的"文化"概念。

因此,按照"总体国家文化安全观"的理解,国家文化安全是一个具体的现实问题,它指向现实的生存秩序和国家的政治性存在。国家文化安全问题由此必须放置于人的文化存在、文化生存的现实性关系当中来进行考量:"脱离安全主体抽象地讨论所谓文化安全,最终陷入文化相对主义或文化保守主义。任何现实的文化安全都是特定文化主体的整体利益安全的组成部分,没有离开人的抽象的安全,也没有脱离特定利益主体的抽象的文化安全,文化本身不存在安全问题,文化的价值最终也要体现在人的需求上。"[①]国家文化安全不是一个抽象的理论命题,不能被概念本身束缚住手脚。中华民族自古以来就有修齐治平、家国同构的国家理念,而从来没有将国家看作是外在于人的生活与主体生存的抽象机器和机械的制度框套那种理念或观念方式,也没有将国家安全看作这种制度框架的自在存在本身的"安全"的思路。这种中国观念传统并不与马克思主义的国家观念相矛盾:"中华人民共和国"在"人民主权"前提下的"共和"政体选择,也与中华文化精神和政治文明源流息息相通。而离开人的生活和主体生存来谈论文化和文化安全问题,不仅容易陷入问题的抽象性和技术主义的神话,而且也不能够形成一个全面的文化概念和文化安全问题的视野,最终会在对国家文化安全问题的认识上,构成实质性的妨碍和伤害。

2.从"总体国家文化安全观"着眼,总体国家文化安全的问题性关注,国家文化安全与文化主权的问题,与文化本身的特殊属性密切地相关,思考国家文

①韩源:《国家文化安全论——全球化背景下的中国战略》,社会科学文献出版社 2013 年版,第 25~26 页。

化安全问题，不能离开对于文化和文化问题本身的特质和特定属性的充分估量。文化和文化问题本身，就有着不宜于技术化、工程化和度量化的属性，因此，如果简单地比照国家安全问题其他领域的考察和观照模式，就不可能正确地处理和处置文化安全问题。不应该简单地从国家安全和国家主权的规定性，来类比和演绎国家文化安全和文化主权问题[①]。文化安全问题不宜理解得太过泛化[②]，但也不宜理解得过于狭隘：文化安全有着不同于军事、政治等安全问题的特定属性与庞大的问题性根系，仅仅以通常采用的政治、经济、文化三分一类概念系统，来作为国家文化安全问题的思考出发点和问题性视野，肯定是不够的。美国的马克思主义学者杰姆逊曾经指出，在后工业时代，经济变成了文化，而文化也变成了经济。政治、经济、文化在这样的情况下呈现高度复合、相互渗透的状态，比如美国那些遍布全球的连锁快餐，它本身是经济领域的事情，但它同时也是一种生活方式和价值理念的表征，正如人们所指出的，人们消费的不仅仅是那些垃圾食品，更是在消费美国的文化：一种一度被部分人认为是“先进”的、因而被人们所“向往”的文化和生活方式。而与此同时，涉及到的就是通过文化的方式体现出来的“政治”问题：人类生活不同的价值理念和生存核心价值安排方式的相互遭遇，以及由此而来的一些不可避免的比照、竞争和冲突的问题。

涉及文化主权问题时尤其如此。“总体国家文化安全观”凸显出国家的文化主权问题。文化主权概念意味着一种不同的思维方式、问题方式、思考视野，也意味着一个扩大了的“文化”概念，以及一个总体性的“政治”概念。如果文化主权仅仅是一种“文化”层面上的“主权”，与“政治主权”相互并列，那其实也谈不上什么“主权”，而只是一个非正式的、比喻性的说法。其实，即便在日常语言当中，问题也能区分得很清楚：正如“政治主权”并不仅仅是在“政治”层面上拥有的主权一样，文化主权也同样不仅仅是在“文化”层面上领受的主权[③]，或者仅仅在“文化”层面展开和行使的主权，而是从文化的角度考量、伸张和行使的

①韩源：《国家文化安全论——全球化背景下的中国战略》，社会科学文献出版社 2013 年版，第 28 页。
②韩源：《国家文化安全论——全球化背景下的中国战略》，社会科学文献出版社 2013 年版，第 27 页。
③韩源：《国家文化安全论——全球化背景下的中国战略》，社会科学文献出版社 2013 年版，第 28 页。

主权[①]。在这里,尤其体现出“主权不可分割”的“总体性”的主权思维——即便是“文化主权”也同样如此。因此,在这种情况下,文化与政治具有相当的交叠和重合面,而经济等领域的问题,在相当程度上也就蕴含在这其中了——在分析研究国家文化安全问题时,这具有很大的优越性和便利性。将这些纳入文化主权、文化政治和文化安全问题的视野,并不意味着由此将采取一种简单的针锋相对的措施,更不意味着由此重回闭关锁国的状态以保障“安全”;但如果只是坚持政治、经济、文化、军事……的概念区分格局,将这一切都排除在文化概念和国家文化安全的问题领域之外,那就很可能将大量的、甚至是最关键和最重要的国家文化安全的问题领域,排除在视野之外——同时它们也并未因此进入“文化”之外的其他安全问题领域,而是被这种思维方式本身给消解掉了。其实,比之黑客入侵和信息被盗,这一切可能才是国家文化安全问题的常态,与更加宽博的“基座”部分。国家文化主权的有效权能和完整性,对内根本上取决于一个国家和文化共同体的生存核心价值的“安全”,对外体现为国家文化“软实力”,而后者又建立在前者的基础上,并取决于前者的内在合理性、普遍的有效性和感召力。这之外,才是技术防控和操作实践方面的“文化安全”问题和相关举措。

3. 从“总体国家文化安全观”出发,国家文化安全关注文化的内在融贯的整全效应。文化问题和文化概念本身,就是对于概念的抽象性、机械的工具理性和功利的“利益”思维的反动,而恰恰正是这种“反向”的构成作用和结构机制,是文化和文化领域主要的功能和效用机理:文化不是思想、理论,因此它主要不是通过概念起作用;文化的作用方式主要是体现为一种综合性、弥漫性、后果性的效用,因此它与工具理性、分析理性的作用机制不同;文化主要是在长时间内潜移默化地影响和规约人的生活模式和行为模式,而并不预设结果和效益,因此它并不凸显功利和“利益”色彩……当政治、经济领域使人们在社会生活当中逐渐分解和离析为阶层、团体甚至一个个孤立的个体时,文化起的是黏合、协调、统合的作用机制;当现实的社会关系使得人们之间充满纷争和不和谐之时,文

①艺衡:《文化主权与国家文化软实力》,社会科学文献出版社 2009 年版,第 22~23 页。

化能够吸收和疏解负能量,让社会安静、人际协和;文化让人们暂时从功利的、实用的环境和状态当中解脱出来,放大视野,反身自省,认清来路和目标,认识自己的“根”和“魂”——这些当然都不只是从个体层面、或通过个体来发挥作用。正是文化的这种“反向”的作用机制,才是文化之为文化,也才是国家文化安全问题的核心和基础。同时,也才有必要探讨文化安全问题和“总体国家文化安全观”,否则,完全可以作为政治、经济等安全问题的附属问题进行探讨;或者说,无论如何探讨,仍然只能是这些问题领域的附庸和附属问题。

如上所说,国家文化安全问题的核心是一个国家存在的核心价值构成和价值根据问题,它不是一个“利益”问题,也不是一个在抽象的理性机制和工程技术体系内能够解决的问题。把政治和文化问题“利益”化,是自由主义的经济思维向别的问题领域全面渗透的结果。不能用“利益”思维来界定国家文化安全的核心问题——哪怕是文化“利益”的思维。从字面上看,“利益”也与文化(价值)问题的属性不太相匹配,它狭窄的内涵和功利化取向,会将很多重大的文化安全问题肢解或排除在视野之外。比如文化认同问题,从利益角度,完全无法解释中华传统文化和相关的文化认同之于国家文化安全问题的意义:“利益”基于一种实用理性、工具理性的计较和算计,但全体国民对于中华民族生存核心价值的、可能是完全没有理由的亲切感和认同,才是国家文化安全最核心的坚实基础。这看似是“软件”,实际上是最坚固的文化长城,但这甚至是出于前理性、非理性和无意识范畴内的问题,所以它也不是政策规章、体制机制和法律法规能够解决的问题。“利益”主导的安全观会带来这样一种逻辑:“利益”决定战略和策略,战略策略决定体制、技术和规范,体制、技术和规范决定核心价值和文化认同,可以说是完全头足倒置、轻重颠倒。因此,把国家文化“利益”当做国家文化安全观的核心,持一种“利益”主导的国家观念和国家文化观念,那它必然是不牢固的,道理很简单:既然是“利益”,那就必然可以被更大的、更具诱惑力的“利益”所打败。“利益”主导的国家观念和国家文化安全观念均不可取,“利益”或许可以作为一个外部的、结果性的考量指标,但绝不可以在“总体国家文化安全”体系当中占据核心和实质性的地位。所以,在其他领域和层面可以讲利益、必须讲利益,但如果在文化问题和文化安全问题上也完全以“利益”为指向,可能受损失的恰恰是我们的根本“利益”,可能恰恰无法获得任何“利益”。

在以往的思路和概念系统当中,从“文化安全”当中来寻求文化安全,往往得不到文化安全,“国家文化安全”其实往往并不是“文化”本身的安全,更不是人们制定的那些文化安全举措和机制本身的“安全”。正如前面所讲到的,文化安全要“以人为本”,用人的因素整合各种安全技术、安全体系、安全策略的有机性,才能建立起文化安全的综合和“总体”效应。文化是“人的因素”最直接、最集中的关联领域,而中国文化的根本,是在五千年的历史当中创造的中华传统文化和文明。“总体国家文化安全观”突出作为人性化的、生存性的文化(价值)概念,以及国家和民族作为文化生存和文化存在的深层基础,因此,“总体国家文化安全观”必然建立在中华文化和文明传统的连续性之上,必然建立在中华民族生存的核心价值理念和文明视野的整全性之上。或者也可以反过来说,只有建立在这样的基础之上,才可能有国家文化的“总体”安全和“总体国家文化安全观”。“国民的文化认同是国家文化安全的基础”已经是普遍的共识[①],而中华传统文化既非“利益”,也非“策略”,同样也不是体制和机制问题能够囊括的。认识到中华传统文化对于国家文化安全问题的全方位的、根本性的重要性,是对于国家文化安全问题认识的一种全面深化。当然,反过来也可以说,只有在“总体国家文化安全观”的视域当中,才能充分发现和发掘中华传统文化之于国家文化安全的重大现实意义。

三、中华文明传统的连续性与国家文化安全的“总体”格局

在目前的国家文化安全问题的相关研究当中,对于中国传统文化之于国家文化安全问题的重要性认识不够,论证严重不足,根本原因除了国家文化安全概念和认知视野上的误区之外,恐怕就在于人们对中华传统仍然沉浸在深度的偏见当中。在很长的一个时间段内,“传统”在当代中国语境当中,基本上是一个

①郭齐勇:《重视国学教育,加强文化认同》,《光明日报》2015 年 3 月 11 日第 6 版。

贬义词,或者起码是一个带有贬义嫌疑的、让一些人避之唯恐不及的中性词,主张“传统”因此属于一件不可理喻的事情;而“现代”更像一个巨大的价值涡漩,将历史的滚滚洪流都吸附其中,为了“现代”而“现代”,是一个可以不需要任何论证就能通行无阻的、同语反复式的文化逻辑。因此,若干代人、甚至直到今天,“现代”都是人们用以沾沾自喜地自我标榜的价值标签。从大的历史格局看,这种“现代”神话以及从“传统”到“现代”的逻辑,在它上面交叉和叠加着多重的文化逻辑和社会机制,包含了主要源自西方的现代性文化本身的隐秘机理和能量,但它确实体现了中国文化和中华文明体系在特定条件下的文化意识和历史境遇。能够认知和理解这其间发生的文化机理与话语机制的构成与变动,对于理解中国今天的现实处境,思考今天的文化战略,都有重要的参照意义。

人们出于对于传统的隔膜,一方面忽略了中华传统文化对于今天中国人生活的全方位影响,另一方面出于一种文化自卑心理,对西方的一切都顶礼膜拜,不顾时代和国情的不同,只是一味地以西方的“普世价值”标准来衡量中国,对于传统因此是处于双重放逐、双向隔膜状态当中。中华文化和文明传统,由于这样的历史的原因,一直处于一种断裂和断层的状态:“五四运动在‘打到孔家店’和‘重估一切价值’的同时,也扯断了与传统中华文化的天然联系,在为寻求中国国家文化安全新文化保障的同时,也使我们丧失了中国国家文化安全的天然屏障。正是由于隔断了与传统文化的天然联系,尤其的在具有普世伦理方面否定了以儒家学说为核心的意识形态,从而使得我们在寻求文化创新以支持我们事业的全部合理性与合法性的时候,缺乏足够的原生文化资源的养料。”[①]儒家文化对于中国作为现代国家形态的潜在的塑造意义,可能被人们过分忽略了:它不仅内在地与近现代以来的革命精神和革命道路相通[②],可能也同样深层次地影响到现代中国对于社会主义道路和政治体制的选择。因此,向传统致敬,回归传统,并不是简单的保守主义或者因循守旧:“所谓回到传统,不是回到那个文本,那个规范,而是重建自身历史的连续性,同时重建讨论自身历史的知识和价值框架的连续性。回到传统不是往后走,而是往前走,是确立本民族的当代意

①胡惠林:《中国国家文化安全论》,上海人民出版社 2001 年版,第 67 页。

②刘小枫:《儒家革命精神考》,见其《儒教与民族国家》,华夏出版社 2015 年版。

义上的文化政治意识的努力。"[①]传统不是我们需要时拿来用一下的东西,而是规定我们自身的存在和文化构成的时间性本质,也是决定我们未来走向的价值结构。而只有作为一种连续性总体的中华文化和文明传统,才能定义中国之为中国、中国人之所以为中国人的全面本质和全幅价值光谱。

中华文明在绵延五千年的悠久传统当中,形成了自己独特的文化价值体系、道德伦理观念、生活与制度理想。中共十八大之后,习近平总书记指出:"中华传统文化是我们最深厚的软实力""文化的自信是根本的自信"。他在北京会见第七届世界华侨华人社团联谊大会代表时强调:"团结统一的中华民族是海内外中华儿女共同的根,博大精深的中华文化是海内外中华儿女共同的魂,实现中华民族伟大复兴是海内外中华儿女共同的梦"。这些论述,对于中华文化和文明传统的重要性作出了重点强调,这对于国家文化安全问题研究同样具有指导性意义。同时,为重新全面审度中华传统文化在国家文化安全问题当中的重要性提供了契机:只有建立在根本性的文化自信基础上的、对于中华文化和中华文明的全民族的自我认同,才是国家文化安全的深厚基础和根本保障。"总体国家文化安全观"因此不是一个简单的、消极性的国家文化安全的"防御"观和具体防御举措——这样的安全观,既称不上"总体",也不可能达到根本性的"安全",而是必须包含一个全方位的、正向的、肯定性的生存价值体系,并且建立在这样的基础之上。

同时,需要说明的一点是,中华文明传统这个生存价值体系,在国家安全和国家文化安全问题上,尤其在面对全球和国际性的文化安全格局时,并不只是一种"文明冲突"意义上文化政治和文明政治的正当化资源与文化战略武库,它同样也是中华传统文化的"自然正确"(自然正当)和本质属性的全尺度绽放。这是由中华传统和中国文化的特定属性和本然基质所决定的:只有在中国传统当中,"自然"才可以既是起点和出发点,又是终点和目标,而不是一个空洞的"本质"(nature),同样也不只是一个抽象的概念和外部的规范性力量。这时的生存政治和国家政治,建基于真正"自然正确"的文明基地之上,政治主权的文明正

①张旭东:《全球化时代的文化认同:西方普遍主义话语的历史批判》,北京大学出版社 2005 年版,第 4、19 页。

当性和生存政治、国家政治的文明大格局筹划，才是真正的可能性——而不只是相互冲突、争执不休的价值理念纷争、“诸神之争”。秉承这种自然基础和自然属性而来的文明“大政治”格局，才是现实的可能性，或者说，这才是清明的、根本意义上的“文明政治”。因此，要说“普世价值”，中华文化可能才是“文明”的普遍性程度发展得最为强烈的文化传统，或者说，中华“文化”的概念当中，内在地包含和延展出“文明”的普遍性意义，中华文化基因当中所包含的这些有利于世界和平与和谐的因素，及其在当代世界的意义和价值，也已经被越来越多的人所认识到。

这样，当人们真正进入总体性的、扩大了的国家文化安全问题思考视野时，中华文化和文明传统在此问题上的基础性的问题性架构地位，以及由此展开的“总体性”的问题格局，也就会完整地显现在人们面前。目前，举国上下正在沿着中华文明传统的历史脉络，为实现中华民族伟大复兴的“中国梦”而奋斗。对于文明，人们有各种各样的定义和理解，通常认为它包含文化价值、制度和器物三个层面。马克思关于“世界历史”的构想，实际上也包含了一种关于现代文明发展与世界文明秩序的理论视野。在现代历史条件下思考文明问题，因此总已经包含着一种对于世界文明秩序构成的理解：这种理解最终是关于生活、生产方式和制度安排的理解，它不能脱离开人类发展的“世界历史”时势、格局来进行抽象探讨和孤立考量。2014 年 3 月，习近平总书记出访欧洲期间，在中法建交 50 周年纪念大会上讲道：“中国梦是追求和平的梦”“中国梦是追求幸福的梦”“中国梦是奉献世界的梦”“中国一心一意办好自己的事情，既是对自己负责，也是为世界作贡献。随着中国不断发展，中国已经并将继续尽己所能，为世界和平与发展作出自己的贡献。”这实际上是指明，历史发展到今天，面对中华文明传承和中国发展道路问题的新格局、新局面，必须从世界文明、人类文明的层面上，来看待中华文明传统和社会主义中国本身的地位、作用和历史担当。而“中国梦”代表了中国人民在新的历史条件和世界格局之下，对于中华民族的生存和发展以及世界文明秩序的一种全新理解和诉求。它不仅与中国的国家文化安全问题密切相关，而且本身就是对于包括中国、也包括全人类未来的生存方式和共处之道，在一个更高层次上的理性表达和总体谋划，因而构成思考和处置国家文化安全具体问题的总体框架和基础格局。

包括中华文明在内的世界各大文明体系，代表了人类物质文明和精神文明发展的高度和水准。一种正常的全球文明秩序，应该是各种文明体系和谐共存、相互取长补短的“和而不同”的关系，正如习近平总书记在联合国教科文组织总部的演讲中所讲：“世界上不存在十全十美的文明，也不存在一无是处的文明，文明没有高低、优劣之分。”但毋庸讳言，在相当长的时间里，由于近现代历史阶段在经济、军事等方面的优势，“西方梦”“美国梦”被等同于“现代梦”“文明梦”本身，成为很多欠发达国家、民族和地区谋求发展、实现现代化所竭力追逐的目标，在世界文明秩序当中，往往只有“西方梦”和“美国梦”的身影。在这样的情形之下，“中国梦”的提出和不断实现，不仅对于中国，也必然对于世界文明发展和文明秩序发挥其积极作用，作出有益的贡献：

1.“中国梦”的基础，是全体中国人民对于中华文明传统连续性的强烈认同感，以及对于这一文明传统、文明体系在未来世界发扬光大的充分自信心；而作为一个传承有序的整体的和谐、稳定的中华文明和强大的中国，必将为世界文明秩序起到一块厚重的“压舱石”的作用。中国近代以来遭遇西方列强所蒙受的深重苦难，使得人们曾经把中国的落伍归结于中国文化和文明传统的“落后”，辉煌的中华文明史，一度被视作中国实现现代化的障碍、融入“现代文明”的包袱。改革开放以来，中国经济社会发展所取得的巨大成就，引发了全体炎黄子孙对于中华文化和文明传统的集体自豪感和自信心。“中国梦”的提出，标志着彻底终结这种文明自卑感的一个全新历史阶段的开始。从文明传承的意义上讲，社会主义制度能够在中华文明传统中生根发芽、发展壮大，这本身就说明社会主义是符合中国国情的历史选择，社会主义的基本价值理念与中华文明传统在精神上息息相通，社会主义的新中国，是中华文明传承当中的重要一环。放弃社会主义制度，中国只能回到资本主义的起点上，在资本主义文明充分发展的丛林世界当中，历史不会给我们重走一遍资本主义道路的时间和空间。因此，坚持中国特色社会主义道路，本身就是坚持中华文明传统近世以来最重要的价值抉择，本身就是光大中华文明传统的前提条件。反过来，中华民族伟大复兴的“中国梦”的实现，中华文明传统的传承与新生，也对于今天的社会生活和社会主义政治制度建设起着积极的促进作用,推而广之,作为传承这一文明传统的13亿人口的大国,也可以为良好的全球文明生态作出贡献:中华文明传统在道德伦理、文化价值领域,有很多传承千年的美德范畴和生活理想,长久地积淀在中国人的心中,体现了中华民族对于良好的社会生活秩序的严肃经营和美好愿望,对于它们的批判继承,必将成为社会主义公民道德和社会主义核心价值体系的有机组成部分;在中华文明精神有着深广影响的基层社会组织领域,如家庭、社区等,作为社会生活的组织细胞,大面积传导着发源于中华文明基因的"生命电波",这将赋予社会、政治生活以活力和有机性;在中华文明史上有着丰富的治国理政的经验、方略,可以为今天的社会治理和政治实践提供借鉴……总而言之,"人道敏政,地道敏树",建立在深广的文明基础上的社会主义制度,一方面本身就是最重要的文明成果,另一方面,政治制度作为文明建构的最重要的内容,中华文明传统也必将随着中国社会主义政治制度和社会主义事业一道发扬光大,共同加入人类对于美好的社会制度和文明理想的筹划、设计和建设,共促世界安宁、和平与发展大业。

2."中国梦"的核心,中华民族的伟大复兴与中华文明的重新崛起,必将实现对于反映中国人生活方式、实践意志的中华文明理想的践行和弘扬,这结果,就是对于西方的特定文明理想和及其文明价值的"普世性"神话的破除。人类文明发展到今天,人们应该清醒地认识到,文明不是只有一种模式。中华民族的伟大复兴,不能离开文明传统的复兴;而文明传统的复兴,就是从生活和生存方式的实践层面上,真正地去理解、践行和弘扬中华文明当中那些优秀的文化价值理念和文明理想。中华文明的崛起和中华民族的伟大复兴,有着非常具体的社会、文化、历史层面的实质性内容或现实基础:在今天乃至未来,在世界文明格局当中,它所体现的,是中华文明以一种崛起、或重新崛起的历史主体的姿态,对于中国人的历史传统、制度体系、道德伦理和思想感情理直气壮的自我认同和尊重。它必须要面对的客观历史现实,就是当前特定的文明体系和某些所谓"文明国家"对于人类文明理想的支配性影响,以及对于"文明"定义、最终是"人"本身的定义的"垄断"。在今天这样一个越来越拥挤的地球上,各个文明系统都不可能老死不相往来,文明系统相互之间的全球性遭逢,可以说是人类文明史发展的必然。这从积极的意义上说，是人类生活的共同基础越来越趋近，各个文明体系所面临的共同问题越来越多，联手解决问题的需求和可能越来越大，当然，相互之间误解和摩擦的可能性也在增加。因此，这其中也就越来越需要一种切实有效的文明交流和对话。反过来，也就要求人们从一个全新的视野当中来思考和处置文明问题。在这样的文明发展趋势和格局当中，作为“追求和平的梦”“追求幸福的梦”，在“中国梦”的背后，是“我们为什么要做一个中国人”“我们如何去做一个中国人”的文化价值理念和相应的制度设计、制度安排。而当“中国梦”梦圆之时，则意味着中华文明在全球文明秩序当中的地位和价值得到普遍认同，到那时，不但中国人，而且全世界、全人类将达成共识：作为中国人，是一种充分体现了人本身的生命价值的生存理念和生活方式，是一种完满地实现了人作为人的本质的生命存在；传承中华文明统绪的中国制度和中国社会，是一个值得人们向往的制度模式与国家。我们不会把自己的文明理想和制度理念强加于人，但可以昭示一种不同的文明道路和文明选择，这最终有助于和谐、安定的全球文明秩序的建设。

3.“中国梦”的实现，因此将提供一种具体而现实的文明价值标准和文明制度样板，或者说，对于未来世界而言，一种文明标准和文明样板，将真实而具体地摆在人们面前，由此出发，可以引导一种关于文明道路和制度抉择方面的高层次的文明交流和对话。“周虽旧邦，其命维新”，作为一个连续性整体的中华文明传统，需要、也必将在新的世界和新的时代里重新绽放光彩，因为正如很多人已经认识到的那样，在中华文明传统当中有着非常优秀的文明理念，有着可以造福人类的文明理想：这并不是我们固步自封，而是历史和实践证明了、并且还在继续证明着的观念标准和现实样板。正如前面提到的“和而不同”的文明理念那样，如果人们都能用这样的理念来处理国家之间、文明之间的关系，那这个世界一定会安宁许多；当今世界上的很多矛盾冲突，就在于有的国家总是把自己的文明理想说成是“普世价值”，用自己的价值理念衡量和要求他人、他国。所以，只有在不同的文明体系长期的交流、对话当中，才能让各个文明系统认识到各自的优势和长处，也认识到各自的局限与不足，最终达到在相互学习、相互借鉴当中和谐共处、和而不同的世界文明格局和文明秩序。在这其间,各个文明系统一时之间的强弱、短长不足挂怀,关键是能够从全人类的共同福祉出发,从长远的历史眼光考虑问题,而不是以一己之偏私凌驾于他者和他国之上。即便真有某种程度、某种范围内的"普世价值",也不是靠说出来的,更不是靠强悍的军力、武力可以长久维持的,而只能是取决于一种文明系统本身的实力和地位,取决于文明理想本身的合理性和感召力。因此,文明秩序层面上发生的交流对话,涉及的不是一时一事上的利益,而是一种更高层次上的、更具根本性意义的交流对话:它涉及的是人类对于自身的理解、认知和价值观念问题,是人类生存和生活所必须凭依的社会政治制度问题。这样的文明交流与对话,是文明秩序建设和重建当中必定会涉及到的程序和内容。未来世界的主流趋势,必然不是军事和战争层面的竞争,经济层面的竞争也将逐渐被合作共赢的现实态度所主导,未来真正的竞争,可能发生在文化价值理念和生活方式、制度建设层面上。不过,这是一种"和平"形态的、追求"幸福"的竞争,因此它本身就是体现了人类文明发展程度和高度的一种竞争。在这个意义上,世界文明秩序的良性重建,是事关全人类共同福祉和长治久安的最为重要的全球性事务。

文明概念所包含的那种普遍性的诉求本身并没有错。它或许代表了人类不断超越自身局限性的努力和愿望,以及建立一种更加合理的人类共存法则和秩序的理想。但问题在于,这个文明的普遍性和普世性的标准,不是由某一个国家把自己的文明价值理念强加于他国而来, 并以此为其其他方面的利益开道,成为干涉他国事务的说辞和理由;它只能是在人类长期的共存、共处当中,在各个国家、民族的文明价值理念的对话、交融当中,逐步达成的一些共同的价值标准和价值规范,从目前的历史条件看,人类要在这个方面天下大同,恐怕尚属遥远的未来。在人类共同的文明价值理想尚未达成之前,中华文明当中所包含的文明价值理念对于人类处理全球政治和文明关系具有重要的启迪意义;贯彻中华文明理念的社会主义核心价值体系和作为中国特色社会主义的当代中国的存在,就国家和民族而言,它本身就是生存价值理念和生存安全的典范和样板,就世界范围而言,它也是"压舱石"和稳定器。

四、中华传统文化之于“总体国家文化安全”的现实意义

中华传统文化在国家文化安全方面的现实意义，在其他国家文化安全研究当中一般都有提及。但不能从“总体国家文化”视野和上述国家文化安全问题的“总体”格局着眼，可能看到的只是冰山一角；甚或也可以说，在“总体国家文化安全观”的意义上，这样条分缕析地“论证”和“说明”中华传统文化的国家文化安全意义，其中本身就有其不妥帖之处。因此，下述几个方面，即使在相同的名目和标题之下，我们这里的论述，可能也与其他地方的着眼点与论证方式有着较大的不同，或者说主要是着重于这些不同的地方。这几个方面，并没有完全展现“总体国家文化安全观”视野当中的中华传统文化之于国家文化安全的全面意义、整体战略和详尽方案，而只是在尽量提供一个融汇的“总体”性背景的前提下，简略列举了最重要的方面，或者在“总体国家文化安全观”之下，与通常的国家文化安全观念不同的地方。同时，由此也借以进一步说明“总体国家文化安全观”的基本理念和问题方式。

（一）“总体”国家文化构成当中的核心价值来源

近些年来，中华文化和文明传统的问题，在各个层面和各个领域都引起了人们的高度关注和热烈讨论。在相关问题领域，其核心的问题性，也逐渐由“中西之争”向“古今之争”的论域转换。所谓“古今之争”的结果，不仅仅是表明古人和古典时代不一定就是错误的，而且从守护价值实质性和实体性的意义上解构了直线进化的历史主义神话，或者说，是在颠覆历史线性进化逻辑的基础上，回到自身的价值实质性与实体性上来，而不是回到古人那里和古典时代。这个实质性和实体性，当然首先是某种价值根源和价值根据性的东西，但在今天，它不是一种固守自我的简单同一性，而是由此出发，具有一种能够超越时间逻辑或重新规定时间性与历史性的价值伸张、价值立法能力和主体性权能，而不能任由自身的存在和生存，稀释和消解在简单的时间关系和历史序列的“客观性”当中。因此说，恰恰是“古今之争”背后的认知和认识论分歧，引导人们在认知上跨越了时间性和历史性的逻辑障碍，而从价值论的意义上，从价值层面上，将古人

与今人联系起来。当然,这里需要澄清的一个问题是:人们追寻中国和东方传统,是因为这个传统本来就是“自然正确”的生活方式,还是仅仅只是对之进行的一种价值“正当性”的纯粹的回护和保卫?正如前面所说,在东方和中国传统之内,这两者从本质上讲不是两个东西,而是合一和统一的:按照中国传统的理解,不仅认知理性本身派生于道德主体和道德理性①,而且,按照这一传统,对于价值正当性的回护与论证,必须也必然伴随着对于道德理想和道德实践本身的“自然正确”的寻求和确证,或者说,只有本身是“自然正确”的道德理想和道德实践,才有可能认知和理解一种真正是“自然正确”的生活方式和价值理念。这也就是说,对于“自然正确”的道德抉择和价值正当性的论证,需要不断扩展到对自然性之为自然性的理解上来:“自然”在中国传统当中,不仅仅是认识对象,也不仅仅是道德标准,“自然”之为“自然”,是先于认知和道德概念的二元对立的一种状态,也就是“道”的状态;或者也可以说,“道”的状态本身,就先于、并且囊括人们称之为认知和道德的两个方面,因此只有出于这种“道”的状态、与这种“道”契合的状态,认知和道德实践才有可能都是适宜的。人们可以看出,这是一个不断扩张的论证的“循环”和“螺旋”,或者说是一个不断接近和循顺“道”的过程,因此,也就一个不断展开的“道”的领地:此时,古今之间的时间线索和历史关联,变成一种背景性的东西,主体性因此走出时间序列和“历史性”,从价值上完成自身的“实体性”。

从现实层面上讲,这个价值的“实体性”,或者说一个国家、一个民族的核心价值理念,说到底,一方面是一个国家和民族对于自身存在的价值化表述,是这个国家和民族对于自己的生存方式的认同,是对自己走什么样的历史道路、组织什么样的国家制度的认同。因而它也是国家和民族自我观照、自我认识和自我审视的最重要的文化成果,否定了它,就等于否定了自身的生存和存在本身,因此,核心价值也是一个国家和民族自豪感的来源、核心和基础:“缺乏足够的民族自豪感就难以形成有关国家大计的富有成效的辩论。如果一个国家想在政治筹划方面富于想象力和创造力,那么,每个公民都应该在感情上同自己的国

①唐君毅:《文化意识与道德理性》,中国社会科学出版社2005年版,第23页。

家休戚与共——因国家的历史或现行的民族政策而产生的强烈的耻辱感或炙热的自豪感。当然，只有在民族自豪感压倒民族耻辱感的时候，这个国家才能在政治上有所作为"[①]。在相当长的一段时间内，中国在近代遭受侵略的历史，使我们长期以来抱有一种深重的悲情和耻辱感，在这种大面积的耻辱感的作用之下，对一些问题的认识也发生了偏差和变形，比如，对于中华传统文化的认识。它在很长的时间段内，不仅没有成为我们的文化认同的支柱和价值理念的来源，反倒被归结为我们的"耻辱"的原因，因而很多人必欲将其彻底扫荡、"全盘西化"而后快。民族自豪感是一个国家和民族生存、发展的深层动力系统，是一个健康的、道德的、向上的国家和民族机体所有作为的基本特征和精神元气。但它不是凭空而来的，把中国辉煌的古代文明传统与今天的中国人的生活联系在一起的，不是历史文物和物质生活层面的东西，而是中华文化关于民族和国家生存的核心价值理念。对于这一点的自觉认识和秉承，将使中华文化的核心价值理念与民族自豪感形成一种良性互动关系，共同作用于当下中华文化的健康发展。

另一方面，核心价值是对于共同体自身和其所生存、生活的这个世界的未来前景的规划与展望。一个国家和政治共同体如果丧失了政治理念和政治远见，就变成了一个纯粹的经济符号和经济组织的存在，也就变成了与其利害无关的"他者"眼中的一个或正面、或反面意义上的"审美客体"。对于某些西方"他者"来说，别的国家、尤其是中国这样的国家，成为这样意义上的"审美客体"，正是它们所不胜欢迎的，它们因此也就可以以这样的"超功利"和"审美"的眼光，来打量那些对于它们的生存构不成"利害"关系的客体、对象。在一个所谓"去政治化"的时代，人们不能只是在日常生活层面上，到处搜寻所谓"微观政治"和"文化政治"，更为重要是，应该有勇气为整个民族和文明共同体设立一个外部的政治理想、政治抱负和政治目标，并由此出发，进而从内部重新组织我们的生活伦理和生存情调。中国作为一个大国的现实地位，与中国当前的发展态势，恐怕没有可能去做一个小国寡民式的、富足的"中立"国家，某些

①罗蒂:《筑就我们的国家:20世纪美国左派思想》，黄宗英译，生活·读书·新知三联书店2006年版，第1页。

西方大国永远对我们施以防备、猜忌的心理,原因是多方面的,从对方的角度讲,其不能够理解我们的文化传统和政治理念、文明价值理念也有一定的关系。与其如此,不如正面地、积极地阐释和宣传我们国家和平发展的国家政治观念和求同存异、共赢发展的全球和国际关系理念。这其中,就包括从中华传统文化的核心价值理念当中汲取力量,使“中国人”和“中国”,变成一个具有纵深历史感的完满形象和立体景深的价值世界,而中国人的生活方式,对于被各种生存性困境包围的西方文明来说,也才有可能变成富有感召力的生活景观和世界图景。中共十八大以来我国的一系列国际事务和外交活动,正向着这样的积极方向,进行着可喜的转变和调整,中国正在以一个越来越鲜明的大国形象与有关人类和平发展的明晰的价值理念,对于国际秩序和全球事务发挥着积极、正面的影响力。

其实,在近代以来的大多数时间里,西方最为优秀的那批精英那里,大都对中国和中国文化发出了由衷的赞叹,对于世界上很多国家与地区的人们来说,中国曾经也是一个被神往的国度。在变成被资本的贪婪驱使的侵略者之前,它们对于中国的认识还是比较理性、客观和清醒的。我们不能因为侵略者和强盗的错误,反过来怀疑、乃至诋毁我们自己的文明价值理念。况且温良仁和的中华文明价值理念与国家实力的强大并不矛盾,而今天的中国也完全有能力在坚持和平发展理念的同时,保卫中国人民和国家利益不受外来者的侵犯,因此完全没有必要去奉西方那套“丛林法则”“弱肉强食”的逻辑为圭臬。从中华文明最深层的文化原型和生存价值理念出发,在当代世界将其伸展为一方美好的生活世界图景和健全的国家建制,后者作为最适合中国人的生活方式与生活理想的活生生的生活样态和制度样板,既是国家文化安全的根本保障,也是对于中华文化和文明传统的最好弘扬。

(二)“总体”文化视野当中的全球性文化战略资源

在很多西方人的眼里,“中国” 不仅是现代意义上的国家的名称和称谓,它也是一个巨大的、发达的文明体系的符号和代表。我们自己更不应该妄自菲薄。中华文明传统在今天,也再次走到了“阐旧邦以辅新命”的历史关口,在从源远流长的古老传统当中汲取力量和信心的同时,它一定、也必须创造且不断地创造出最适合中国国情的价值理念、生活方式和制度体系的标准与样板来。在中华文明创造性再造与新生的同时，也为良好的全球文明秩序作出自己的贡献，这是中华文明在未来世界所应有的自我期许。在此，中华传统文化是社会主义核心价值体系的重要来源和组成部分。近代以来，中国在内忧外患的处境当中，在启蒙和救亡的巨大压力和现实使命之下，对于中华文化传统本身这一中国人最重要的精神血脉和历史遗产，也一并归入亟须扫荡的“旧世界”，并且也将中国的落后，归结于这一传统本身的罪过。虽然在当时的历史条件之下，这样做也有其客观原因，但这其中所包含的偏颇和缺失也是显而易见的：“从某种意义上来说，五四运动并没有像欧洲的文艺复兴运动那样，实现中国文化的‘凤凰涅槃’，难以从中国传统文化的精髓中建构当代中国发展所需要的文化价值体系的认同，这也许正是成为中国国家文化安全运动和发展中一个有待解决的难题。”[①]仅仅温饱也能生存下去，但不可能是一种具有深广度的生活世界和从容、余裕的价值景深的生存方式。尤其对于中国这样的大国来说，更不可能在价值理念上追随他人和他国，而且根本不可能有现成的价值理念和文化方案可供我们追随。

但作为最重要的战略性资源，中华文明传统问题，中国文化的“传统”与“现代”问题，在相当长的一个时间段内，都无从真正地面对和处置：因为只要是“中国”，就被认为只能归于“传统”，而只要来自“西方”，则当然属于“现代”。这样，中华文明的“传统”与“现代”之间的关系，变成了中、西之间的关系，基本被等同于中华文明与“西方”文明问题。它或者被这样的逻辑所主宰，或者成为附属于这一中西关系问题之下的次要性问题，对于它的思考和解答，都不可能逃脱这一基本的“逻辑框架”：“在那样的问题框架中，‘传统’的问题永远提不出来，因为‘传统’就是‘前现代’，我们现在是要克服‘前现代’进入‘现代’。同时，非西方文化的自主性问题也永远提不出来，因为西方就代表‘现代’，非西方就是‘前现代’……”[②]在这样的逻辑关系和问题框架之内，表面上看来，国人的文化心理和

①胡惠林：《中国国家文化安全论》，上海人民出版社 2001 年版，第 67 页。

②张旭东：《全球化时代的文化认同：西方普遍主义话语的历史批判》，北京大学出版社 2005 年版，第 4、19页。

主体性姿态前后有着天壤之别:从最初坚持传统中国“文明中心”的天下格局和文明心态、并习惯性地将西方称之为带有鄙视色彩的“夷”,到后来自觉自愿地要求“全盘西化”、对西方顶礼膜拜,但在不能、不愿正视或无从顾及自身的文化和文明主体性和实体性这一点上,并无二致。在近代以来的一百多年时间里,一个绵亘五千年的伟大文化和文明传统,在急迫的历史格局和残酷的现实条件当中,几乎没有以理性的态度积极处置和料理自身的文化和文明主体性的可能空间,与足够的余裕。

在这样的情形之下,国家文化安全问题从文化主权意义上变得尤其突出:“主权绝不仅仅是个可进行理论分析的静态概念,而是一个在交往和对抗中产生的、充满动能的现代世界历史范畴,这点对于文化主权来说也同样如此。”①早在晚清之际,一个古老而庞大的文明体系,在受到西方的“先进”文化和外来力量的严重威胁和挑战的时代情势之下,在虽然倍感焦虑但尚未方寸大乱的文化心态之下,当时的有识之士出自于一种可能我们今天无法想象的复杂心理,提出“中学为体、西学为用”的所谓“中体西用”问题。当中国跨越一百多年的苦难,也经历种种文化问题和文明思维上的迷惘,逐步重新走向强大的时候,现实当中的种种情形,让人们再次遭遇、并重新审视这个命题的朴素的真理性。但在今天,要将这样一个看似普通与平淡的文化格局和文化理想,重新奠定为一种文化思维机理和文明主体性机制,并由此进行一种全局性的文化理想和文明价值重估,并非是一件轻而易举和容易做到的事情。

毋庸置疑,在目前的全球格局当中,东方和中国与西方、尤其是与美国在文化价值领域和文化影响力、文化软实力层面是有相当差距的:“在资本主义的全球体系里,美国以外的社会不仅在经济和技术上处于弱势,在政治、文化上,特别是在道德和价值观的自我肯定能力上,更是处于弱势。而价值领域的不平等,是当代文化政治和文化认同的根源性问题。”②但正因此,文化和文明主体性重建的过程,不是一个固定的“坚守”和静止的“保卫”,而是一种关于文化价值的

①艺衡:《文化主权与国家文化软实力》,社会科学文献出版社 2009 年版,第 129 页。

②张旭东:《全球化时代的文化认同:西方普遍主义话语的历史批判》,北京大学出版社 2005 年版,第 12 页。

“普遍性”和“特殊性”的辩证法程序:“本来,如我们前面提到的,在文化和价值领域是没有什么比较和可比性可言的……因为每一个文化和价值体系在其原初的自我理解上都是普遍的。但资本主义的世界性发展把这种自在的普遍性表述统统变成了‘特殊’‘局部’的东西。如何在自身的历史境遇里建立起主一客观的辩证法,如何把这种辩证冲突内在化为价值世界的自我主张,是一切美国以外的国家、民族不得不面对的问题。处理这个问题的第一步不是在别人给你划定的‘特殊性’地域里面负隅顽抗,而是要跳到外线作战,在‘普遍性’的老巢再次确立普遍与特殊的辩证关系,并在这个历史的辩证法的广阔空间里重新理解自己的根本性认同。”[①]在今天这样一个你中有我、我中有你的高度关联的世界中,简单地坚守某种作为固定的同一性的“传统”,不仅很难办到,而且从文化策略或战略的角度讲,也是不明智的。因而只有经历这样的辩证过程和历史涡旋,对于传统的回归,才不是抱残守缺的传统“固守”,同时,也不会被种种“全球化”和“普世价值”的说辞,把我们自身的文化实质性和文明价值的实体性虚无化、畸零化。

在今天的世界上,中国如何想象和定位自身的国家、国际形象,如何选择自己的生存和发展方式,这本身就是一个战略性的大问题。因为文化和文明价值理念最终关涉的就是人的生活世界和生活理想问题,因而在这其中,文化和文明价值理念又是国家战略和全球文化战略的根本所在,甚至就是这样的战略本身。中华文明自有史以来,在这样的问题上,从来都是有着毫不含糊的清晰理念和明确的历史道路抉择。即使在20世纪五六十年代,尽管新中国百废待兴,经济发展水平与西方发达国家不可同日而语,但仍然有着一个全球性的战略构想,影响着一批国家与我们同声相应、同气相求,其对于世界格局的塑造和影响至今犹在。当然,今天的世界格局与情势跟过去都不同。目前在全球范围内,经济、技术和信息的一体化是大势所趋:“经济全球化是全球范围内交流和互动的一个自然历史进程……但这种影响并不是产生‘单一文化模式’的所谓‘文化式全球化’,也不是建立以美国文化为中心的‘世界文化的标准化’;恰恰相反,经

①张旭东:《全球化时代的文化认同:西方普遍主义话语的历史批判》,北京大学出版社2005年版,第12~13页。

济全球化使世界不同国家和民族的文化联系空前增强，各文化之间相互交流与融合的机会不断加大，各民族在继承、发扬自己优秀传统文化的同时，以更广阔的胸怀和更开放的心态汲取其他民族的优秀文化成果，从而使全球化时代世界文化的发展，进一步表现出相互融合和多元发展同时并存的明显特征。[①]”但正因此，在这样一个大的全球格局之内，中国作为一个大国，尤其迫切需要的是同时成为一个文化大国、一个价值理念输出的大国和一个战略思想大国。中华传统文化作为积极的、总体性的国家文化安全战略观照的重要内容，尤其值得引起人们的高度关注，因为它不仅支持着这样的文化和文明战略筹划——甚至本身就包含着这样的战略图谱，同时也正是其发扬光大和发挥战略性作用的重大机缘。

（三）“总体”国家文化安全思想方面的借鉴

中华传统文化当中，国家文化安全的问题视野和思考单元是“天下”。从这种“天下”观念出发，是与西方现代意义上的民族国家视野完全不同的一种国家和国家安全观念。西方现代国家理念和国家安全观念，仍然是以民族国家为基本立足点，这种国家观念的根本缺陷在于从国际秩序层面上无从着力。因此，说西方世界在国际秩序上仍然是霍布斯式的“自然状态”也不为过[②]。而“天下”范畴内部的统一体，不是一种法理性的制度的抽象同一性，也不是一个用武力和强权维持的境地，而是以文化来吸附和“怀柔”其他的国家、种族。“王化”的实质是“文化”，也即“化”之以“文”。因此，与人们出于想当然的认识不同，这种“天下”观念不是一个空洞的概念箩筐和盲目的自大，而是充实以“文化”的丰富内容，“天下”观念的实质性内涵，更多的是关于文化和人们的生活方式、生存状态的思考，以及由此而来的制度安排：“广谷大川异制，民生其间者异俗……修其教，不易其俗，齐其政，不异其宜。”（《礼记·王制》）王化所及的制度架构，不是一种抽象的同一性和统一性，而是包括了文化的多元性、灵活性和弹性。各个国家民族和人群不是相互征伐、相互侵凌，而是和平合作，共生、共存，这种“入乡随

①于沛：《关于全球化和国家文化安全的思考》，见《文化安全与社会和谐》，社会问题研究丛书编辑委员会编，知识产权出版社 2008 年版，第 121 页。

②赵汀阳：《每个人的政治》，社会科学文献出版社 2010 年版，第 13 页。

俗”、各安生计的王化政治，使文化本身的组织机能和治理功用充分地发挥了出来，政治与文化本身构成一种互相包含、互相支持的良性互动关系，因此可以保证“天下”体系的现实可行性，与最好的文化安全和国家安全效应。

在“天下”范畴之内，所谓“王化”或“文化”的核心和本质是德政与德化。“王化”“文化”或“德化”政治，比之外在的制度程式和强制性的法律框架，更容易建立起广泛的实质性政治共识和价值纽带，维系广大的政治共同体。因此，它将一种伦理性或准伦理性的关系，作为普天之下的人群和国族之间关系的理想和目标：“四海之内皆兄弟也”“圣人耐以天下为一家，以中国为一人”（《礼记·礼运》）。这种关系完满实现的理想化境地，就是“大同”之世，所谓“天下为公”，是一种伦理责任或“责任伦理”的最高程度的实现，而非西方现代意义上的空洞的、程式化的宪政民主。我们不能用小康之世“天下为家”的“低”的道德范畴和伦理属性，来将“大同”之世理解为是一种“家”天下和“家”伦理的血亲关系的简单扩大或者扩充，因而是一种空想的乌托邦；反过来，再认定这样的伦理文化和“伦理政治”不够“现代”、不合时宜——这样，所谓天下大同的价值理想不仅成了纯粹的空想，而且完全否定了这样的价值理念和文化理想对于当下政治实践的制度性的构成意义。中华文化传统从来不是简单的理想主义和空想主义，但也从来不否认这样的文化理想和价值理念对于现实的实践引领和提升作用：所谓“礼乐文明”的重要特征，就是将这样的文化理想和价值理念作为一种制度性的构成，实质性地筑入国家的制度性建构。礼乐因而是对于文化理想和价值理念的制度性的教化和实践过程，它不是一种“有希望”的制度，而是制度性地“有希望”，是培植和实践“希望”的制度。“若乃其情，则可以为善矣”（《孟子·告子上》），儒家其实并没有简单地、抽象地认定个体人性之善、恶，而是将抽象的人性思考放置在制度实践当中来考量和处置。它相信的是，善的制度和积极的制度实践，可以将个体存在之善性激发和放大，在制度的层面上完成善性的循环、价值的循环，完成作为家国天下存在根据的价值实体性建构。

因此，礼乐文化或者礼乐文明，基本目标是“同民心而出治道”（《礼记·乐记》）。这又可以分为“政道”（同民心）与“治道”（出治道）两个层面，这两个层面都与国家文化安全问题有关。(1)从“政道”层面上讲，礼乐问题要解决的是国家和政治主权的正当性问题:“大乐与天地同和,大礼与天地同节。和故百物不失,节故祀天祭地……礼者殊事合敬者也,乐者异文合爱者也。礼乐之情同,故明王以此相沿也”(《礼记·乐记》)。在这里,在各个层面上突出的都是礼乐的“和”“同”作用,礼乐既是国家制度当中与天地自然相通的部分,同时,也是从人性与天地自然的相通之处培植和教化人性的制度。这种制度安排格局不可谓不大,政治正当性论证的力量不可谓不强,其教化方式与作用不可谓不高明。它与一些西方的现代国家理念不同之处,也许就在于这种国家问题思考和国家安全举措的总体性和根本性,因而既有宏大的视野,又有具体的操作性。(2)从“治道”的层面上讲,“乐者为同,礼者为异”(《礼记·乐记》),这里同、异,都不是简单的制度和法律强制的结果:“道之以政,齐之以刑,民免而无耻;道之以德,齐之以礼,有耻且格”(《论语·为政》),国家制度和法律,仅仅起到一种保卫社会最后的底线和外壳的作用,礼乐的作用,是力求在礼乐的范畴内部,解决政、刑问题,或者说,是用礼乐的方式解决政、刑解决的问题,而其最理想的结果,是使政、刑不再起作用。因此,礼乐文化或者礼乐文明本身,是通过系统化与制度性的人性教化和个体教育活动,化解对于政、刑的突破和违背行为,避免“不教而诛”。从这点上讲,它与西方传统当中,一开始就以外在强制性的律法和实证法法条加诸“自由个体”之上的政治法律传统非常不同。因此,它也与西方的那种用法律条款来约束“小”的国家与政治领域、放任“大”的社会领域的所谓“宪政”传统也格格不入。这些都可以作为建立和完善社会主义的法治国家的借鉴。

以“天下”为问题思考单元,从礼乐文明的具体组织构成的空间关系上讲,在中华传统当中,有“大一统”的思想。所谓的“大一统”,就是推崇、推重“一统”的观念与思维方式。“大一统”的思想,把“华夏”或者“中国”看成是文化的而非种族的组合与统一体:“《春秋》内其国而外诸夏,内诸夏而外夷狄”(《春秋公羊传·成公十五年》)。在国家和族群之间存在的包括文化和文明程度在内的差异性,是一个客观的事实,中华传统正视这个差异事实,其处理国家和族群间关系的准则,是“协和万邦”“和而不同”“不同同之之谓大,有万不同之谓富”的和谐共存、共同提升的积极方式。因此,中国、诸夏、夷狄这个等级序列,不是种族的而是文化的:种族是自然属性,而文化是价值属性;种族是固定不变的,而文化是发展变化的;种族是封闭的,而文化是开放交融的。这样,华夏民族或“中国”作为文化和文明的高地的同时,并没有隔绝和封闭其他族群在文化和文明层面上进入和升华其文明程度的可能性。这就从根本上消解了种族间的相当一部分冲突和矛盾的根源,同时,作为文化和文明族群的“华夏”和“中国”民族,如果不修德政,不仅本身面临腐朽败落的可能,而且随时都会被逐出“华夏”和“中国”的范畴,被斥退为“夷狄”。

从时间秩序上讲,中华文明传统当中又有“通三统”的思想:“王者所以存二王之后何也?所以尊先王,通天下之三统也。明天下非一家之有,谨敬谦让之至也。故封之百里,使得服其正色,用其礼乐,永事先祖”(《白虎通义·三正》)。这其中的意味是:(1)所谓“天下之三统”,它不仅仅是时间的绵延和接续,不仅仅是三个具体的王朝及其政治制度的更迭,它同样是自然的法则、秩序和纲纪(“三正”“三微月”),以及根据这种法则和纲纪组织的时空;(2)传统不仅仅是在特定时空内部保存的历史上的政治秩序的某些“传统”元素(“正色”“礼乐”“先祖”等)——包括纯粹“思想”元素和“逻各斯”的传统,而是包含和保存这一切的时空的整体再造;(3)因此,不是“三统”和“天下”的空间格局,对于这一切进行的生存性组织和重构的可能性,才是天道之“自然”。恰恰又是因为这一切,不仅仅深度参与、加入到传统的秩序当中,而且使自身更加保有那种因为位列传统的主位地位而来的、把握历史命运的主体性自信。任何特定的传统“元素”自身,都没有固守和掌握自己的命运的力量,只有传统才能继承“传统”,真正继承和接续“传统”的,是奋力再造的作为“传统”的生存性总体秩序。这里出现的某种貌似“循环”的东西,其实正是人们在“传统”当中把握到的自身存在必须坚持的某种价值根据(价值实体)。

“大一统”“通三统”纵横交错,使得“天下”体系成为一个充实的、饱满的制度—文化的“总体”性,同时建构出中华文明、礼乐文明的时空具体性和价值实体性。出于中华传统文化和“总体国家文化安全观”的理解,所谓“文明政治”,并不是它通常被理解的“文明冲突”的意义,而是意味着国家建基于文明之上的大政治格局,意味着政治主权的文明建构和文明正当性,意味着在全球文明大格局当中对于生存政治、国家政治、国家安全问题的全新和更高层次上的筹划。在此,文明既是起点和出发点,也是终点和目标。由此出发,东方传统和中国传统因而可以说是一个从自身的内在构成上,对于文明的“大政治”的时代格局早就做好了准备的传统。

从中华传统文化和中国传统国家文化安全思想当中汲取精华，从根本上说，最终是要健全和完善中国特色社会主义政治制度和国家文化安全制度,这是贯彻总体国家文化安全观、保障中国国家文化安全的必要举措。但鉴于国家文化安全问题的特殊性,中华传统文化当中这种“总体”性的国家文化安全的思想格局,纯粹的“思想”力量本身,也同样不可忽视:它不仅仅沉潜在中华文化和中国国家制度、甚至中国人个体的文化基因当中,而且让世界各国的人们了解和知晓中华文化及它对于生活与生存安全的理解,让每一个中国人都自觉地理解、学习并在日常生活的方方面面践行中华传统当中的生活理念和“安全”思想体系,它的深入人心和广泛传播,本身就是国家文化安全的重要构成部分和有益要素。

(四)“总体”国家文化安全意义上的文化产业、文化产品输出

从一个狭义的文化安全视角来说,文化产业、文化产品的输出问题,似乎与国家文化安全没有什么关系。但其实,从总体国家文化安全观着眼,第一,文化产业和文化产品的输出,不是一个简单的商品交易和市场行为,文化产业和产品的输出本身在相当程度上,就是以国家文化软实力和价值理念的“市场占有”和被“消费”为前提,同时,文化产业和文化产品也是对于国家文化价值理念的宣传和播散。对于这种国家文化和价值理念的拥有者来说,这两者进入一种良性的循环和互动是一种最理想的状态,但只有在一种国家安全的“总体”视野当中,才能看到和实现这一大的循环。第二,基于同样的道理,文化产业和文化产品往往具有接近、乃至全面占有人们日常生活的潜移默化、深入人心的特征,对于它背后的文化价值理念输出国来说,具有隐蔽性等方面的优势,而对于文化产业和产品的消费国来说,这恰恰值得引起高度重视,并制定相应、适宜的应对举措。也因此,文化产业和文化产品可以成为一种检验国家文化软实力、文化安全的指标,比如,使好莱坞大片和肯德基、麦当劳成为全球性的热销产品的国家,它的文化安全指数,肯定一点不逊于它的军事政治安全。

从这样一个意义上讲，文化产业和文化产品，确实具有不同于一般的市场行为和商品、产品的特殊性，不能简单地以商品属性和经济手段来考量和处置文化产业和文化产品问题；从总体国家文化安全观着眼，不能用通常的市场伦理、道德原则和政治军事层面的国际交往规则，来简单类比和推论文化产业和文化产品层面的运行法则。从比较消极的一面讲，这需要以某些特殊的政策措施和法律法规来对于文化产业进行规范、支持、保护，比如法国为了保护民族文化，就曾明确提出文化保护主义政策，实施“文化例外”“文化特殊”政策，强调文化不是普通的商品，因而不同意将文化纳入世贸组织服务贸易规章之中①。然而，更为重要的是，从总体国家文化安全观出发，把我们作为文化实践主体、国家安全主体的合法权能和正当的经济与文化手段、方法用够、用足，不仅仅是将市场和产业方面的利益最大化，而且要充分发挥其他层面、其他领域的国家文化安全举措与方法不能发挥的作用机制，更加有效地服务于国家文化主权和文化安全的保障防控。

因此，在总体国家文化安全的观念视野当中，一方面要充分认识文化产业和文化产品在与市场及经济领域的互动当中，其对于社会和人们生活的全面关联和介入，以及对于国家文化安全问题关涉的深广度，另一方面要最充分地调动与整合国家文化资源，将文化产业与文化产品之于文化软实力和国家文化安全方面的意义、手段与作用发挥到最大。西方发达的文化工业和文化产业，其核心往往就是那些西方世界所认定的“普世价值”，其实就是它们作为国家和民族性存在的主流意识形态和核心价值理念。而这些意识形态和价值理念，包裹着商品和文化的外衣，以一种与政治无关的纯粹经济形态和“中立”化的面貌出现，对于非西方世界的消费者而言，具有很大的欺骗性。而且，它不仅仅是以其观念性的内容，同时也以其表征和代表的生活方式和文化心理—行为方式的全部，来对于其接受者和消费者施加影响，就其传播的效果与效应而言，远远优于赤裸裸的说教和煽动。而这反过来，对于它们的消费市场和消费者而言，又进一步强化了其“普世”和“中立”的印象。西方的强大的国家“软实力”，就在于这二

①曹泽林:《国家文化安全论》,军事科学出版社 2006 年版,第 284 页。

者之间构成的“良性循环”当中。在一个经济全球化和科技、资讯高度发展和发达的世界里,它对于中国这样的发展中国家的影响,可以说是无孔不入,无时不在。西方的“普世价值”只是西方人的价值,是西方世界在特定的历史文化条件下形成和尊奉的价值,我们尊重一切能够增进人类的幸福、促进生活美好的价值理念,但我们不会简单地以其为必须遵循的样板,而如果这样的价值理念强迫别人、别国来接受,那就更是一种文化侵略行径。但在今天的情况下,对此不可能采取简单的一拒了之的方式,更不可能走向闭关锁国的方式。因此,在与世界各国广泛的交往联系当中,中国要构成与之抗衡的文化主权和文化生产力,必须充分调动中华传统文化这一最大的“软实力”和文化战略资源,用中华文化当中那些最优秀的价值观念和生活方式浸润人心,淘冶情感,安顿人们的生活,当人们在中华传统文化当中具有一种安居家园当中的价值感和存在感的体验时,自然不会被西方价值蛊惑所俘获。而这每个人心底的文化的心灵家园,也才是国家文化安全的根本基础和保障。

作为在几千年的悠久历史当中塑造中国人的生活和心灵的精神大气层,从文化市场的意义上讲,中华传统文化作为文化产业和产品输出,在世界文化的范围内也有着广泛的信誉度和良好的“品牌”效应。它对于世界各个国家和民族增进对中国和中华文化的了解,塑造和树立新的中国国家形象和文化形象,具有特殊的优长和重要性:“对于世界而言,中国首先必须得到国际社会的信任。对于中国而言,必须设计一整套与中国的现状及理想的未来相适应的观念、标识、品牌和说辞。这不是放弃中国传统文化,而是通过知识产品、文化产品和一般商品展示一个新颖的中国,从而进一步完善和巩固中国的传统声誉。”①这当然只是传统的一个方面和一个层次,不能仅仅从这样的一个方面或层次来理解和解读传统、继承传统。不过,在这种情形之下,中华传统文化不仅仅是知识产品、文化产品和文化商品的资源与“原材料”,同时,这一产品和商品,也具有激活文化传统、使传统活在当下、并将传统和现实沟通和联系起来的作用。但这也就对于进一步整理和激活中华传统文化资源、将其“导入”当下生活,进而打开

①乔舒亚·库珀·雷默:《淡色中国》,见《中国形象——外国学者眼里的中国》,社会科学文献出版社 2006 年版。

将其产业化和产品化的更为宽广的思路和空间,提出了更高的要求。

这其中关键的问题仍然在于,要用中国和中华文化的头脑来思考、面对世界和世界文化,而不是用“世界”的标准来切割和“筛选”中华文化资源。在 20 世纪 80 年代,中国文化界就不断呼喊着“走向世界”“走向未来”的豪迈口号,但当时不仅仅从知识学的层面上,对西方理解得肤浅,更重要的是,中国文化在当时从核心性的价值理念和价值定力方面,处于一种文化上的流亡和被放逐状态:我们并不了解中国文化的核心是什么,当时很多人认为,中国的“未来”不仅是西方国家那样发达的经济发展水平,同样也就是西方那样的国家制度和文化理想。另一方面,虽然中国在一百年多年的时间里被殖民被侵略的历史已经成为过去,但不可否认,在文化形象层面上,西方不少人对于中国总还是抱有深度的文化偏见与“猎奇”式的眼光,总还是居高临下地采取打量一种光怪陆离的“文化种族”“文化动物”的眼光来打量中国,它所要求的也是一种具有“审美”属性和“魔幻”性质的中国文化和文化产品。如果就以此来迎合西方眼光,虽然也可能会有一定时期的市场效益,但长远地看,必将落入西方的文化殖民和“后殖民”陷阱,是对中国国家形象和文化形象的极大损害,同时最终也没有经济效益可以收获。因此,在发展国家文化产业和开拓文化市场方面,我们必须在产业和产品的背后,呈现一种全面、完整、健康并且是活生生的当下中国人的生活方式和生活世界,让西方在完整了解和理解中国人和中国人的生活的前提下,用这种生活方式和生活世界图景本身的魅力和吸引力,打开西方的文化产业和产品市场。而此两者的良性互动状态,将意味着一种强大的国家软实力、文化生产力和对于世界文化的意识形态塑造力量。

在这方面,与这种国家文化安全的“总体”格局相应,国家相关部门在制定发展规划时,需要组织多部门的协作和相互联动,既需要深刻地理解、掌握世界格局和文化发展态势,更需要全面、完整、准确地诠解中国文化。这需要有整体考虑和远景规划,在必要的层面上,需要有国家资本的全面布局和大范围投入与支持,同时需要出台相应的监管、支持和帮扶政策。必须从塑造国家文化形象和凝聚国家文化软实力的高度,穿越经济与文化分立的认知壁垒,认识“文化市场”的特殊机制和运行方式,打开用文化产业来拓展文化主权,用文化主权来保护和收获经济效益的思路,打造具有巨量的“文化剩余价值”的全方位、立体化的文化产业和文化产品体系。同时,也要求文化产业和文化产品的生产者和经营者,不仅仅要有深广的文化情怀和国家责任,同时也必须具有大格局和长远的眼光,能够算大账,而不只是斤斤计较一时之间的经济效益,对于文化产业发展的特殊规律和特别的重要性,做好充分的心理准备和产业规划、布局方面的准备。

上述问题的每一方面都是很大的问题,篇幅所限,不可能在这里详细展开。当然,从学理构成上讲,也有相当部分的问题领域和问题层面,是属于进一步的制度设计和具体操作上的问题,这也是“总体国家文化安全观”的基本理念和核心问题的次一层级的问题。而这其中,比如文化制度问题,如果一开始就过度强调文化安全制度和文化管理制度的重要性,可能恰恰会肢解或忽略“总体国家文化安全”的问题性本身。不同于一般的经济领域和社会管理,制度和体制机制层面的问题其实容易处置,但如何使那些无法体制化与机制化、无法进行量化与统计学评估的“总体国家文化安全”问题进入人们的视野,并形成有效的应对方略和处置手段,这对于“文化”安全恰恰无比重要,这才是需要人们省思、或者正是我们这里着力反省的问题。

2015年10月10日

注:本文为天津社会科学院重点研究(应急)课题(14YYJ—15)

文明反思视野中的启蒙理性与全球化(书评三篇)

一、被“信仰”的理性

——读卡尔·贝克尔《启蒙时代哲学家的天城》

人之被当成“理性的动物”由来已久,不过与古代作为对于人的属性规定不同,理性在近代、主要是在“启蒙运动”被置于一种“信仰”结构中:不管它是出于近代人文主义式的对于作为“宇宙的精华、万物的灵长”的人本身的乐观与陶醉,还是中世纪思路的孑遗,以反对基督教为号召的近代启蒙运动,实际上并不像它看起来或者它所标榜的那么“理性”。“相反地,热忱的信仰和一种专门的理性主义是很容易结合在一起的”(第 8 页),卡尔·贝克尔的《启蒙时代哲学家的天城》一书,除了给出这样的迥异流俗的结论之外,还带领我们深入历史的肌理,搜寻那些被遮蔽在辉煌的理性主义旗帜光影中的幽暗的力量。或者说,只有那种擘分理析的细腻的历史考察,才将这样惊人的事实推到了我们的面前。

正如贝克尔所敏锐指出的,在饱和着现实性的近代思想氛围中,对于眼前的世界,人们只是将其看作以最小可能的压力而使自己得以适应的东西,人们觉得没有任何不可抗拒的需要要去理解它们。近代的心灵因此处于一种惊人的

“轻松”状态之中，“以至于我们只要有最低限度的理论性的东西，就很容易过得去了”(第 24 页)：它将世界浅浅地打上了自己的解释与理解的标记，然后马上从思考的责任中抽身出来，就把这种解释和理解当作了世界本身，而自身舒适地倚靠在一种顽固的、盲目的“信仰”之中——这种“信仰”，表面上看是近代从神学的阴影中脱身出来的人们对于“理性”的那种天真的信念与倚重，而从更深层次上讲，它将理性本身永远排斥在理论思考的维度之外，哲学反思的连续性，被信仰的黑暗所阻断了。

这种“理性的信仰结构”首先当然并不只是一个理论问题，它构成一种意识形态机制直接指向并且作用于历史。贝克尔在书中从多个方面对此进行了展示：或者是作为自然界的“理想形象”出现，它支撑着社会历史生活的解释体系；或者用历史经验来论证他们所感兴趣的哲学上的普遍性命题；或者乞灵于久远的将来与后世作为现世生存的精神支持与寄托……在这一切背后就是那些以“最低限度的理论性的东西”所构成的关于自然、历史、时间等等的观念与信条，这些观念与信条，支持了人们对于天国与人间的统治者的革命怒潮，在革命的功绩被刻上凯旋柱的同时，它们所自来的心灵机制与思维方式，也被大大地张扬与固化了。从笛卡尔直到当代的德里达这样的哲学家，在一种我们想称之为“法国式的思维方式”中，本来就有一种根深蒂固的趋向：对于作为自己的心灵投射的思维结构，思维的主体从一开始就放弃、或者从来就没有建立起一种真正的主体性来，而是任凭这种思维结构保持在不能够被再次纳入思维与反思的“客观性”之中。对于那种处于自发状态的心灵来说，它自己的思想在它停止思维的瞬间，变成了不能被通达的彼岸的圣物。如果对照着康德以来的德国哲学传统，这一点看得非常明显。这种思维趋向推至极致，就构成一种(或许在某种意义上讲也是深刻的)同义反复：“他们并不知道，他们所寻找的‘一般人’，正好就是他们自己的形象，而他们一心想要发现的那些原则正好就是他们所据以出发的那些原则”(第 89 页)。或许并不那么深刻、但无疑是有用的启蒙时代的思想武器，大多出自于这种“法国式思维”作坊，而那个时代的让那些严肃的思想家困惑的难题，也大多数源于在这种思维方式之下的思想试图超越自身的地平线的苦恼。

就在本书所论述历史时期的稍晚些时候，在同一片欧洲大陆上，近代思想史与哲学史上的另一伟大（或许是最伟大的）传统——从康德到黑格尔的德国古典哲学传统——开始了，那种肇始于启蒙运动的理性信仰，被深刻地"理论化"了，它构成了贯穿着巨大的思维勇气与对于理性能力的执著信念的伟大的辩证法传统，后者勘破了那种抽象的、"客观化"的启蒙主义思维方式，同时又直接催生了以理性的现实化趋向为特征的马克思主义理论传统；而肇始于康德的对于理性的清醒的反思精神，又与笼罩20世纪哲学领域的现象学运动相呼应。因此，就对于18世纪的思想方式与构成的基本评价而言，我们与作者在中性的叙述中的轻微的揶揄与批评态度略有不同，正像一切过渡性的思想形态一样，启蒙时代的这种似乎是不伦不类的"理性的信仰结构"，作为中世纪到近现代思想的关键性中介与转折点，它的出现有着必然性，并且应该得到充分的评价。

2005年8月16日

卡尔·贝克尔：《启蒙时代哲学家的天城》，何兆武译，江苏教育出版社2005年1月版。

二、一项繁复的系统工程

——读《启蒙的反思》

肇始于17世纪的欧洲启蒙运动，几个世纪以来，从思想观念、价值体系与制度建构等方面规定了社会生活的各个领域，并且日益超出其地缘范畴，成为全人类生存的规范与标准。对于启蒙的正反两方面结果的总结与审查已经有不少，但是由于启蒙的影响是如此之深广，并且与人类长久以来的梦想与诉求盘根错节地纠缠在一起，使得思想的力量，总是显得力不从心。

这种情形对于中国近代以来的思想领域来说，就更为突出。确实，中国对于启蒙思想的接受，是迫于救亡图存的非常强烈的现实目的，而这一套启蒙的观念与价值，此后又被整合进中国化的马克思主义思潮与革命话语，最终又以新时期以前的、革命化的中国社会主义政权形式，全面地固定、落实与实现了它与生俱来的内在价值诉求。在这其间，发源于欧洲的启蒙观念价值的引进与展开，无疑是功利的、偏激的甚至是残缺的。然而，当代中国的启蒙话语，除了在发展经济、实现富强的经济理性“硬道理”层面上的体现之外，有很多人认为，启蒙的观念与价值，在中国社会结构的各个层面其实仍然有大力开展与推进的必要性。所谓“救亡压倒启蒙”的说法，不一定源于对于启蒙思想谱系的精细辨析意图，就其思想实质而言，它只是想通过反思历史来指向现实，强调“启蒙”对于当代中国的必要性。所以，对于当代中国的思想场域而言，所谓“启蒙的反思”，就必须成为与启蒙观念与价值的重新发现、重新开掘、重新推广同时进行的复调结构。就此而言，以杜维明教授为代表的第三代“新儒家”提出重新发掘“儒家的制度性资源”，无疑不仅对于反思启蒙提供了一个极具价值的参照坐标，而且也构成了儒学在当代的一种新的突破——当然，它的基本困难也正在于其“制度化”实现的可能性与途径，儒学本身可望在这种启蒙的反思与重建的张力中，脱胎换骨并寻求自身的用武之地。

反思启蒙与儒学重建，需要顾及中国文化内部与本土思想资源的复杂性与多样性。在古代中国，儒家的思想无疑是制度建构的主要支柱，但是，除了各种思想之间的互相影响与融合的情况，儒家之外的其他的文化价值与思想资源，对于儒家制度建构的意义，也显然不是偶然的或可有可无的，而是起着结构性的支撑与补充作用。比如黄老思想，不仅在儒学取得统治地位之前的汉初左右着当时的政治实践，在此后的儒家制度化的实践结构中，其“休养生息”的策略，也作为一种长效性的机制被确定下来；再如与儒家有着巨大的价值平衡作用的老庄哲学，对于儒家意识形态的合法化过程起着关键性作用……而且，就一些基本的哲学与文化思想观念来说，也是为儒家与其他的思想派别所共同分享着的，如此才构成中国文化的整体性。如果忽视了这种关系，必将取消儒学的包容力与内在弹性，也使得对于儒学的思考本身变得单薄。

除此之外，对于“启蒙的反思”任务而言，至少还需要顾及以下关系：比如中国近现代以来的各种思想资源的复杂构成与其相互关系，这关系到启蒙反思的合理性程度及其限度；再比如西方启蒙思想谱系构成与中国历史语境的关系，这将有助于清理儒家的价值重建与制度重建的可能性空间；此外，像启蒙主义与西方的现代、后现代的反启蒙思潮之间的关系，这将使我们发现在本土资源与西方当下的思想潮汐、价值诉求之间的诸多会通可能性，并增强我们对于本土资源的体认与信心……在这多重的张力关系中，使得"启蒙的反思"成为一项空前繁复的系统工程，任何对于反思程序的简单化，将因为其与实践及现实的巨大反差而变得苍白无力。与种种固定、静态的思想"资源"相比，思想可能更喜欢这种"张力"，或者说在这种"张力"中，更容易产生与激发出新的思想来，而"资源"也只有保持、并且被激活于这种"张力"关系之中，才成其为"资源"。这一切，将使"启蒙的反思"改变其消极、被动的意味，成为一个生机勃勃的、富有充实内容的大规模的思想生产过程。

2005 年 10 月 8 日

《启蒙的反思》，哈佛燕京学社编，江苏教育出版社 2005 年 7 月版。

三、全球视野与文明观念的重设

——读《全球化与文明对话》

"全球化"在各个领域都是一个引起广泛争议的问题。就人文学术领域而言，比"事实"上的勘察更重要的事情也许是，应该认真应对这样一个观念与视野，将给我们的思想方式带来的激发力量甚至挑战。就此而言，即使"全球化"在"事实"上完全不能成立——当然本文这里并不这么认为，这个概念本身的提出也是有意义的，而对于新生的理论概念的不敏感，就如同将诗歌语言还原为日常生活中的语言信息一样，都是心灵平庸的典型体现。

然而，"全球化"确实是一个非同寻常的问题，这个问题的奇异之处，就在于它不仅直接冲击着人们旧有观念的内容本身,而且具有将人们逼迫至思维与理论本身的边缘地带、并反抗与超越后者之规定性的趋向。杰姆逊(F.Jameson)在几年前的一篇文章《论作为哲学问题的全球化》中,对这一问题有相当程度的触及,不过他的黑格尔主义的观念可能使当今世界的大多数人感到陌生甚至反感,而黑格尔式的思辨辩证法,也不一定是人们可以获得的唯一启示。对于“文明对话”的问题来说,“全球化”在成为人们的思考主题之前首先考验人们的思维机制本身:在这里,“全球化”既不是一个阴谋,也不是少数人的设计,人们可以将它看成是一个“解释模式”,但是人们也许更应该把它当成是一种思想主体自身“不能控制的力量”(第188页),一种对人们的思维方式时时实施限定与否定的解构性力量。之所以如此,是因为要真正实现“文明对话”,一方面人们必须从二元对立的“对抗式”的意识形态与“冷战”思维中脱身出来(第190页),同时也需要摒除简单地以国家、种族、阶级等名义横加的自我设定,而实现人类作为文化或文明的“类的存在”的自觉(第277页);另一方面,人们也需谨防将全球化当成“无个性的同质化”(第105页)甚至于“美国化”,或者是先验地预设某种“全球”模式来规范现实。从理论思维的根源上讲,这一切都来自于把思想当作实在的西方形而上学传统的思维模式,因此一种“文明对话”的实现,将需要将人们自身思维蔽障之“解构”程序作为常设性的机制:伽达默尔与德里达并非在同一个层面上思考问题,人们也以不同的方式需要他们(参见《由伽达默尔与德里达的对话引出的思考》,第265页以下)。

在此基础上,“文明对话”将是实践上的可能性,与此相应发生的是文明与文化观念本身被“文明对话”进行的深刻改写:从此以后,文明与文化观念将不再是全球旅行的抽象本质,其本身深度依赖与依存于本文明与文化系统内部的文化经验,同时具备一种前论证的、非理论的人类“类存在”经验的统一性基础。这样,正像很多人已经正确地意识到的,作为全球化的“文明对话”的结果,是呈现差异而不是文明与文化的单质化、一元化,而这里的文化差异,作为“类”经验的砥砺的产物,以一种不可被理论化、或者说反理论化的质性,保持着各自文明与文化系统内部的意义充盈。

这样,人们逐渐来到一个令人兴奋的结论面前:在中国古代的文明与文化系统内部,一种强调“和而不同”“不同同之之谓大”“有万不同之谓富”的观念方式源远流长,因此,对于全球化语境下“中国能够给世界呈现什么样的文化消息”(第 191 页)的问题,人们可以说,以呈现差异而非抽绎“本质”为旨归的东方式的文明与文化观念、真理观念的大面积推广,可以为全球性的“文明对话”奠定一种观念基础;甚至这种“文明对话”的实现本身,就是东方文明某种程度的胜利。对于这将与前面文明观念依赖于其文明价值系统内部的文化经验的说法自相矛盾的指责,这里可以指出,与西方的形而上学传统不同,东方式的哲学文化系统内部对于思维的蔽障,有着清醒的意识并具备自身的预防与消解机制,而且这一东方式观念系统的推广结果,将是进一步地突出差异,“文明对话”效果也将由此简便快捷地、尽管或许是部分地实现。

《全球化与文明对话》是“哈佛燕京学术系列”的一种。“强烈的现实关怀”是这一系列书系、尤其是这本文集的特点,它将人们迅速地引领到问题的最前沿,让人们面对问题的方方面面的复杂性。在这里,我们只是觉得,在全球语境下的“文明对话”这样的课题面前,“新儒家”的思路如果能够淡化一些“道统”色彩,从中国文化与东方文明的整体出发,对于问题的考虑可能会更加周到全面一些,因而也就能够更有效地加入“文明对话”。

2005 年 9 月 19 日

《全球化与文明对话》,哈佛燕京学社编,江苏教育出版社 2004 年 9 月版。

“后形而上学”的可能性？

不论“后形而上学”(postmetaphysics)是不是一个富有理论激发力的概念，哈贝马斯的著作带给人们的印象，是一种由于不成功的综合而带来的破碎感，一种由于双重的误解和双向的屈从而带来的在夹缝中思考的歉侧感。《后形而上学思想》一书英译者的译者导言中，有这样的描述：

> 哈贝马斯和大多数当代思想家一样批判西方的形而上学传统和它的夸张的理性概念。然而同时，他警慎地反对完全取消那种概念。相对于对西方哲学的激进批判，他强调：对形而上学传统的整体拒斥不可避免地挖空了理性批判自身的可能性。因此他坚持只有保存了来源于传统但又去掉了它的形而上学标志的理性观念，真正的后形而上学思想才可以保持其为批判的。

这里体现了典型的哈贝马斯式的理解。他将后现代哲学理解作激进的理性批判或激进的文本主义，而对于形而上学的理性概念，抱着与其说是夸张的倒不如说是过分素朴的、但却是方向上错误的幻想。从此出发，他罗列了后形而上学思想的主旨：(1) 程式合理性 (procedural rationality)、(2) 定位理性(situating reason)、(3)语言学转向(the linguistic turn)、(4)超凡性的萎缩(deflating the extra—ordinary)。

所谓程式合理性,指的是将合理性的范围,限定在"我可以用我手中的铁锤砸碎眼前的玻璃杯"这一事实过程中。在自然科学和技术领域之外,在哲学必须保持的世界的总体视域中,事件也许远没有技术领域繁复精密,但却很可能是更加微妙和难于控制的。因此程式合理性如何能避免与哲学化态度本身相反的自然化态度,正是哈贝马斯需要面对的难题,而不已经是对于"哲学化境遇本身变得模糊" 的后形而上学解决。这一点也不能用所谓哲学的批判立场来解决:"……哲学可以利用那种(专家)知识并促使我们意识到生活世界的变形。但是只以一个批判性中介来这样做……"这样的表述,只是表明对于生活世界的乌托邦的现代主义式幻觉。至于所谓"批判性立场",既不能保证其不是非哲学化的自然化态度,也不能保证其不是形而上学的立场,"批判性"倒是似乎更倾向于逼迫人们必须在自然化态度和形而上学立场之间二者择一。而只有出自于一种对于后形而上学思想中的理性概念的误解——在哈贝马斯看来是改造了的形而上学理性,而在我们看来和形而上学理性概念有着本质上的联系——才会得出这样的结论:"形而上学之后,非客观化的具体的生活世界的总体(现在作为视域和背景出现)逃避理论客观化的把握。"一个虽然是非客观化的、但却是独立于语言和理性理论把握之外的、作为视域和背景的"生活世界总体"的设定,恰好可以反向说明哈贝马斯对理性、对语言和意义的理解。哈贝马斯一直耿耿于怀的是康德以来的先验哲学立场, 由此也带来对于理性概念的严重误解。所谓启蒙主义的理性概念,与先验哲学的理性概念是完全不同的两码事。启蒙主义的理性概念是一种对于社会、政治的现代性规范的信念;在先验哲学的意义框架中,理性除了先验自我和隐藏在世界现象背后的逻各斯以外,还具备其实体性的存在。这种理性的实体性存在,在康德的先验哲学中就是以唯名论形态出现的范畴体系,在黑格尔的体系中就是以"运动着的自身同一"的形态出现的理性中介体系。理性的实体性存在在哲学的意义框架中出现,当然是理性主义、形而上学的附赘悬疣,它带来的问题,是不得不在哲学的意义框架中庸人自扰地包含"哲学家的哲学""二级哲学"(维特根斯坦)。但是,从总体上讲,先验哲学的立场,几乎是没有什么错误的,其问题最多也就像是在平面上试图再现三维立体空间的透视画法的矛盾。哈贝马斯企图化解先验哲学立场,但是我们怀疑他几乎是取消了哲学化态度本身,结果是所谓交往行为理论的后形而上学思考,只是以其全部的笨拙和繁琐,说明了一个人人都不会怀疑其结果的程式合理性过程,及关于此合理性的常识。因此,詹姆逊的嘲笑不无道理:“至于用语言说明‘理性’,……我担心在‘以犬儒哲学为主的理性’时代,即使最‘没有理性的人’也会乐意详细地告诉你他喜欢干他想干之事。”这也就涉及到他对所谓后形而上学思想中的其他主题的理解。

上文说过“定位理性”是一种过分谦卑的理性概念,虽然不能饶恕的是,它和形而上学中的理性概念一样,在哲学的意义框架中保持了其实体性的存在。关于所谓“定位理性”,哈贝马斯意识到的困难只是“对于定位理性作出普遍判断的矛盾”,而他对此的解决办法就是所谓“批判性角色”:“……作为可批判的命题,它们也超越了它们在其中被构成和被接受的语境。”将“定位理性”作为“后形而上学思想”的主题,作出某种关于它的普遍性的论断,这其中确实包含了某种矛盾,或者不如说包含了某种康德意义上的“辩证法”。这也就是说,“定位理性”是某种后现代语境中的幻觉表象。这里的“表象”不带任何传统哲学意味,它就等于视觉形象,作为幻觉表象的“定位理性”概念,说明哈贝马斯恰恰对于后现代性作了直义的理解,因而表现了某种过度的屈从:定位理性在形象描述和想象的意义上是正确的,哈贝马斯在这种意义上是后现代的,但是这里也恰恰说明了哈贝马斯对于后现代性的误解。无论是激进的文本主义还是激进的理性批判,对于它们正确的后现代理解是,它们只是表明了一种自觉不自觉的、在哲学的意义框架中驱逐理性的实体性存在的意向,即便是“定位的理性”的实体性存在。

理性在形而上学意义框架中的实体性存在,使得理性必须同时既得面对独立于自身之外的“非客观化的世界总体”,又得面对自身在总体性世界视域中的存在或无法“存在”。对于可以客观化的意义域来说,它们二者其实只存在于理性的意义构成的功能中,它们二者都是意义领域之外的东西。当将一种功能当作一种实体的时候,就必须将这种实体本身形式化,因此形而上学就将形式等同于内容,将理性等同于意义,将本体论的内容诉诸认识论的解决(这决不只是指近代,近代哲学可以说是认识论的认识论)。一种在哲学意义框架中的形式化的理性之存在必然割裂意义:这种形式化的理性,必然将自身从意义领域中剥离出来,将作为自身功能所建构的意义,当成自身实体性存在的产物。理性既然将自身实体化、形式化,理性因此便再不能走出自己的实体与形式,或者说不能走出自己的"皮肤"。因此它必须将自身"皮肤"以外的意义排斥为价值,价值就是一种外在性的意义或意义关系。实践理性本身之于价值领域,是一幅道德教谕画被从墙上摘下用来砸向一个不道德的人的关系——因而在画幅内容和现实的不道德的人之间关系的意义上,意义完全被形式化了。这样的意义,就成为理性在其镜像模式中自身复制的产物,意义的隐喻性自我复制模式和全面认识论化,从而是不可避免的。理性是其功能的起源,却不必是其功能的结果的起源。于是,这里就将某种非理论关系带入理论图景中,哲学图景必须以透视画法重新组织自身。

哈贝马斯对于理性、对于意义、对于语言都抱着一种实体化的理解方式。语言在哈贝马斯那里,发挥着形而上学中理性以其纯形式对于同一性的维系作用:"一个脆弱的、暂时的统一体……在语言中介中表现自己。"哈贝马斯以实体性的语言中介,代替了实体性的理性中介,这样这个"理性的统一体"必须是"脆弱的、暂时的",以此来保证语言可以不断地将其意义内容"倒空",从而保持其为无质料的纯形式,以及以此完成的中介功能。

当哈贝马斯将程式合理性、定位理性、语言学转向并列为后形而上学的"主题"时,我们很难想象那是怎样的一幅哲学图景。哈贝马斯似乎是要将作画过程和技艺、透视画法本身甚至画布、画框都作为一幅画的主题表现出来。在这里,我们看到哈贝马斯在何种意义上是后现代的:一种比任何后现代理论都更加"激进"的后现代图式,以致于超越了哲学和理论本身的可能性。这里一方面反映出的是哈贝马斯对于英美哲学传统和德国唯心主义哲学传统的不成功综合,他将英美经验主义哲学传统中本来固有的某种不可化解的自相矛盾,带入德国唯心主义传统(对英美哲学悖论的最精彩的表述,也许就是黑格尔的话:经验主义总是隐喻性地去思考而不把隐喻本身思考作经验)。因此他对唯心主义传统的诊断和他自己的理论诉求本身,就是以外物来论证自己的皮肤的限制及试图超出自己的皮肤抓住外物的举措。他看到唯心主义中,“……在作为后退的主体的第一人称的意识和作为因果性地决定的客体的第三人称意识之间没有给个体留下位置”,所以他试图改换哲学图景:“然而现在,这个‘客体’不再是从一个观察者的第三人称的视点来理解,而是从一个语言交往的参加者的第二人称视点来理解——他者是一个变样的自我。随即自我被设想作这个变样自我的变样自我。我们可以叫他第二人称的主体。”这种哲学图式转换的动力,其实只是来自哲学自然化的诱惑,或者说来自经验主义哲学对于德国传统的蛊惑。他把经验主义哲学图式当作了透明的塑料薄膜,而不知道那最多只不过是一幅比较细腻的景物写生。当他想使哲学探出自己的皮肤来抓住那些写生的道具时,就不但超出了理性主义传统的可能性,也超出了英美哲学的可能性,简言之,超出了哲学本身的可能性。

我们约略已经提到的哈贝马斯对于现代性和后现代性的双重误解,以及由此带来的双向屈从:当哈贝马斯在激烈地批判后现代性的时候,他实际上又不得不以其误解的方式(直义的方式),来接受某些后现代理论的前提,因此,哈贝马斯是以现代性的方式来理解和接受后现代理论和后现代哲学的。当后现代性不是以后现代性自身的方式作用于哲学,而是以现代性的方式作用于哲学时,它所带来的是对理性的过度的贬斥和对哲学可能性的瓦解。实际上,后现代哲学所要求的主要是一种意义机制和意义方式的转换,而并非主要是对理性权能的贬斥(当然不再认可理性的神话),至少是通过后者来实现前者。理性不必只限于对一些日常事件与常识进行弱智的证明和协调——纵使是以所谓的“批判性角色”,理性尽可以像黑格尔哲学那样穷高极远、殚精竭虑地跨越和深入存在的全部领域,但它却在以另外一种意义机制和意义方式,确立自身和发挥作用。这另外一种意义机制和意义方式,就是转喻—寓言的意义机制和意义方式,后形而上学的可能性就是转喻—寓言(性意义)的可能性。哈贝马斯以现代性来理解后现代性,以隐喻—象征来理解转喻—寓言,这就使得他一方面难以恰当地理解和接受后者,另一方面又不得不扩展前者的范畴(现代性、理性、隐喻)使前者得以兼容后者,其结果是由于这种扩展本身离开了哲学化的路径,而几乎使前者也变得不可能了。

哈贝马斯最后在讲到哲学的“超凡性的萎缩”时说：

> ……即使后形而上学思想仍然与宗教实践共存……这种继续的共存甚至说明了已经散失了与超凡性的联系的哲学的一种奇怪的依赖性。哲学，即使在其后形而上学的形式中，既不取代也不压抑宗教，只要宗教语言是一种激发性的甚至是不可缺少的语义学内容的载体——因为这种内容排斥哲学语言的解释力量并且进而拒绝将其转换成理性话语。

“超凡性的萎缩”应该从意义方式的转变角度来理解。因此，超凡性的萎缩其实是既适用于哲学语言也适用于宗教语言的。在任何时候，宗教“实践”也许都不会灭绝，但仅仅是“宗教语言”的“语义学内容”，却决不能保证宗教语言是“激发性的甚至是不可缺少的”，正如十字架上的耶稣像，并不能保证其不仅仅成为人们手头的玩物。因为在“理论”与“实践”的转喻—寓言性意义关联的意义上，“宗教实践”不是一个理论问题、语义问题。这样说并不是把“宗教实践”当作某种孤立于人类生存语境和在语言之外的沉默的、古老的“超凡事件”的孑遗，恰恰相反，我们认为即便是宗教实践，也需要在后现代的寓言性意义语境中重新书写自己。当这样说的时候，不但对于宗教是一种亵渎，而且即便是对于形而上学的伟大传统也很容易招来随心所欲的、非历史化的、虚无主义的指责，但我们认为同样恰恰相反：只有把哲学语言也包括宗教语言(如哈贝马斯那样)看成是一种可以独立自在的“语义学内容”的载体，而不是组成人类存在的具体的经验内容的时候，才应该受到这样的指责。因此，恰恰哈贝马斯的出发点，才是非历史化的——这里的“历史”不带任何意义上的“历史主义”的色彩，一种真正历史化的态度，是对于任何“历史主义”的拒斥：当哈贝马斯竟然认为“尽管有这新的模糊性(指哲学化处境——引者)，我怀疑我们的境况与黑格尔的第一代门徒没有本质的差别……从那时起后形而上学思想已经是无可选择的了”时，便足以说明哈贝马斯的历史感是多么的迟钝。哈贝马斯理解不了的，正是这种作为后现代处境的“新的模糊”，以及在这种新的模糊下所需要采取的新的哲学化路径和意义方式。哈贝马斯思路的全部问题，都出自这种哲学化方式的选择上，“后形而上学”这个概念在这里，正好是哈贝马斯所采取的哲学化路径的含混、杂糅和无力的表征。

在这里，必须提及的哈贝马斯的“美学”，是饶有趣味的。哈贝马斯的“美学”简陋得让人觉得有点好笑，他用的是“意义与有效性之间的联结”与否，来区分日常语言和文学文本：“出现在文学文本中的有效性判断……仅只对出现在其中的人物而非作者与读者之间拥有同样的联系力（指语言行为与“行动重担”之间的联系力——引者）。有效性的传递在文本的边缘中断了……”但是作为“哲学和科学”的文本，它们虽然也像文学文本那样，“行动的重担”被从它们面前移开了，但是却并不“在它们的边缘停止有效性的传递，并且也不把读者从在文本自身中提出的有效性判断的接受者的角色中解放出来”。我们在这里之所以不厌其烦地引用哈贝马斯的原文，就在于它们作为“美学”的简陋性，正是它们作为哈贝马斯理论构造模型的“重要性”，或者说作为哈贝马斯理论建构秘密的泄密处的反映。明乎此，我们才可以知道，哈贝马斯关于哲学和日常生活之间的关系犹如艺术批评与艺术之间的关系的说法，不是一个简单的类比，这里包含着哈贝马斯的总体哲学理路：这也就是说，哈贝马斯所谓“逃避理论把握的日常生活世界总体”，在其作为一种意义内在地自足的而又是非理性的、逃避理性化的幻象的意义上，哈贝马斯把它当成了一种“审美物自体”式的东西。在此意义上，哈贝马斯理论是乌托邦的。哈贝马斯试图消解先验哲学立场，但他带着对后现代哲学的哲学化方式和意义机制的误解，走上了一条几乎是反哲学化方式和自然化的路径：他对于启蒙现代性概念的固执，使他进行着一种对于形而上学的理性悲剧的“美学”拯救，但这恰恰使他比任何后现代哲学都更加亵渎了理性概念和哲学的意义——所谓“批判性角色”，使得哲学与生活世界之间只能保持一种纯粹外在性的关系。在此意义上，他的哲学是“现代性”的。

这样，詹姆逊对于哈贝马斯的批判虽然是有力的和富有启发性的，但并不完全确切：“哈贝马斯完全继承了康德的观点，美学作为他的现代性观念的第三个领域显然是一个大沙箱，我们在非理性的标签下可以恣意将前文所列举的那些含糊不清的东西塞进去：对于它们来说这是一个合适的地方，因为在此人们如果需要的话可以控制和操纵它们……”哈贝马斯实际上是既背负着康德的沉重武装，又经由经验主义的牵扯而滑向“美学”的。在康德那里，美学是一个先验理性将自身的实体性内容掏空，因而也是形而上学的形式化意义框架再形式化的领域：美学变成了某种透明的，因而可以忽略不计理性之实体性存在的领域，美是“形式的形式”（席勒），这样美学领域就和经验主义的经验概念重合了（前面说过，哈贝马斯将经验主义哲学的隐喻式图景看作是透明的）。但是美的领域和经验主义之“经验”的不同之处在于：它仿佛一个空的容器，“一个脆弱的、暂时的理性统一体”随时可以建立起来去填充它——当这样做的时候，它就由“形式的形式”充实为圆满的“形式”，一种形而上学式的形式化的理性同一性，仍然得以保持或得以充实：但它却不再具备先验哲学的视角，它实际具备的是一种先验哲学之“美学”视角。这样，“美学”作为哈贝马斯理论建构范型的意义，正在于它的“解先验”作用：哈贝马斯通过先验哲学论证了经验主义，通过先验哲学的理性概念，论证了经验主义的理性概念，并将前者放置入后者之中。因此最终，哈贝马斯主义给出的，只能是一种理性的道德学或宗教学，但是哈贝马斯的神龛里供奉的，是一个被他自己描绘得既弱智又低能的土偶木梗。所以，哈贝马斯主义最终既缺乏一种认识论的价值，又缺乏一种道德形而上学的意义，他提供给我们的，只能是一种关于理性的悲剧“美学”。

2003 年 8 月 7 日

（哈贝马斯引文均见 J.Habermas,*Postmetaphysical Thinking:Philosophical Essay*,Massachusetts Institute Technology,1992.）

都市文明的梦想与现实(短论四篇)

一、都市文明与国家建构

中国近现代以来的都市化进程和都市文明,其中最为“先进”的步伐和最具代表性的“成果”,从一开始,就是与中华文明传统所主宰着的广大区域的国家建构相背离的:起初,作为西方殖民主义扩张的一部分,它在政治上游离于国家主权和疆界的边缘地带;后来,它在文化上更加倾向于自觉不自觉地认同西方文明及其价值理念:“它的生活时尚和步伐紧跟伦敦、巴黎和纽约,它的日常生活与其说与中国其他部分相连,不如说同西方现代都市文明息息相通,也就是说,上海似乎只是偶然在地理上属于这个国家”(张旭东《现代性的寓言:王安忆与上海怀旧》)。国家主权意义上的租界面积有限,但在文化价值和文明观念意义上遗传的“租界”和“租界心态”,却主宰了几代中国人的文化思维和文明价值理想。殖民主义带来的屈辱感和文明间的不平等待遇,很快被“西方的等于现代的”“中国的等于落后的”这类“文明等式”和历史功利主义心态所平衡掉,因而不断以西方文明的价值标准品评、肢解我们自己的文明传统和文明整体性。在这样的情境当中,现实乃至想象中的“都市文明”,由于它与西方文明含混不清的关系，在一部分人可能是一个被顶礼膜拜的文明乌托邦，在另一部分人也许成了被诅咒的地狱之城，当然也有人想将都市文明完整地纳入中国现代历史的连续性和合理性当中（比如上引文章）……文明心态上的种种破碎和扭曲，使得中国的都市文明没有成为中华文明的高地和堡垒，反而成为一条含混不清的文化和文明疆界。但文化思维和文明心态带来的结果不仅仅是文化上的，也不是像"文明"的概念一样因为其大而无当而可以忽略不计，而是实实在在的、结构性困境：本雅明笔下的都市当然不是都市文明的最终格局，作为这种文明心态的历史和现实结果之一的，是都市自身在被膜拜的崇高和被异化的荒诞当中日益孤立，在客观历史和现实环境制约下成为一种中国都市发展的"孤岛心态"。在过去相当长的一段时间之内，中国某些大型城市的发展并没有给周边地区带来利益，或者导致周边区域的贫困，或者导致自身的萎缩，只是这种心态的显在结果之一。而当有一天，当人们不再仰慕那些高楼大厦，当那些便利、发达的生活设施和生活空间不再是什么特权和奢侈品，反而成为生存矛盾集聚的场所的时候，一个没有文明的血色和背景的都市，无论它多么庞大和繁华，终究会显现出某种无法言喻、但也无法掩饰的"孤岛"般的无助和荒凉。

上述那种"文明等式"造成的思维方式上的离心力，其对于文明问题和文明思考的内在入侵，就是使中华文化和文明的概念不断地从内部破碎，比如，中华文明被贴上诸如"农业文明""陆地文明"等一些隐含着价值评判的标签而被畸零化、"特殊"化，仿佛不是文明本身的质地和价值，而且其"起源"和"出身"决定了文明的等级和地位。但文明就是文明，中华文明作为一个整体，和世界上的其他文明形态一样，当一个生活世界和生存制度体系已经上升到"文明"的境地，那就都是最充分地发展和展现了人的本质、人的尊严的文化价值、制度体系及其物质基础。都市文明是中华文明的次级概念，而非都市文明或其他"先进"的、"领先"的"文明形态"决定了文明的边界和品级。将都市文明看成天堂或者地狱的观点，都没有认真对待中华文明的整体性，都没有从中华文明传统的实体性和连续性出发——它们可能从某种理论或理念出发，但从理论和理念出发，正是外在于文明实质性的"外部"观点或视野；而上述那种想要全面接纳中国现代意义上的都市文明的历史连续性和合理性的观点，"现代性"之前的文明史不在其视野之中，它无法解释"现代性"之前的中华五千年文明传统的正当性，以及由中华传统本身开创出现代都市文明和都市生存的可能性，历史和现实可以证明，这都不是事实，因此它并不比将都市文明看成天堂和地狱的观点更少荒诞性。的确，"现代性"视野当中的中国现代都市形态，之于中华文明传统、甚至传统中的都市形态，确实是某种"异质"的东西，但更主要的是我们脆弱的文明认同和文明信念，已经没有勇气、能力和意愿将其通盘纳入作为一个活生生的、生存和生长着的中化文明机体的整体性当中加以考量。人们已经自觉不自觉地将我们自身的文明传统当成一个固定的边界和僵化的形态——只是还没好意思宣布它的死亡，这种"外科医生"般的文明诊断，在将中华文明传统推向标本室和博物馆的同时，也将都市文明推向文明的概念和价值理想的"边境"般的玄远和抽象性当中：当前中国都市建设和治理当中的很多问题，就在于还将都市当成一个抽象的概念和含混的价值理念，它是我们向往和守卫的对象，但还没有想好、学会怎么把它的问题进行"具体"的考量和处置。因此，将作为一个生存性概念和生活体制的都市文明，纳入到中华文明机体的整体性、有机性、实质性当中，是中国都市文明的发展建构必需要迈出的步伐。

都市生活和都市文明无疑刺激了那种超越国家形态的文明理想。现代科学技术集聚和主宰的那种都市化生活的便利性和前卫性，使人们误以为自己生活在一个"全球化"的大同世界当中，至少是生活在通往这个世界的快车道上。中国式的城市建设千城一面，既是这种仓皇心态的反映，又是这种快车道心态在某方面的一个结果。就人类目前阶段而言，与文明系统最为紧密和牢固的关联物还是现代意义上的国家。像"西方文明"这样的宏伟概念往往是对于非西方文明的政治上、经济上、文化上的强权和侵略的旗号，当它面对西方国家内部的矛盾和纷争时，往往脆弱不堪，甚至比如以欧洲文明、欧洲价值相号召的"欧盟"也是这样。因此，一方面，中国和东方文明在目前的世界上还是处于相对弱势状态，我们需要国家形态来守护我们的文明建构；反过来，就国家建构而言，这当然也不是无谓的，不是为了文明而文明，为了守护而守护，一个被侵凌和解构了其文明基础和文化价值根据的国家，不可能成为一个稳固的国家，一个在包括文明理想等各个方面具有影响力和号召力的真正的大国。另一方面，中华文明传统当中包含了被历史和实践证明了的具有普遍性的、有益于人类文明生态的生存价值理念和生活体制建构，由中华文明理想所支撑的国家梦想的展开与实现，将不仅是中国人的生存意志的延展和生活目标的实现，也必将是世界人民的共同福祉。中国的都市文明需要在这样的关系和张力中来对自己进行定位。中华文明当然不仅仅限于中国的国家主权疆界，随着中国沿着自己的道路进行的现代化进程和目标的不断实现，随着中国经济社会建设的巨大成就和文明自信、文明认同的不断回归，随着中国当前和未来阶段发展重心、发展理念和发展方式的不断调整转型，中国的都市文明将不仅仅是中华文明传统当中的生存理念和生活方式的传承与展现，同时也是中国人对于生存价值和生活样板的全新探索；它不仅仅是不断生成和生长着的中国国家建构的价值基础、文化长城和文明疆界，也是现代中国最具活力和影响力的、不断延展着的“文化主权”和“文明疆域”的辐射中心。对于我们的文明传统和国家建构而言，都市文明的拜物教和异化的妖魅，是目睹了西方 20 世纪乃至之前几个世纪的发展经历之后重建文明需要去努力克服的对象。我们关注的重心应该不再是都市本身，而是可以在一定程度上重视那种人类生活的都市性起源的观点（沙朗·佐京），直面和正视都市化的生活方式和生活体制，建构都市生活世界的生活政治，再反过来从这样的层面反观和重构我们的都市。这些不是对于不堪回首的历史旧梦重演的规避努力，而是一个文明国家本身生存发展、实现文明跨越的内在需求；这不仅仅是中国国家政治的文明道义和文明正当性的显现，而且也是包括中国在内世界各国和人类共同的文明生态诉求与文明责任担当。

2014 年 1 月 9 日

二、都市文化研究的“文化自觉”

都市文化研究在中国也不是一个新课题。不过无论中西，现代性的历程是人类城市发展历史的关键转折：现代性的进程促进了都市的急剧膨胀，现代性也在都市中迷茫，最后，现代性在都市中终结。正如本雅明等人的研究表明的那样，现代性本身的问题在都市的空间结构和生活方式上得到某种清晰的再现：现代性进程从其一开始起，它就相信它比古代世界能够更好地理解自身、掌握自身的命运，现代性由此蔓延为一个巨大的“理性”规划的中介性体系，但它最终发现自身就是那个幽暗的、无法理喻的“物自体”，现代性最终倒在了自己身上，最多是倒在了自己的影子之上；都市生存的秘密，就在于人类自己制造出来的那种作为中介体系的抽象性和虚无性当中。都市不是现代性视野中的历史地层的抽象堆积，但也不是后现代主义所欢庆的多元化和碎片化的历史丘墟，同样也不是自然主义和怀旧眼光中的光怪陆离——都市文化研究特别容易在这些看似具有诱惑力问题当中迷失，而我们看到今天的都市文化研究确实迷失在自己的研究“视野”和“对象”领域当中。都市的历史与现代性密切相关，但又超出了现代性可理解的范畴，因此，今天的都市研究首先必须彻底超越现代性理论的各种显在和隐蔽的前提。今天中国的都市文化研究，必须达到这样一种思维的翻转和文化自觉状态：都市本身就是我们的生存实体的文化体质和文化轮廓，是我们的生活背靠着的文化价值标尺。在都市文化研究的“客观”视野和“外部”观照之外，我们需要同时具备一种从生存主体出发的“内部”视野。文化本身就是生存理念和生活方式的问题，但现代性的（都市）文化观念内部，乃至都市“生活方式”本身，都恰恰缺少或者被放逐了一种生存性的核心。这里强调这一点，不是试图回到一种诸如现代早期的人们对于都市的乐观主义的天真赞歌，而是在经历所谓后现代的破碎和荒诞之后，必须具有的一种现实主义态度。

20 世纪 90 年代前后，随着中国经济的市场化转型和城市化进程的加速，在国内掀起了一轮都市研究的热潮。之后，都市研究的“理论”越来越多，关于都市的描述、分析、“书写”、“影像”越来越多，“城市文学”或“都市文学”越来越多，但在理论观照和似乎是“客观”而“理性”的研究视野当中，都市文化的生存格局和生活世界图景，就像是小说中的故事情节，或者是城市规划的沙盘模型一样，并没有成为人们的核心问题关怀，反而在日益纷杂的研究范式和学术路径当中愈加模糊不清。这一点和中华人民共和国成立以前，一些学术前辈立足于中国本位、带着对于中国社会文化历史的通透理解和建设新中国的现实关怀,展开乡土中国和中国乡村社会研究的情形,形成鲜明的对照。但都市文化本身和目前中国都市发展建设所面临的现实问题的复杂性,使都市文化研究的困难和难度其实更甚于此。造成这一结果的甚至是一种"结构性"的原因:当中国式的都市生活突然出现在我们眼前时,我们不仅没有重新演绎西方对于都市化问题的认识过程和研究历史的时间,甚至没有一种真正客观地审视和观照这样一种对于我们而言是全新的生活方式的空间距离——所以那种貌似的研究"客观性",只有以放弃与放逐真正的研究对象为代价才能做到。因此,都市文化研究的文化自觉的第一层意思就是,必须以一种高度的严肃性承担起生活理念关注和(可以从海德格尔意义上理解的)"生存论筹划"的重负。这不仅仅是需要一种建立在中国传统哲学与文化历史基础上的都市研究理论上的自觉——目前都市研究的理论模式往往来自于西方,或来自西方理论的启示,比如,不发自内心地理解和尊重中国传统的宇宙观、天人观、世界观和文化思维方式的整体性,就不可能理解北京这个大都市直至今天的城市格局和其中的生活方式;同样,不在此前提下,也不能从天津城市布局的形成、发展当中看出近代中国历史的张皇失措的错乱步伐……但仅有这些还是不够的。这里需要的不仅仅是在西方问题的终结处重建我们自己的起点,而且还需要将西方的批判性反题包括进自己的肯定性、综合性的问题关怀中,或者不如说,需要将一种更加强烈的生存性关怀、本土文化认同和现实问题指向,包括进自己的问题性当中。正如有的学者指出的,西方的都市文化研究往往是"社会科学"乃至自然科学的课题,但在中国却大量地出现在文学、美学这样的学科领域当中,可能正是这样一种情形或需求的曲折反映。因此,中国的都市文化研究需要一种更加属于"完成"状态的理论:历史没有给我们留出从容的思想实验的余地和容忍理论试错的抽象层面,如何在都市生活当中同时克服现实性进程中的价值虚无和意义放逐,在理论研究当中同时完成都市生存和生活方式的文化价值"筹划"与抉择,是中国的都市文化研究在中国现代化和城市化历程中必须要承担的使命。

都市本身由于它所积聚的巨大的文化能量和文化前哨地位,尽管都市往往是各种地理意义上的中心,但却是全球化格局中国家和民族的文化主权的边境和文明政治交锋的前沿。然而目前中国的大城市,在经济和物质层面上与西方世界日益同质化的同时,在文化价值的层面上被加剧空洞化了。正如有研究者对于美国哥伦比亚广播公司摄像机中的一则“上海故事”所作分析指出的那样:“就发展市场经济来说,上海好像也不比香港或纽约差……然而这个优越感现在变成了一种文化上的优越感,严格说是一种政治上的优越感,在它的注视下,上海好像的确是缺少了点什么,热闹下显出一种空洞。它好像是在说,你看中国人从来就不知道自己要干什么,从来就不知道自己要成为什么样的人。他们没有自己的价值体系;他们的政治不过是为经济服务;他们的文化已经完全被消费主义吞没……我们生活在自己的时间里面,而他们生活在别人的时间里面。我们有我们自己的现实;他们只有别人的梦。那个空洞是价值的空洞。此时画面上的浦东,看上去更像一个‘现代性’或‘全球化’的海市蜃楼。”(张旭东《韦伯与文化政治》)毋须讳言的是,目前的所谓全球化的世界,无论从物质层面还是从文化价值层面,都是由西方世界所主导的,中国式的都市发展,在未来如果不能做到一种文化上的自觉,将在整体上面临沦为西方的“文化租界”的危险。中华民族的伟大复兴,不能离开文化上的复兴;而文化上的复兴,不能仅仅停留在传统经典文化的诵习和传承方面,更要从生活理念、生存方式的层面上真正地去理解、亲近、践行和弘扬中国文化当中那些最优秀的文化价值理念:中国传统文化当中有着世界上最好的普世价值和生存理念。都市建设和都市文化在这些方面应该起到一个什么样的地位,我们应该怎样去设想一种中国式的都市文化和都市生活方式,这是当前中国都市文化研究应该具有的起码的问题意识。这其中的核心,就是都市文化研究的文化自觉的另一层含义:当前中国都市文化研究的中心议题,应该是探讨都市生存、都市文化如何成为落实中国式的文化价值理念和生活方式的样板的问题。未来世界竞争的主流趋势必然不是军事和战争层面的竞争,经济层面的竞争也将被合作共赢的现实态度所主导,未来真正的竞争是文化价值和文明政治层面上的竞争,是生活方式乃至生命政治层面上的竞争,是我们“为什么要做一个中国人/西方人”“怎么做一个中国人/西方人”的文化价值理念上的竞争。这就要求都市文化研究不能停留在研究高楼大厦的建筑审美和电影院的票房趋势的地步,也不能仅仅关注都市乃至个别都市本身，而是必须把那些星星点点、耀眼的都市当作一个国家和民族生存的价值谱系和意义星座，从全球性的文明政治的主体性和主权者的视野出发，筹划和描绘中国人的都市生活理想，守护中国式都市生存理念和生活方式的正当性。这不仅仅是今天的都市文化研究必须担负的文化职责，同样也将是都市文化研究的全新课题。

2013年4月8日

三、城市：作为“色彩”文化体系

城市作为人类文明长期发展的产物，在今天的人类世界和社会生活当中扮演着一个越来越重要的角色。人们可以从各个角度对于城市和城市文化进行观照和考察，本文这里选取了一个从作为“色彩”文化体系的角度对于“城市”进行审视和定义的视角：与人类的其他常态化的生活场景和生活方式相比较，城市生活和城市文化、尤其是今天的日益“现代”化的城市生活和城市文化，无疑是人类调动和支配了巨量的色彩、同时色彩也与人类生活构成深度交融和相互阐释关系的生活方式。在城市生活当中，色彩的生产和消费、集聚和流动、反映和被反映的程度和数量，从某个方面规定和延伸了人类生活和城市文化的某种本质，因此也可以看做是城市和城市文化研究的一个重要角度。

（一）“城市色彩”构成的复杂性与多维性

近年来，国内不少城市都规划、出台了“城市色彩”或者“城市主色调”，其基本方式是由有关部门规定一种或者若干种色调、色系来作为“城市色彩”或者“城市主色调”来进行推广。但实事求是地讲，这些城市色彩或者主色调，大部分给人的印象并不深刻。这其中可能有客观因素，比如今天城市发展的规模、体量等，但恐怕根本原因不在于此，总结这其中的得失，可以看出：

1.“城市色彩”是生活与色彩、主体与对象、心理效应和客观环境等多重因素的交融、互动、统一。从规划、设计的角度讲，城市色彩不能过于复杂、含混，这种含混的色彩本身，就体现不出城市色彩的那种标志性和统一性作用；城市色彩需要和谐、厚重，城市色彩不能是那种浮艳、浅薄的色彩，但并非不需要鲜明的特征和特“色”……但只做到这些还是远远不够的，因为这些只是从客观对象的角度来考虑问题，还只是把色彩作为色彩来考虑问题。城市色彩，是人们在特定的生活和文化环境当中感受与体验到的那种“色彩”，而不仅仅是建筑物的涂装在视网膜上的视觉反映，单纯去“规定”和“设计”，即使达到预定目标，效果也并不一定很好。事实上，目前很多“城市色彩”，都属于那些容易被人们忽略的、没有“感觉”的色彩，最终只能形成一片灰扑扑的“背景色”，而在一个组织协调的“城市色彩体系”当中，艳丽不一定代表浅俗，丰富也不一定代表杂乱。

2.“城市色彩”是符号性（象征性）和现实性、主题性和背景性的统一。城市色彩的规划设计，不能是“存在的即是合理的”：一方面，它不能单纯依赖色彩的物理分析和色谱统计的方法，这种方式看似很“科学”，很“量化”，但实际上往往只是“现状”、只是“事实”层面的东西，“城市色彩”应该是一种具有深广文化内容和内涵的东西，仅仅从现实因素归纳和“规划”显然是不够的；另一方面，构成城市色彩和城市主色调的，也不一定是现存的城市色彩和色系中在“量”上占优势的那种色彩和色调，而是一定具有一种文化符号和文化标志性意义，比如，看到或者想到宫墙上的那种朱红色，就让人想到北京——这种颜色在今天北京城市色彩整体当中，从计量统计上不会占多大的比例，但无疑是最能够代表北京的象征性、符号性、主题性的城市色彩之一，而“灰色调”其实只适宜于作为一种背景性的城市色调。

3.“城市色彩”是人文氛围和自然物理、历史传统和当代气息、稳定性与开放性的统一。比如，沿海城市天然地让人想到蓝色；草原城市，天然地让人想到绿色——这种自然关系当然只是“文化通感”效应的一个方面。另外，在传统因素当中，积淀着人们深层的文化心理内容和深广的文化历史内涵，尤其值得关注，因为它往往是在久远历史当中形成的文化心理结构的客观对应物，具有丰富的文化符号和象征意义，能够起到一下子把人们生活的空间和时间给拓展和扩大开来的作用。比如苏州的城市色彩，不管是不是出于规划的结果，给人以突出印象的，就是由传统江南民居“粉墙黛瓦”的色调，延伸、衍生和交相辉映出来的明丽光彩，这样的城市色彩，不仅让人看到了苏州的历史，也可以与苏州作为一个现代化大城市的“现代”相兼容、协调。

（二）“城市色彩体系”的“文化”构成和“系统”结构

上述这些复杂因素和辩证关系决定，城市色彩或者主色调，不仅仅是事先确定的几种色彩和颜色，而且是综合了历史、人文、心理、环境、建筑等因素的一种“文化通感”和综合性的效应、结果，是色彩与城市生活、客观与主观、历史和现实交融、互动的一个总体性的“色彩”文化体系。这里用“城市色彩体系”来取代“城市主色调”或“城市色彩”的说法，是想说明它事实上应该是一个分层次、立体化、全方位、开放性的有关“色彩”的文化系统。梵高的绘画色彩运用极其丰富、极尽艳丽，是贫乏、焦虑的“现代人”内心当中的“色彩”乌托邦，却并不给人以杂乱、浅薄之感。“城市色彩体系”当然不同于艺术作品，“风景如画”可能是种理想，不过借鉴一些艺术性的思维，却并非过分要求：不是把色彩仅仅作为色彩，而是将其作为城市生活的内在要素，运用包括艺术思维在内的多种方式、方法，以“色彩化”的生活世界和文化体系为目标，进行系统的组织、安排。“城市色彩体系”不仅仅是“色彩”本身，它具有更为深闳的城市生活、城市生存的内在关涉和城市文化的本质牵联：

首先，城市生活和城市文化的属性，决定了城市“色彩”体系的那种非自然、物质性、堆聚性、超限量等方面的特征。城市生活和城市文化当中的“色彩”变得“触目”和“剩余”，同城市物质生活的便利、丰富、效率等紧密地联系在一起，与城市生活对于自然的疏离同步。人们对“色彩”基本再没有敬畏感和形而上层面（比如古人对于“苍”天、与“五色”相配的五方、五德乃至王朝的运势等）的考量，而是处于超量的感官性和消费性色彩的包围当中——当然人们可以从这种与色彩的关系中，发现“现代”生活的精神状况和形上意味。这些不能进行简单的赞美和批判，而是需要进入五光十色或光怪陆离的色彩和光影的内部、深处、背后、间隙，进行一种复杂的、具体的理解和分析——犹如艺术批评家分析梵高的绘画。

其次，也因此，在城市生活和城市文化当中，人与外部世界、包括与“色彩”的关系，不再是一个简单的、静观的主客体关系、外部观照和单向度反映关系，而是一种复杂的立体性关系网络和体系。这种生活方式和关系模式，决定了人们对于色彩的需求和使用关系的复杂性，反过来，同样的色彩在不同的生活场景和物理—心理模式之下，又具有多重的再现、反映、阐释的空间和可能。这样，城市生存和城市生活的模式，因此是“在色彩中存在”（being—in—the—colour），而不是对“城市色彩”和“城市主色调”进行外部的、超脱的“审美”观照。

第三，城市的“色彩”和城市的“色彩”研究，在很大程度上因此也不是一个“规划”“设计”和“艺术”领域的问题，而是一个生存论的问题。当我们走入“色彩”的内部和深处，就会发现，它经常也是严峻的甚至残酷的。举一个简单的例证，当有人在为城市建筑物亮丽的夜景灯光陶醉时，另一部分人却在为光污染而辗转难眠。对于前者来说，“色彩”是审美问题，对后者来说，却是生存之困。这就好比，人们不仅应该看到绘画当中的艳丽色彩，更应该看到画家那笔触之间的焦灼的灵魂一样。对“色彩”的深入，因此也是对于城市生活和城市生存的本质和核心的深入理解。

（三）作为“色彩”文化体系的城市：城市生活的一种生存论观照视角

“城市色彩”和“城市主色调”其实只是“城市色彩体系”的一个部分或层面，或者更准确地说，是城市色彩体系的某个显在层面和外化反映；由此反过来看人们通常所理解的“城市色彩”和“城市主色调”，就更加显现出其局限和片面性了。“城市色彩体系”往往既是人们对于一个城市的“第一印象”，同时也是城市文化深层本质的反映；而一个不协调、不适当的城市色彩构成，给人的是说不出来的不舒服的感觉——这往往也是城市生活本身当中的某种不协调的曲折反映。

相对于今天的城市生活方式、城市规模与发展速度，以及城市建设、建筑的丰富、复杂程度来说，用计量、统计等“客观”方法规定或者规划出炉的“城市色彩”和“城市主色调”，想用一种或几种色彩形成的平面化、物理性的色系组合，来形成“城市色彩”或者“城市主色调”，可能是把问题简单化了。但另一方面，城市色彩体系也不同于把城市作为艺术品进行“审美化”的研究。“城市色彩体系”似乎正好验证了一个叫做“日常生活审美化”的命题的正确性，但在我们看来，“日常生活审美化”正是把人与城市生活关系当中的某种单向、局部的需求和反映关系，固定和夸张为某种全方位的“审美”意识形态的封闭修辞，恰恰是体现了这个“美学”命题对于城市生活进行空洞赞美的“物质”化、外在化的理论装潢和“色彩”修辞性质。而“城市色彩体系”恰恰是对于物化的城市生活和城市文化，进行存在论、疏解性、深层次、具体化的全面理解的一种方式。

2015 年 1 月 12 日

四、地方文学研究的文化意义

地方文学研究不仅具有通常意义上的文学和人文学术研究的性质，由于它自身的属性，它也具有特殊的文化价值和文化意义，或者说，在这方面有着比较突出的表现。这就要求人们不仅仅将它看成是现代学术建制当中一个学科或一种学术取向，而且也要将其放置在整体性的文化视野中来考量它的文化地位和文化担当、文化影响和文化功能，这样不仅可以对于地方文学研究本身的功能作用进行一种客观公允的评价，而且对于地方文化的资源、结构和构成也能有一种全新的认识。

（一）地方文学研究是一种对于文化资源的深度发掘、发现和整理，具有一种文化拓展意义

地方文学研究起到的作用，不仅仅是将一个地区、地域与文学作品、文化名人联系起来，更不仅仅是对于该地区的文化资源的一种“争夺”，而是对于这种地区性文化资源的一种深度发掘和发现。这样做的目的，不仅仅体现在吸引眼球、争取外在的经济效益上，而且对于地方文学研究和该地区的文化空间和文化积淀具有双向的拓展、深化作用，因而具有长远的社会历史意义。过去人们常常误认为曹禺话剧中的场景发生在上海和一些南方城市，后来的一些研究表明，这些戏剧场景的原型，可能就是天津这座曹禺出生和成长的城市。人们之所以将它误认为是上海等城市，不仅仅是文学研究上的失误，而且也表明了人们（包括天津本地人和本地研究者在内）对于天津和天津文化缺少深入的了解和

认同。将天津的城市景观和城市形象与现代文学史上划时代的经典名剧联系起来,不仅为天津这座城市增加了许多文化的光彩和内蕴,而且也是正确、深入地考察曹禺的创作和作品本身的一个基本的前提条件。但事情显然还不只是如此,很多深层的联系,仍然有待于地方文学研究的进一步深入。比如,曹禺的剧作中究竟有多少东西是与一方水土、这一文化环境具有或显或隐的内在关联?孕育曹禺及其剧作这一文化环境的深层特质我们有多少研究和了解?曹禺的作品怎样表述、提升、改变、影响了这一文化境况?从这二者的相互关联中,究竟可以搭建出怎样的一种文化空间、生活方式和价值理念?从这种文化上的深层联系和深度关系入手,在处理包括作家作品、文学研究在内的文化现象与某个地区、区域的地理空间关系时,也就使得人们的思路和思维方式更加开阔与多样。通常意义上的地区归属和地理联系,也许只是一种外在的关系,更有意义的显然是文化的联系和文化上的归属。由此,也可以终止许多诸如由作家籍贯等引起的归属争议。但文化归属的认定,恰恰不是一个简单的籍贯考证就能做到的,而需要一种深广的学理支持。这也正是留给地方文学研究的任务及其文化意义所在。

(二)地方文学研究将文学与人们的文化生活、生存形式连为一体,发挥了文化中介的作用

人们常常通过文学来认知和理解一种文化、一种生活,又通过文学研究一方面理解文学和文学作品,另一方面参证文化法则和生活方式,文学研究应该是处于文学艺术和生活二者之间的东西。波德莱尔的象征主义诗歌,是对于欧洲资本主义的“首都”——19世纪巴黎的人们的生活样态、生存情状进行的深刻的写照,揭示了在资本主义全盛时期,那种被商品和物质崇拜所深度异化的人们的生活本质。然而,从我们今天的眼光看来,如果没有作为西方马克思主义理论家的本雅明对于波德莱尔的深度、空前的阐释,无论其他批评家对于波德莱尔有着怎样精彩的、富于“艺术性”和“美学”观点的解读,缺少了本雅明解读的波德莱尔,终究带有一种致命的残缺和贫乏。通过本雅明对于波德莱尔“发达资本主义时代的抒情诗人”的简洁精准和意味深长的定位,19世纪巴黎的“拱廊街”,与波德莱尔、本雅明从此不分彼此地成为一体性东西,共同见证着一种资本主义全盛时期都市生活与生存形式的样版。反过来,我们也通过本雅明的波德莱尔研究这一“中间”和“中介”形式,通过它所勾连着的艺术和政治经济学理性这两个端点,来想象、理解和还原那个时代和那种生活形式的整体性和复杂性。再比如,今天的人们说到湘西,说到凤凰古城,总是与沈从文的小说分不开。我们很难想象,如果没有了沈从文的小说,那片土地将会丧失多少灵异色彩和文化光晕。但这个文化湘西的繁荣昌盛和深入人心,恐怕也同学术研究领域对于沈从文的不断发现和认知、尤其是新时期以来当代文学和文化研究中的沈从文研究热潮有关系。因此说当代地方文学研究促进了湘西地区的经济发展和经济生活,恐怕也不能说是太过夸张。迄今为止,在一种“现代的”学科建制和学术体制的遮蔽下,人们对于文学研究尤其是地方文学研究的文化属性和文化功能尚且缺少深入、全面的认知。地方文学研究的学术理性、学科构成的文化弹性和文化辐射力,还有待进一步的发挥。

(三)地方文学研究对于文学的“本质”和“概念”的具体化作用,促进了文化生态的健全与繁荣

当文学的“本质”成为一个问题,人们对于文学的共识已经丧失时,地方文学研究是文学“本质”具体化的一种重要路径,是对于文学生存方式和文学生存状态的一种重要揭示。这也就是说,地方文学研究并不只是国族文学研究、中国文学研究的延伸和补充,地方文学研究由于它自身的属性和目的,可以呈现出文学的更为具象的文化肌理和生存法则,是一个更加鲜活的文学的“本质”切片。地方文学研究以其“例外”的挑战和“边际”的属性,颠覆那些似是而非的“本质”共识和表面条理的宏大叙事,这往往使得在国族文学、中国文学研究中成为(从不被反思的)预设前提与先验法则的观念死结、学术惯例“问题百出”。从这样的认识出发,比如,地方文学之为地方文学的“地方性”本身,其实就是地方文学研究当中一个最为生动的问题意识和问题性指向,因为在此前提下,地方文学的“边界”问题,将不只是从一个简单的根据(如行政区划、作家籍贯等)出发空洞地“划界”的结果,而应该是具有学术深广度的学理探究和表达的结果;“全国性”作家对于“地方性”的超越与“溢出”,“地方性”作家之为“地方性”的写作与接受的文化心态、文化条件、文化内蕴,不是一个应该被漠视或无动于衷地对待的“事实”,而正是地方文学研究需要不断去激活的总体性的问题视野;一些“边际”作家的流动性和归属困难,乃至作家的流动对于其本人与地方文学的影响,不是一个扰乱我们的问题框架和研究成规的恼人因素,对于它的持续性的学理化聚焦,正是地方文学研究的最重要的实质性内容之一;对于作家作品接受与评价的区域落差背后的文化因由,地方性的文学土壤、文学群落的独特文化氛围,不是熟视无睹地接受下来就可以了,而都是地方文学研究视域的“内部”问题,需要加以持续地“陌生化”和学理化解释……所有这些都不仅是文学研究本身的学术规则和思维惯性的根本性扭转, 而且也是对于包括文学的写作、传播、接受等在内的文化秩序整体性的重新呈现、重新理解和重新规划,地方文学和地方文学研究,由此终将成为文化生态中充满活力的那一部分。

总而言之,地方文学研究并不因为它的“地方性”而变得卑微、渺小、可有可无,它与国族文学、中国文学研究之间,不是一个人们出于想当然所认为的简单地承接与具体而微地模仿的关系。它由于其自身的特质,仿佛更加接近于文化作为生活方式、生存状态的本原性意义,从这样一个层次上重新理解地方文学研究和地方文化的关系,对于地方文化研究和当地文化的发展建设,是一种思维方式上的双向的更新与开拓。由此出发,恰如其分地看待地方文学研究的文化地位和让地方文学研究充分发挥其文化意义,是此中的应有之义。

2012 年 5 月 14 日

当下中国文论:理性重建与价值重构(短论三篇)

一、在对后现代幻象的超越中重新展开

如果当下的生活世界确实如"后现代主义"所认为的那样,是一个意义缺席、没有意义的世界,那么,理论存在的合法性焦虑必定更甚于文学,因为理论本身很难以静默的姿态在场,而必须同时或隐或显地包含着一种对自身的论证。与一些后现代主义理论著作相比,佛克马与伯顿斯编的那本叫做《走向后现代主义》的后现代主义文学研究论文集,文本分析是其一个比较突出的特点,而在其细致的文本分析背后,仍然充斥着一种元诗学和元理论的理论焦虑。的确,以面对古往今来一直以傲慢的姿态拒斥理论化表达的诗性文本为职责的文学理论,当其遭受种种后现代境遇中的幻象的戕害与挤压时,其理论理性的合法性便更加岌岌可危。就中国当下的文学理论来说,至少有两个方面的后现代幻象,必须予以廓清:

第一方面的后现代幻象,是"后形而上学"的幻象。哈贝马斯所理解的"后形而上学"的主旨(程式合理性、定位的理性、语言学转向、降落超凡性)所表明的,主要是对理性权能的限制,所以我们把凡属此类的后现代理论幻象都称为"后

形而上学幻象”,而并不限定于哈贝马斯主义本身。哈贝马斯的“后形而上学”思路,是一种典型的后现代幻象支配下的理论表征。哈贝马斯看到了形而上学的、尤其是德国唯心主义传统中的夸张的理性概念,因此他试图通过对康德的先验哲学图式的“解先验”过程,来赋予理性以一种人类学的、主体间的限定性:他将康德哲学变成了一种以自然主义的“人类学”为收束的哲学化方式与哲学问题的解决途径。当哈贝马斯这样做的时候,他便滑入了康德哲学也仍然卧倒于其上的经验主义本体论的泥沼。最终,哈贝马斯实际是以先验哲学论证了经验主义,用后现代性拯救了现代性,而这又只能表明哈贝马斯对于德国唯心主义与经验主义传统的不成功的综合,对于现代性与后现代性的双重误解与双向屈从。哈贝马斯以其惯有的方式,将后现代哲学理解作“激进的理性批判”和“激进的文本主义”,因此分明是以直义的方式,来理解后现代主义与后现代主义的哲学要求。这样,哈贝马斯在对后现代性这把双刃剑进行顽固拒斥的同时,理性自身的合理权能,也已经遭到血淋淋的裁割与肢解:理性被哈贝马斯限定于只能在现实的情景中,对于日常生活事件进行弱智的证明。实际上,后现代哲学所要求的主要并不是对于理性权能的批判、限定、贬斥,而是对于一种新的意义方式与理解方式的诉求,至少是通过前者来达到向后者的切换。哈贝马斯对于程式合理性、定位的理性(情境化理性)作了直义的理解与规定,因为他先就以直义的方式理解了后现代哲学与后现代主义。这时,程式合理性与定位的理性只能是后现代幻象(视觉幻象?)。程式合理性与定位的理性在寓言的意义上是正确的,这就提示我们,任何后现代理论本身必须被理解作寓言——这意味着一种真正彻底后现代的意义方式、意义引线的搭建,而这才是理论展开并得到理解的现实语境。

当下中国文学理论中后形而上学幻象的典型表征,莫过于所谓的“理论的批评化”“批评的理论化”以及类似的论调。这种论调的前提,仍然是设想一种高居于现实之上的、抽象的理论层面,与不可被理论化的诗性文本的层面二者之间的层级关系(这是一种典型的后黑格尔时代的表述而不再具备形而上学的特征),因此,它想通过将理论贬谪与拘囚于批评“实践”中来取消理论的“抽象性”并限定其有效性范围——这里体现的正是哈贝马斯式的对于理性的“后形而上学”处理。在我们看来，这种论调所隐含的意味，不仅仅是宣告了理论本身的不可能，而且也是对于理论本身的意义方式与意义接受方式的限定与约束：理论因为一开始就被设想为与现实是一种纯粹外在性的关系，所以只能沿着这种外在性关系的滑绳，以理论与现实加起来除以二的（“批评化”的）方式，来拉近理论与现实的距离。这时理论（此时是“批评化”了的）被设想具备了更大的现实性，而原有的理论意义学与接受学不是被改变了，而是被这种现实性的幻觉强化了。当人们面对“批评化”了的“理论”时，既不能再抱怨理论的抽象性，也不能再抱怨现实的芜杂无头绪，而尤其不能抱怨的，是“批评化”了的理论以其意义结构方式和意义理解方式，所规定的意义学模式与意义引线。但实际上，文学理论乃至文学批评在当下的尴尬处境，正是由理论对于自身身份、位置的这种不伦不类的设想所决定的。

其实，后现代主义所带来的，不应该是由于对其误解而导致的拘束与限定的幻象，而应该是一种解放与敞开，一种双向的解放与敞开：既是对于理性自身的意义结构学和建筑学的解放与敞开，也是对于理性化意义表达的接受学、解释学的解放与敞开。一方面，理论如果确实还只是一个观察现实的僵化的“窗口”，如果它还需要某种外在的东西来论证或者美其名曰“检验”的时候，理论之于现实总还是具有种种缺憾的东西。但是，理论本身也可以具备一种具体性，在这种具体性中，理论的抽象性和外在性消失了，它本身仿佛就是一种丰饶的现实：黑格尔在今天应该被理解为一个关于绝对性的寓言，理解这个寓言，并不意味着直义地、纯认知性地接受其寓言性主题，而更主要地是应该以同样的意义方式，走向寓言性的意义表达。另一方面，粘滞于批评的丛杂琐碎中进行的理论表达，不仅对于诗性文本是某种程度的遮蔽与压抑，而且对于理论本身也是一种戕害。但是，当我们将这种窒碍难通的意义方式和意义线索，拧转向另一个真正后现代的方向上时，那种紧张、逼仄的关系，便在一个更加自由宽松的意义场域中得以消解，而那种单向传递的意义方式，作为一种双向、多向的意义对流与对话的方式来展开和被接受。总而言之，问题的关键在于，我们需要理论化意义本身的“接受美学”，而我们对于理论的观念还停留于“新批评”阶段。谈论“新理性精神”，似乎应该从这些地方入手。

与此相反的第二个方面的后现代幻象,是非历史化的“综合”幻象。一段时间以来,我们已经数不清有多少人在以终结历史的口吻,谈论“走向辩证综合的文学理论”一类话题了。“综合”成为一种拂之不去的情结,使某一批人不顾无聊的雷同与重复,一味地在那里总结过去、眺望新世纪。然而,我们不禁要问,这种所谓的“综合”是何种意义、何种层面上的“综合”?是学理上的“综合”吗?那么结构主义和解构主义、新批评和解释学怎么可能“综合”在一起?是种思想材料、理论资源乃至引文材料上的“综合”吗?那么我们何时何地不在进行这种“综合”?或者说,我们何时何地不可以进行这种“综合”而必须以这种“综合”走向新世纪,或者只有在新世纪中才得以大功告成?

应该看到,这种“综合”冲动的背后是一种极其陈旧古老的历史观,它因在后现代境遇中失去其依托性力量而变成为一个格外有趣的神话。这种历史观念认为,遥远的历史事实像空气中的悬浮物一样可以轻易地穿越透明的历史距离而被拉到身边来。因此,这种历史观念上的移山大法,具有一种超强的对当下存在的论证力量,它将当下设定为敞亮透明的历史的出口,同时,将“历史”描述为连绵不绝的对当下的论证链条——如果由此产生的“古代文论的现代转换”命题仅仅出于此种目的,那严格地讲它只能是一种伪命题。就文学理论来说,在这种观念支配下的“综合”的结果是,历史上各种毫不相干的理论观念与范畴,被剥离其具体的历史情境与语义范围,以折中调和的中庸之道的方式,聚拢与编排在一起:这个有点道理,但是有些偏颇,那个有些偏颇,但又有点道理——这才是所谓“综合”的真正含义,而只有将自身置于一个非历史的、在历史之外的位置上,才会作如此的“综合”。我们的各种文艺理论、美学教材,就是这种“综合”的典范,在此进行此方面的反思,要看到它不仅仅是个学理和学术的问题,它同时也具有维护和论证当下学术体制和学术格局的作用:后者凭借不停地编写教材和学术史、并以此来实现不断地“高瞻远瞩”,来维持与证明自己的合法性秩序。这也就是说,这种“综合”本身虽然是非历史的,但从效果历史的角度看,我们又不能禁止其在任何时代出现的“合理性”与“必然性”。

这样,一种深刻的历史意识只能意味着:取消对于当下历史的透明性幻觉——这种幻觉虽然并不是后现代境遇中才有,可是没有比在此种境遇中更是一种“幻觉”的了，而必须承认历史事实具有超越性、自在性的性质，于是，无论是“综合”还是“分析”，作为现时此在性的理性行为，具有内在于经验的特点。综合永远在时代的皮肤内，向着自己的效果历史滚落，历史与逻辑在此种意义上深刻地统一起来，文学理论只能沿着这种深沉的历史化路径行进。据说，文学理论现在正受到文化理论和文化研究的严峻挑战。然而，至少从理论上讲，文化研究包含着一种拒绝直接地理解当下的、辩证的历史意识和存在论的探求深度，而且更重要的是，文化研究将在对于物化世界的逼视中，打开多向度的意义理解模式与接受维度。这样，文学理论就可以以侧翼飞翔的姿态，穿越并化解幻视中的森然峡谷，在文化的视域内自由地舒展。

2001 年 12 月 27 日

二、中国传统文论现代转化的“元理论”问题

中国古代文学理论的现代研究与现代阐释问题，也就是通常的表述叫“古代文论的现代转换”的问题，已是一个存在了多年的问题。人们普遍意识到的是，中国古代的文学理论遗产是一个丰富的宝库，但是中国五四以后的文学实践中，无论是文学创作还是理论观念，所受西方的影响远远大于对于中国文学与文化传统的继承。由于巨大的文化隔阂，中国古代的文学理论资源很难直接应用于今天的文学现实，因此，尤其是近些年来就不断有人提出“现代转换”和“现代阐释”的问题。如果抛开对于概念用语字眼上的斤斤计较与表面问题的争执，就其实质而言，这样的工作当然是可行的。但这个问题喊了多年而成绩不十分显著的主要原因，除了这样的工作对于研究者古代文献资料的掌握、理解程度与西方理论的接受与思考能力都是一个直接考验之外，是否在“现代转换”这样的含混表述之下还有一些作为基本前提的理论问题没有澄清呢？是否在一些涉及现实操作层面的基本层次关系还需要加以区分呢？可以直接加以阐明的是，在本文看来，这种现代转化或者转换涉及的是“思维”的层面，只能是在“思

维”的层面上展开与进行。这样的说法,比它看起来需要更多的说明,这里关系到一系列作为“理论的理论”的文学理论的“元理论”问题。

(一)传统文论现代转化涉及的理论的本质问题

理论是什么呢? 理论是一种现实的理论思维,与这种本质相伴随的是立足于当下的历史情境与现实经验的理论主体的在场性。大多数人可能不能否认的事实是,今天的中国文学理论建设恐怕很难再采取中国古代文论那种确立、建构和表述的思维方式了。从理论思维的现实性讲,中国古代文论与今天的文学理论建构的关系,就如同河流源头的涓涓细流之于波涛汹涌的入海口一样,除了在最抽象的“水”的概念上与水分子的层次上之外,已经不能说它们之间有太多的联系了,今天的文学理论思维已经完全是另外一回事了:我们不可能进行一种“古代”的思维,最终我们思维的也不是“古代”,最终是“我们”在思维,我们是在“对于”古代文论进行思维, 我们思维着的终究是我们自己的问题。这样一种对于思维主体的在场性的强调, 是在古代文论的现代转换的问题上特别需要的, 否则在基本前提上就会犯错误。因此,所谓的古代文论的现代转换,并非是将古代文论的概念范畴在进行现代的考据与释义之后对接现代思维形态, 同样也并非以古代文论的思维形态来进行今天的理论思考——如果是这样的话,人们何以不能用现代的思维范畴和思想形态来取代古代文论的思维范畴与形态呢?这样的对于古代文论的过度“重视”或“倚重”其实恰恰取消了它对于今天的必要性。理论作为现实的理论思维和理论主体的在场性要求:(1)中国古代文论不可能以古代的概念内涵、理论范畴与思维形态来思考与规定今天的现实, 它在整体上是处于今天的现实的文学理论思维之外的东西;(2)尤其重要的是,这种现代转换需要在具体的思维劳作中进行:古代文论的现代转换不是一个“理论”问题,它的实现只能出现在辛勤的思维工作进程与思维成果中,需要用今天现实的、势不可挡的思维洪流去溶解古代文论的概念范畴与思维机制,在思维“劳作”与思维经验的层次上重建历史的连续性。

在此,古代文论可以是两个层面上的存在,首先,它是作为知识背景、思想灵感的存在。古代文论的思维构造与思维机制在今天也主要是作为知识的存在——它是黑格尔所说的关于思维的表象形式的存在,而今天人们进行的大量的古代文论研究与“现代转换”也正是在知识的层面上进行的。作为知识的古代文论不成问题，不过它并不就是理论本身。就理论本身的品质而言，它主要并不是一种知识，理论的用途是改变人的思维并进而改变现实，思维的能动性、创造性、普遍性是通常意义上的知识所不具备的。关于古代文论的知识，如果不能启发和充实现实的理论思维构造，那它还是外在于理论的东西。因此，理论工作与理论建构需要的是以现实的理论思维成为整合古代文论知识的主体。其次，古代文论是作为精神压强与价值维度的存在。那种仅仅将古代文论看作一些理论范式乃至理论范畴、概念的存在，使古代文论的研究与“现代转换”结果仅仅导致学术话语的增值与文化符号层面的扩展的做法，恰恰是低估了古代文论之于今天的意义。古代文论的现代研究与现代转换，它的现代视境的取得，不仅仅是现代的文学理论研究又增加了一个方面的研究对象，也不仅仅是增加了我们的知识修养，它本身应该构成我们的现代生活与当下历史经验的相关物，在现代理论建构的文化选择与文化政治中发挥一个观念性中介作用。

（二）传统文论不仅仅是过去时代的思维体系，传统文论现代转化关系到理论与历史的关系问题，或者说理论的历史性的问题

人们设想一种理论构造与思维形式的超历史性、对于历史经验的自足性，这在某种程度内是正确的，只不过，这种超历史的自足性本身需要历史地加以理解。人们往往过分低估了与今天距离久远的那些“超历史”的理论构造形式的历史相关性，正如人们往往过分强调了今天的理论研究的历史关联与“历史性”一样。这一切反映的还是主体的思维中介的匮乏，表现了一种思维主体的缺场、不在场感。这时，作为思维的主体（是否还是思维的主体？）拥有的仅仅是一些稀薄的历史记忆（这时它是健忘的），与一些“感同身受”的主观情绪（这时它是夸张的、反应过分激烈的），而非能动的、普遍性的思维范畴：这里当然不是一个思维的“起源”问题。只有思维范畴，才是可以思维的，思维终究只是对于思维本身的思维，与思维自我中介的永无休止的状态——黑格尔的本体论意义上的辩证思维机理至少在历史性的“思维学”层次上是正确的。人们往往过分依赖了一个叫做“个体”的经验与情感。无视思维的能动性、普遍性与客观化要求，并非是一个可以原谅的偶然的个性上的错误，而是对于思维的基本品质的侵害。更不用说，这种依赖有时被当成是一种优点和才华的体现了。只有经历一种将经验自我普遍化与客观化的痛苦过程,才能完成思维机制与思维主体确立的关键程序:当主体将自己作为自己的客体时,思维主体性才确立了起来。通过思维主体的中介,理论思维与历史是一种相互生产、相互规定的东西。面对那种过度夸张历史情境的规约性的“历史决定论”来说,需要强调的是理论思维的能动性与普遍客观性,而对于理论范式的超历史幻觉,则需要着重提出历史经验对于理论的思维形式的规定意义。当代进行的“古代文论的现代转换”,总的来说体现着一种非历史化倾向:一方面,过度强调了古代文论思维范式的对于今天文学理论建设超历史地介入与规范的可能性;另一方面,对于历史的形式化认识与接纳,也体现了一种历史经验与历史意识的空洞性,与对于古代文论所包含的更深层的精神价值内涵的漠视。因此,强调古代文论在思维形式层面上对于今天的外在性,使它恰恰从历史经验的层次上,与今天建立起了一种更加内在的相关性:不是从理论结构与思想范式的思维形式、更不是概念范畴的层次上进行现代对接,而是从生存本体论与生活世界的价值体系的层面上支持今天的文学理论思维。在包括当下理论建构在内的思维与历史的相互生产进程中,一种历史经验的连续性与价值融通比思维形式上的对接、嫁接更为重要也更为可行。在此前提下,再来考虑思维机制与理论范式的参照与类比意义——在这个层面上仅仅是“参照”与“类比”而非现代对接,那才是比较适当有效的。这也就是说,进入作为思维主体的我们的理论视野的应该是头足倒置的古代文论:是历史经验与其所包含精神价值内容规定下的理论思维范式而不是相反。而能够实现这种“头足倒置”的过程的,只能是强大的、富有历史感的理论思维主体:只有古代文论研究者真正从一个经验的、情感的个体确立为一个理论思维的主体,才能从古人的思维范式的思想奴隶地位中解放出来,以强有力的现实思维去溶解古代文论思维形式表面上的自足性与超历史性,寻绎其与历史经验之间的因果关联。

(三)传统文论现代转化对于今天的文学理论提出了要求

可以说,古代文论在多大程度上对于今天的文学理论建设具有意义,取决于今天的理论思维的进展与层次。而今天的古代文论的现代转换之所以不如人意,在很大程度上也是由于今天的文学理论思维水准的限制。在当代中国文学理论领域,一方面,在经历了新时期以前的贫瘠与“标准化”阶段之后,在西方新潮理论的层出不穷地涌入过程中,一种“范式”论的相对主义的思考方式流行:面对大批的“范式”茫然失措、无从抉择,那正是真理向度缺席、理论思维主体不在场的反映。“范式”是真理求索的结果而不是原因,“范式”的意义,正在于它的引领人们迫近真理的思想透视力与启人心智的思维智慧,而不是一上来就甘以“范式”自居的思想萎靡与拿来主义的思维懒汉作风。文学理论建构需要以强大的、现实的理论思维成为“范式”的主体,黑格尔说过,没有谁可以代替我们自己的思维,然而,如果我们自己不思维、放弃思维,就只能成为“范式”的思想奴隶。摆在理论思维面前的,如果还只是一大堆可以取用或无从抉择的“观点”“观念”“资源”“范式”,那么这只能说明,这还仅仅停留于思维程序之外,还没有真正进入理论思维进程。另一方面,当代中国的文学理论思维,可能与民族思维传统有关系,太喜欢粘滞于经验与常识的层面上以自然化的思维方式展开,但却又失去了古典思维传统中的那份诗化的灵性与穿透力,可能被标准化的观念体系规约了太长的时间,太习惯于在平均化了的观念层次上打转,因此,在当下文学理论的建构中,受某种西方的流行理论模型影响,将其锋锐的理论激发力量抹平为平庸的常识,并用它来组织陈陈相因的知识材料部件、像搭积木一样重搭一个造型者多,而能就这种理论模型本身通过深沉的理论反思,在与本土经验和历史传统的关联性上将其升华为一种整体出新的、严密的理论构造的则很少。这样,在人们期待中国古代文论的传统给予今天的文学理论建设以思想支持与智慧启迪的时候,应该特别引起重视的一个问题是今天的文学理论建设的深广推进与主体性自觉,它不仅是传统的呈现与意义的实现场所,而且也是立足当下历史经验的思维主体性确立的内中应有之义。

2007 年 4 月 14 日

三、当下文艺学思维的现代性重建

作为一个种种新潮观念和方法的集中汇聚与展示地带,当代中国的文艺学思维在近些年来可以看作呈现出一种现代性重建的趋势。当然这种现代性的重建，并非是在一个理论话语主题的意义上展开——在这一意义上，即便所谓的后现代主义、后现代性话题也早已是过眼云烟；因此这种现代性的重建并非主张任何的现代主义文艺观念，而是集中体现在理论思维和现实世界的关系的层面上：文艺学的理论思维本身在这里就像一个现代主义的艺术作品，痛苦地在一个异化和异己的世界上努力寻求自己的存在位置与展现方式。这种寻求当然是值得期待的，事实上，我们正可以将它看作是对于后现代性思维通常会导致的（对于理论与现实之间的）含混的、在其批判性意义消失之后别无用处的无差别性的摆脱，它可能使理论思维与现实之间重新建立起一种真实、明晰的思想关联性来。从这种真实的关联性出发，才有可能发挥理论的有效性，并从中升华出这个时代的真正的理论课题来。在这样的情形下，一系列原本应该属于是现代性的课题，诸如反思、认同和元理论思维等，似乎又重新回到了我们的面前。下面可以看到，与当下中国文艺学领域中的这些普遍趋势相应，清理这些方面的真实的问题性，就实践理性的实质性安顿的层次上展开文艺学和文化思维自觉的“现代性”重建，是其理论思维确立的有效方式。

（一）关于“反思”的问题

近几年来，在中国当下的文艺学领域，对于文艺学学科、对于文学理论的反思成为一个很是热门的话题。在此前，西方经历了20世纪所谓辉煌的理论世纪之后，在各种文学和文化理论盛极而衰的语境中，关于“理论的死亡”的话题流行。2003年，英国著名的文学和文化理论家特里·伊格尔顿发表了《理论之后》一书，在近年伽达默尔、德里达、赛义德等曾于文学和文化理论领域发生重大影响的西方理论大家纷纷辞世的哀曲中，很有加入“理论的死亡”的合唱的意味。这是当代中国文艺学反思话题的一个背景性的语境，同时也不可能不对国内的学术思想产生实际的影响。由于伊格尔顿在国内的广泛影响，他也成了国内一些人鼓吹“后理论时代”的佐证。不过，如果仔细阅读伊格尔顿的行文，作为马克思主义理论家的他肯定不是在鼓吹一种理论的“终结”与“死亡”的很“后”主义的论调：“因为本书的标题暗示出‘理论’现在已经终结，如果以为可以宽慰地回归到一个天真的前理论时代里去，一些人可能会感到十分失望。”这一切只是因为,“如果理论意味着是对我们的指导性假定的一种合理的、系统性的反思,那么,它就将仍然是不可或缺的。”实际上,伊格尔顿对于从当下历史语境的批判性立场出发,升华出当代的理论问题、诞生当代的伟大理论甚至是望眼欲穿的:“……新一代却没有提出堪与其前辈比肩的、属于自己的理论体系来。老一代业已证明他们的足迹是难以追寻的。无疑,新的世纪迟早会诞生出自己的理论领袖。”这样的一种态度同样应该是当下中国文艺学反思的前提,中国当下对于过往文艺学的不满与反思,大概针对的是两个层面或两个方向上的问题:第一,对于高度体制化的、意识形态化的文艺学学科体系的反省。这样一套大而全的知识体系,无论从知识内涵上还是从知识生成、生产与作用于现实的机制上讲,都与新时期以前的文艺学知识形态有很大的继承性。这样的一套文艺学的理论体系,与当下的文学和文化的实际严重脱节,然而它依靠着一种体制性的力量,仍然保持着在一些方面、尤其是在大学的文学教育体系与对于关于文学的公共知识形态塑造中的统治性地位。第二,是对于从20世纪80年代以来大量涌入、占据了中国文艺学思维的核心地位的各种西方新潮理论观念的反省。我们作为“范式”、作为批评话语展开的观念框架把它们使用得不亦乐乎,但等到我们要来建设自己的真正有效的文艺学理论体系的时候,才发现我们原来两手空空,不知该从何处下手。这两个方面问题,无论从哪方面讲,归根到底都在于理论主体与现实世界之间缺少一种真实的思想关系,前者只顾自说自话,不顾世界早已变化;后者只顾去迎合和解释对象,丧失了理论思维的主体性,使得思维瓦解和涣散为一大堆的工具性的“范式”、观念的碎片。文艺学的反思机制,就是需要将思维的主体与对象世界同时纳入审度视野,立足于当下的历史经验和问题性,将一种真实的思维关系和思想性关联重新建立起来。这应该是当下中国文艺学反思的目标,也是文艺学反思的正途。

(二)关于“认同”的问题

在关于当代文艺学理论建构的“方案”问题上有很多争论,有的主张将理论批评化,有的主张用文化研究代替文艺学,有的主张历史化与地方化等等。这些主张都有一定的道理,但就其实际意旨而言也都很片面。这里我们看到的是理论思维运转于文化空场之上的一种空洞的形式主义倾向,尽管有一些主张表面上看起来似乎正相反。这种形式主义不仅仅体现在它从理论思维的外部来思考理论问题，而且更主要的是表现了一种对于历史经验和文化价值认同的空洞化。这一类主张的共同特点是设想了一种与主体性无关的理论思维,可以于生存经验和价值认同之外,像加减乘除的数学公式一样展开理论思维,或者像工具箱里的工具一样随意组装、取用和更换他们的“理论”。而就此展开的所谓批评化、历史化等的文艺学理论话语,在思想放逐和价值失忆的意义上,表现为理论思维的主体性的萎靡和缺场。其实我们从来也不缺少“历史”和“地方”,“批评化”当然不是一个文体上的表面要求,也并非“批评化”的表述就没有理论意义,问题的关键在于，我们从来没有能力能够真正把当下历史经验和价值诉求,上升为理论话语的普遍性与价值思维的实质性。2005 年张旭东出版的《全球化时代的文化认同——西方普遍主义话语的历史批判》一书,在包括文艺学思维在内的中国文化思维的广阔层面上提出一个绕不开的问题，即中国的文化思维,在全球性的文化政治的层次上,怎样形成和表述自身的价值实体性。当然就文艺学思维而言,“文化政治”涉及一些更具体的层面:比如古今雅俗、大众文化与精英文化、身份与生命政治、媒介权力等方面的问题都可以纳入其中。在这其中涉及的是文化主体性的实质性的自觉与重建,这是对于 20 世纪 90 年代以来的某种文化后遗症的克服。这方面是更加值得引起当下中国文艺学领域高度关注的问题。这时的文化认同问题,作为一个经典的现代性问题的重现,就要求不再是如先前一样可以作为一个主题性的话题随便说说的问题,而是必须落实为一种基于文化主体性自觉的基础上的实质性的价值思维之上。这就涉及到下一问题了。

(三)关于“元理论”问题

在当下中国文艺学领域,其实存在着一种普遍性的元理论焦虑。很多的论争都涉及的是元理论层面的问题,只是元理论论争和元理论焦虑本身,成了一些人随心所欲发表外行意见和坚守自身一些固陋的“信念”的场所,本身缺少理论意义和“思维的思维”的反思深度。根据以上所述,就文艺学思维来说,与世界的真实思维关系其实至少需要包括两个方面,一是真理思维关系,二是价值思维关系。前面的“反思”问题主要涉及真理思维,而“认同”问题更多地涉及价值思维。在今天的哲学—思想条件下,真理和价值之间不得不建立起一种相互依赖和相互解释的关系来:一方面,如在尼采那里,“真理是一个价值事件”,从价值的角度来解释真理思维和真理性,另一方面,价值思维也需要真理思维的支持,否则价值思维只能蜕化为情绪表达、相对主义、犬儒主义。只有通过真理思维达到价值思维的普遍性与实质性,才具有对于当下文化思维的规范性意义。在这样的情形下,也就将“元理论”由建构性的转变为反思性的,这时的“元理论”意味着在真理思维和价值思维的交叉与交织中形成的理论的自我认知、自我理解的意义空间与观照层面。“理论”在此大于哲学、美学、文艺学,后者是理论思维的结果,而不是预设的问题边界。后现代性的多元化和无差别性本身作为标准化的尺度,正是经济理性主义和经济自由主义的组成部分,它经常作为“审美化”(所谓“日常生活的审美化”也是近年文艺学领域的一个热点话题)的、含混的标准化面貌呈现出来,但这正是当今世界的经济主义逻辑延伸的结果,也是它最需要的意识形态修饰。在这样的情况下,文艺学思维的现代性重建就只能是重建一种政治思维:政治思维特征在于它毫不含糊地坚持自身作为价值主体的普遍性与实质性,同时拒绝从客体和实体的地位来理解对象世界,而是必须在一种富有刚性和强度的思维的直接性把握中,将对象吸收入自身的思维的主体性和实体性当中。什么时候仅仅从一个自在客体的客观性角度来理解我们眼前的这个“光洁”的文化世界,那就患上了伊格尔顿所说的“政治失忆症”。在这个意义上,元理论思维意味着对于惯常的思维的一种强化,不仅是在现实情境规约下的实践理性、理性建构和理性展开的同时,对于思维现实性和批判性的突出强调;而且也正是在这种意义上,施米特将黑格尔的辩证思维读作政治思维:作为政治思维的元理论思维的现代性重建,就是在思维的自我认知、自我理解的基础上,仍然对于思维主体性和思维意志的明确坚持,这样做的目的不是为了构造一个形而上的自洽的理论体系,而是为了安排与处置我们的文化世界——如果我们被告知这个世界已经不再需要这种实践理性的安置,元理论思维必须有能力把这种需要重新生产出来,因此元理论思维在安置世界的同时更关注对于思维自身的安顿。实际上周围世界的现实告诉我们,很多东西比如价值世界的实质性并没有被各种新旧经济自由主义的神话和全球化的说辞消解掉,将它们坚持作为文化思维的实质性起点,反而具有更为切实的现实意义。

这里描述所谓的理论思维的"现代性"重建,在某种程度上当然只能是一种比喻,用它对于理论与现实之间的关系进行一种描述。理论作为对于现实的理性思考的本性,决定了它与现实之间的一种在本体论层次上的相互关联和依赖的"现实主义"特征,因此,我们不能沿着概念的构词学的线索,在这种意义上去设想一种理论思维与现实之间的"后现代"关系:在这样一种关系中,无论是一种破碎的、彼此无关的离散,还是一种实体性的对等,都意味着思维与现实世界之间已经失去了发生思想性的真实联系的可能性,都真的只能意味着"理论的死亡"。

2007 年 12 月 3 日

“文明诗学”:通向诗歌的“文明”心智

诗歌和哲学是人类心智的两个极端,都是特别被容易误读为某种绝对性和自足性的东西,但这可能恰恰是因为,在它们看似完全对立的心智运作方式背后,都有一个看起来大而无当、因而恰恰容易被无视的目标:理解和肯定世界的整全性。或许正因此,它们需要存在于与这个世界若即若离的某个极点之上,而也只有如此,也才不辜负作为“极端性”文化存在的存在方式所付出的沉痛代价。因此,当人们说古希腊人生活在《荷马史诗》的世界里时,并不算是一种太过夸张的说法;而施特劳斯就是从柏拉图对话的戏剧性结构和情节——而不是从其“概念化”表述和“哲学”主题——当中,来解读伟大哲人的“隐微教诲”。当人们能够突破自以为是的“现代性”视野,看到古典诗人和哲人的心智宇宙的全景时,就会发现它们原本是那样地接近。连卡西尔这样的“现代”哲学家,都在这种心智关系的基础上来研究 18 世纪文化; 在尼采和那些富有雄心的现代主义诗人那里,或许也还可以看到这种文明心智的遗迹,但已经被当作现代“哲学”或“诗歌”各自眼中的附属物和多余的外部因素来看待。

一、理解诗歌的“文明”心智

在伟大的古典作家们的整全视野当中,当然首先不能忘了自己的作品。他们把自己的作品,当作生活世界当中的现实的文明存在来考量。这使得他们的作品既不被喧嚣的公共生活的“意见”秩序封闭在深山古壑当中,但同样不会随着流行的时尚文化随风起舞,消解自己的文明重量。古典作品的文明存在本身,就是一种灵异的秘密:“圣人以此洗心,退藏于密,吉凶与民同患。”(《周易·系辞上》)在理解和塑造这个世界的整体性时,古代圣哲们也唯恐自己的主旨因为不恰当的表述方式,而被误读和误用,扰乱人们的生活,也将自己置于危险的境地。出于这方面的原因,他们也不得不殚精竭虑地思虑着自己的作品在这个世界上的存在方式。在做这一切的时候,与其说他们动用了自己作为伟大的人类所具有的全部心智,不如说,只有出自于一种恢弘和整全的文明心智构成,只有将伟大的心灵力量在两个极点之间往返周旋、反复平衡,才能把这一切做得圆融无碍。这当然并不是一种老练狡黠的生存技巧,从根本上仍然源自因为对于这个世界的深沉的挚爱,而必须进行整全性处置和把握的深层愿望。能对这个世界出乎其外、入乎其内的,“诗”与“思”在这里是最接近神性的力量。而从事“诗”与“思”的劳作的心智本身,也才得以从对文明存在领域全体的全面占有和全方位劳作当中,获得自我满足。

因此之故,伟大的诗人和哲人都不以否定这个世界为能事,从根本上是严肃地肯定这个世界。这个肯定态度,当然不是“狗是人类的朋友”之类婆婆妈妈的“仁慈”的道德,而是在看透人类生存的严酷性和局限性之后,“残忍”地抛弃一些非本质的东西,最终让人类所面对的生存世界稍许减缓它的残酷性。以哲人的眼光来挑剔这个世界的毛病,否定它,是一件太过容易的事情,用理念的利器拆毁那并不完美的历史的宫殿和政治的庙宇,一定势如破竹,但人类从此就得从文明存在重返原始洪荒年代。因此,伟大诗人的思想格局,不只是存在于诗歌的语言内部,而同样也在诗歌的肌体之外氤氲盘旋:打破生活世界的物化的硬壳和人为的格碍,在人们不知不觉当中,以将这个世界编织进诗性的文明经纬当中的方式,整理和肯定这个世界的整全性。因此,今文经学家廖平才将《诗经》界定为“经学之总归,六经之管辖”,邦国的根基。而伟大的哲人同样在理念的金字塔塔尖上,为这个世界牵肠挂肚。像康德这样的“现代”哲学家,将哲学定性为“批判哲学”,并将这个世界定性为不可理解的“物自体”,真可称得上是一种诚实的但又愚蠢的哲学，一种诚实地道出了“现代人”和现代哲学的愚蠢的“哲学”。任何一种以批判和否定为能事的哲学和思想，最后只能变成各种“主义”纷争当中的一员，加入与思想敌人之间喋喋不休、永无止境的战斗当中；放弃世界的整全性理解诉求，只会被一个破碎的世界和思想文化的碎片遮蔽自己的眼光。当海德格尔想恢复古典时代的真淳的存在世界，把这一切表述为“语言的本质/本质的语言”之间的辩证法时，已经不可避免地带出了现代的“本质”思维的褊狭和片面性质。对应于这里的主题，这个辩证法，可以修订为“存在的语言/语言的存在”。

这个辩证法，这种“辩证”的割裂与纠葛，以及西方传统当中的“诗与哲学之争”，都渊源于诗歌与哲学本身的一种深刻的文明责任：从诗歌与哲学的立场看来，这个世界存在着一个价值序列或者价值秩序，“诗”和“思”的职责是，维护和保存这个序列或秩序，但它们都不想、也不可能以通过自身成为一个价值层级的方式来做这一切——因为这违背其诉诸整全性的劳作本性。因此，诗和哲学之间的争执，从更深层动因上讲，是一种自我排斥和“自我退出”机制，而成为事实上的对于对方的护持和召唤：“诗”“思”之争，恰恰是要召唤对方的存在成为存在，以便在生活世界的内部，为人类操劳。当然，诗和哲学最终谁也没有驳倒谁，而成为应和着西方文明传统的内在张力（耶路撒冷和雅典）的生活世界和生活方式的范型——它们分别对应着以价值皈依、抑或按自然理性而来的生活方式，这其中撑起的是西方文明的宏大格局。

因此，“诗”“思”并举，才是文明格局。它们二者当中的任何一方的缺失，不是理念和思想的缺失，而是文化的缺失、文明的缺失。而在“诗”与“思”之间覆盖的心灵地带，是人类心智当中最为高贵的那一部分，也是人类文化与文明创造的原型。一种经不起心灵的光芒照耀的文化，必然是塑料般的工业产品；一种没有注入心智的金液的文化，必定是浅薄的机械复制。它们或许能够满足大多数人的“文化生活”，但只是一种消解文化的价值纵深和文明的价值秩序的过程本身。对之进行的简单迎合或拒斥，都有可能不得要领、用力不当。今天的诗歌给人的直观感受，是其自身存在的一种轻飘飘的文化失重的感觉，这也包括某种意义上不乏优秀的诗人们精心编织的或精细、或锐利的那些语言织体，因为找不到楔入这个越来越“审美化”的日常生活的恰当方式,从而也只能在这个“美丽”的文化世界当中,处于一种失去平衡的滑动状态。在并不真正了解当代诗歌的一般人眼中,诗歌估计已差不多沦为一个文化小丑,因此,无怪乎几乎每年都有“年度”笑话被归之于诗歌。人们把这归之于诗歌的“圈子”,诗坛的“晦气”。但实际上,在当今诗坛,蔽塞的不是诗歌“圈子”,而是诗人和批评家的心智,“晦气”的不是诗坛的氛围,而是人们关于诗歌的知识。当下诗歌领域需要的是停止自我剥夺,恢复诗歌心智的文明整全性。

其实当下诗歌领域并没有如其自己认为的那样,具有那么强烈的自律和超脱的性质,它仍然在以各种方式信仰和映现着这个时代流行的思想文化观念,粘连和辗转于强大的“文化生产”机器当中。这么说,当然并不排除当下的文化语境和文化场域本身并不一定是一个真正有利于诗歌的文化场景这一因素。在诗歌这样的古老技艺当中,走出诗歌的自律性幻觉和纯语言幻觉,进入文化与文明的真实性和存在感,首先需要把人类分立的心智贯通起来,需要把“诗”和“思”贯通起来,走向一种具有文化重量与文明延展度的诗歌场域的存在感、存在格局。人们可以在生存性总体这一比较原始的意义上,来理解这种“文明心智”和“存在格局”的意指。当然,在当代诗歌领域,从什么样的理论资源和观念方式通达这样一种思考和认知格局并不重要,比较有意义的关键问题,仍然是将它转换为一种诗歌心智的要求:我们相信当代仍然有一大批严肃对待诗歌的诗人,但当人们并没有深刻地思考、理解和处置今天诗歌所面对的历史时代和文化处境时,人们有理由相信,诗歌心智还并没有挣脱不应属于它的片面性,诗歌还没有超出其断面化和支离化的文化存在方式,而进入圆融的整全性。

按照上面的结论,对于当代诗歌来说,诗歌似乎也和一切问题相关,用“诗”和“思”的统一来表述和要求这样一些问题,这不是以偏概全吗?这里的问题、当下诗歌的问题,是否确实只是一个“思”的问题?蔽塞和封闭当代诗歌的,恰恰是一些观念性的东西、概念性的东西,而能破解观念和概念的蔽障的,只能是观念和概念本身——虽然它的结果,不是指向观念和概念,不是“思”本身。用一种比较简单化的方式来说,当代诗歌仿佛还缺少一种亚里士多德意义上的存在“形式”,来承担它的文明存在和文化实体性。这个意义上的“形式”,不可能缺少来自于“思”和理性的力量的不断投入，而不可能是来自别的地方。

这也意味着，我们的诗歌相当程度上很可能只是诗歌的质料，是一种潜在的“存在”。诗歌需要像一个哲人一样生活，而我们的诗歌还只是冲动的激情少年阶段。它们本身可能不乏“真知灼见”和“片面的深刻”，但总体上与这个世界并不谐和。这个谐和，指的是诗歌还没有找到与这个世界相处的、可以着力的恰当方式，以及自身存在的文化重心之所在。对于当代诗歌来说，需要解决的问题要比诗歌本身的“观念”性负荷更为基础也更为广阔；诗歌领域很多人希望定型的“诗体”，乃至像古典诗歌一样的诗歌格律，或许也只是这个问题的遥远的影像投射；而盯着诗歌文体所理解的中国古典“传统”，自然也就难以通达诗歌的古今之变……这些都把问题变小和简单化了，它们本身只是在一些建立现代神话基础上的观念碎片。当代诗歌需要的，是以开放而健全的圆融的文明心智，在“诗”与“思”的诚恳而又睿智的平衡当中，以深刻地理解这个世界的方式来理解自身的文化本质，以深度加入外部世界秩序的方式来回归自身的文明化存在，在心智的回环、弯度和曲折当中，或许是诗歌自身的文明存在“形式”和文明实体性诞生的地方。

二、“天生烝民，有物有则”：在修辞和实事的具体性中建构秩序

诗歌批评不管是不是一个通常概念上的完整和成型的“学科”，人们对于当下诗歌批评无论是浪漫想象——比如诗性化的“认知”优势、边际性的“超然”地位、诗歌批评相对于其他文体批评的“先锋”性等等，还是无穷无尽的抱怨，都是在“知识化”的现代学科体系的潜在结构当中展开的，甚至有意无意地以之为“建设”目标。但现代知识化的学科体系的结构性缺陷与文明本质的残疾，不是通过视野整合和进行一些“跨学科”研究就能够解决的，人们必需回到一些更加具有文化的可感性、具体性的秩序空间当中，去赋予诗歌批评以价值实践方向和文明重量。在中国人的传统生活秩序及其知识构成当中，“经”与“史”具有首

当其冲的重要性:如果说“史”可能代表了典籍背后的某种时空秩序,那么比之更为重要的“经”,以及作为一个整体的“经史”概念,一定代表了某种之于中国人而言是温暖而坚固的生活核心,以及这个核心坚守和展开其自身的具体方式。而在这其中,无论是“经”还是“史”,即使按照今天的学术概念、学科体系的分类与理解方式,其实也都离不开诗歌的影子。那么,从此出发,我们是否可以发现一种对于今天的诗歌批评有用的“新经史”视野呢?

现代学科和知识体系以一个平面性、物质化的世界本体论的名义,假定学科知识体系内在的“真理”品质的抽象同质性,并且以一种祛魅的、形而下的方式,假定灵魂同生活世界与生活秩序之间的“理性”同构性。在中国的文化和文明传统秩序当中,“经”与“史”代表的不仅仅是两个现代意义上的“学科”,也不仅仅是一些经典著作,同时也不意味着或等同于现代学科的“跨学科”统合,而是生活世界的文明价值秩序与真理、意义秩序。但它们不是一般意义上的秩序,而是代表了在修辞和实事的具体性当中,来建构文明价值秩序与真理、意义秩序的文明实践努力。因此,它与形式主义文论及“新批评”一样,充满对于语言和修辞的虔诚和耐心:“凡《诗》之篇、章、句、字,多、寡、长、短,莫不有数。则天地变化,日月离合,原始要终,无不备矣,而犹未尽也。更为之别其同,合其异,错综参伍,加减乘除,又莫不有义焉,不亦文之至也哉!”[①]以价值信念来审视儒家经传的注疏和佛教名相的繁琐,它所对应着的正是灵魂的具相和心性的凝定,它们差一点就是诗性的,甚至本身就是诗性的——至少它是某种诗歌与诗性所从出的灵魂与心智。

更为重要的是,在这个意义上,诗歌联系着的是具体的秩序、法则。诗中“有物”,诗中“有则”:

> 人之生也,形成而声出,声出而言立。言之立也,必有物焉。有物而无方,各指所之,则其字乃滋也。滋累而不已,不可不节也,故有句以止之。止之而意有不尽,则不明也,故又更端往复,章以明之。章分而意有不属,则不

①庄有可:《诗蕴》(下),见柯小刚主编《诗经、诗教与中西古典诗学》(《古今通变文集》第一卷),同济大学出版社2016年版,第17页。

文也，故必如贯珠焉，终始合一而后成篇。①

“物”不是物理学意义上的物质，“则”不是抽象的工具理性法则。在“物”和“则”当中，是人性的寂静的光芒和灵魂的具体性相，或者也可以说，“物”和“则”就是在这种自性和具相当中浮现出来的自然秩序的对应物与镜像。在那种似乎触手可及的“言之有物”的具体性当中，生活世界的价值秩序恰恰作为一种坚固有力的东西呈现出来。而“新批评”则是在语言和修辞的层次上复制了“理性”——“物质”本体论：现代主义的诗人灵魂的“理论家”化和诗歌的理念化的普遍性趋向，并不能帮助灵魂秩序和诗歌性相的具体化，而经常只是以一种虚矫的强辩、自我辩论的结构和观念盾牌，来进行自我修饰与神化。在这样的抽象性当中，灵魂和心性缺乏有效的参照系统来构成自我感知和反省能力，因而将自身的七拐八叉、粗粝虚浮当成世界的“真理”、存在的“真相”。诗性在这种情况下，不能离开这个理性主义的物质本体性格套和基底，最多是在对之进行抽象凝视中的眼光的出神或眩晕状态，以及心性的支离与歧变。面对一个孤立、破碎的“理性——物质”世界，人们只能束手无策，难道能用胶水把它粘起来吗？人们看到了在正品和冒牌的现代主义、后现代主义诗歌当中展示的世界的虚无和心灵的废墟，即便它确实就是世界的“本质”和“真理”，然后又怎么样呢？诗人的个体是上帝吗？怎么能够保证你的“灵魂”反映了世界的真理——哪怕只是关于世界的“黑暗”的真理？这里不是一般地反对现代主义诗歌与文学观念，但也不必把它当成伟大的“真理”与最后的生存“真相”。

中国传统当中“有物有则”的具体性，恰恰尊重的是自然性（“天”）；或者说，只有在尊重自然性的基础上，才能做到“有物有则”的生存本真性与“理性”——“修辞”的具体性：灵魂的法则和自性的秩序，需要在具相与宁静的心灵的自然状态当中呈现；修辞和诗教疏理出人性和灵魂的自然秩序，作为生活方式与生存秩序的政治制度，借此从另外一个维度上，将人的生活世界、生存秩序与文明格局的自然基础沟通，从而使人类的生活在大地上立定脚跟。与此相反，西方的

①庄有可：《诗蕴》（下），见柯小刚主编《诗经、诗教与中西古典诗学》（《古今通变文集》第一卷），同济大学出版社 2016 年版，第 12 页。

现代性传统则将人从自然秩序中剥离出来,使人变得“理性化”地抽象、片面和极端[①]:西方现代的自由主义理念与民主社会则建立在臆想的“自律性”的理性个体之上——对这个社会的归顺和“不服从”都只是更加强化了其背后的“理性”秩序之虚幻的臆想性质这一点,灵魂秩序在与生活秩序、政制秩序的“理性”同构的幻象与幻想当中,变成断面化、碎片化的存在方式。在这样的情形下,每一个看似孤独、孤绝而又“理性”的个体,包括诗人个体,由此恰恰只是在江湖化的无序冲动和大众狂欢的潜意识语境当中,来获取逆向的动力和存在感。这也是中国当代诗歌存在的现实文化条件和语境。

三、这是诗歌的“主体论批评”吗?

诗歌批评的新“经史”视野,是通过“有物有则”的灵魂与政制(生活秩序)的自然性的视窗,从修辞与语言“内部”的生活世界编织与价值秩序建构的具体性视野当中,来展开的批评话语。这是不是回到了“文学主体论”、或者诗歌的“主体论批评”呢?文学研究和诗歌批评的“主体论”,是将“主体性”当做一个研究“客体”和批评“对象”来予以考量,或者将诗歌从“主体论”的诗学范式角度加以诠释,无论哪种情况,诗歌只是一个外在于批评家这个诠释机器的“客体”和“对象”。也可以说,“主体论”是将视窗本身当作研究的客体和对象,并且其关注的重心和结论,仍然是关于“窗户”的,而非关于世界与人的生活的。这么说来并不是夸张,而就是“专业化”和“职业化”的诗歌批评当中有关“主体论”和“主体性”的空洞“理性”:它认为世界是由这个“窗户”建构完成的,没有这个“窗户”,就等于没有世界。

灵魂有自然的品级,生活世界有内在的自然差序和裂隙,这是修辞和诗歌语言展开的具体场所。只有在自然秩序当中,才能有圆融、整全和具体的修辞与诗歌概念。而这种内在的自然差别和分疏的消失,或者对于这种差异性的自然

①刘小枫:《海德格尔与索福克勒斯》,见《重启古典诗学》,华夏出版社2010年版,第180页。

秩序的理性同质化理解，即便是出自于诗歌“本身”的名义，它也仍然会使诗歌经验变成抽象的：

> 一个城邦，必然就是柏拉图笔下的那个洞穴……在哲学家与这个意义上的城邦公民之间，隔着一道不可逾越的鸿沟；他们各自的终极目标，大相径庭。这道鸿沟，只有通过一种高贵的修辞雄辩，才可能得以沟通……哲学不具备提供这种修辞雄辩的能力。它所能够做的，充其量不过是为这种修辞雄辩，勾勒描绘一个大致的外形轮廓。执行这种修辞雄辩的任务，必须留给演说家们或者诗人们去完成。①

“城邦”是我们无法回避的生活秩序与生活方式。它作为生活秩序与方式的具体性，对于“修辞术”的规定和影响作用，要远远超过“现代”诗歌的理解。或者也可以说，认为人人都可以作为自由个体超越任何“城邦”生活，这正是一种非常具体的关于“城邦”生活的现代意识形态——自由主义的政制理念。作为哲人的灵魂与任何的城邦生活和政治社会，都存在根本性的冲突，这也等于说，城邦生活不是根据哲学的原则来建立和展开的；反过来说，真正的诗人并不是不理解哲人的问题性：“阿里斯托芬看到了正义的必要性，实际上也就看见了正义的局限性。换句话说，他遵从城邦的根本要求，但完全无需以城邦看待这些根本要求的方式来对待它们”②。在此，诗人的工作不能看成是简单的宣传、教化乃至欺骗，或许只有诗人才真正理解哲人，以及哲学与城邦生活之间的关系，因而这其中存在着某种由于对于自然秩序的真正的尊重而来的自然的曲屈或者说曲折：真正的诗歌既坚持“修辞立其诚”(《周易·乾·文言》)的原则，同时在那里持存的、它聪明地处置着的，好像只是价值原则、秩序的形式以及技术性的东西。但事实是“高贵的修辞学”能够“致曲”，或者本身就是一种“曲成”能力，这不是出于圆滑和世故的原因，而是出于其成自然之“性”、存自然之“存”(“成性存存，道义之门”)的目的，因而对于灵魂原则和现实原则二者

①施特劳斯：《关于马基雅维里的思考》，申彤译，译林出版社 2003 年版，第 473~474 页。

②施特劳斯：《苏格拉底与阿里斯托芬》，李小均译，华夏出版社 2011 版，第 327 页。

具有连接与整合的权能:

> ……其次致曲,曲能有诚,诚则形,形则著,著则明,明则动,动则变,变则化,唯天下之至诚为能化。
>
> (《中庸》)

“唯天下之至诚,为能尽其性”“唯天下至诚,为能经纶天下之大经”(《中庸》),说的是总的原则;而接下来的这种“致曲”的逻辑,与《易传》当中“曲成万物”“成性存存”之论相互呼应,都可以从修辞的角度来进行理解,或者说,它们本身就是在修辞性的“曲折”当中持存的对于“主体性”的认知与理解方式。不能“致曲”的“诚”就是迂腐和颟顸,不能“诚”的“致曲”,则是伪善和奸佞。在西方哲学无所措手、将其交给诗人来完成的地带,中国思想和中国哲学善于把这种内在的曲折和层次的自然具体性讲述出来,并加以恰当处置,因而使自身也成为综合诗与思的、具备“自然正确”的具体性内质的文明思维与价值实践。或者也可以说,这就是中国思想和中国文明的“诗性”特征之所在,圆融、整全而又具体的诗性的质地,浸透和改写了中国的哲学和文明的核心机理:这种诗性特征,使得中国哲学和中国思想没有变成论证抽象的同一性和概念合理性的工具化思维,而是具有价值关注与价值感的文明实践处置能力;反过来,诗性本身也不只是非理性的情感与感性判断,而具有内在的理性的秩序与法度。这一点可能不仅提示我们应该如何认识中国诗歌的特性,同时也涉及到应当在何种问题性空间当中,来思考诗歌的一般性的文化特质与文明“本质”。

与古典时代的“高贵的修辞学”相对的是智术化的修辞观念。后者并不是将修辞看成理性工具和从概念出发来理解修辞问题,而是它将修辞看成是“理性”地自足的,并且因为内中是同质、同构的理性法则和秩序,因而是“理性”地可理解的,可以对于其“本身”得到合理化的理解与把握——这有点像现代人对于“科学”的理解,而人们在大多数情形下就是如此对于诗歌与诗歌修辞进行着“现代”理解。智术化的修辞学的一面是在对于“理性”的搬运和玩弄中对自然视野的篡改与掩盖,另一面恰恰是对神话的“理性”迷信。在现代社会和现代人的生活秩序当中，修辞不再有那么重要的地位，恰恰是因为“现代哲学”本身以其“理性的疯狂”替代了修辞术的作用，成为建立在某种特定“自然”概念之上的、弥合差异性的意识形态[①]。当然，反过来说，西方的现代性文明与现代社会本身，据说就是按照人造的“理性”秩序和法则建立起来的，个个等同的平等的个体，享有整齐均一的个体权利和自由。在这种情况下，人们还知道什么是自然吗？还存在需要“高贵的修辞”来进行弥合的差异和裂隙吗？处身于这样的生活世界和生活秩序当中，诗歌在这个时候并不是像苏格拉底式的古典哲学那样，坚持不妥协的哲学的自然真理视野和哲人的灵魂秩序，而是不管如何辩解、如何地“碎片化”，都是从真正的诗歌精神与真正的哲学精神的双向的退化，都是搁浅在种种远离自然性的、神话式的意识形态修辞之上的观念截面和表象——至少可以是关于诗歌与修辞本身的“理性”神话和意识形态，或对于后者的复写与依附。

四、作为“具体的具体性”的诗歌语言与修辞

在这种情况下，诗歌在现代社会的作用，应该是让人们获得关于语言和修辞的具体性理解，在诗性修辞的具体性当中，努力重新生成面向自然之道的价值光谱和实践触角。但在各种各样的“主体性”和“主体论”当中，无论如何仍然存在着那种颟顸的抽象性和对象化的同一性。而所谓“语言是存在的家园”恰恰是抽象的修辞；“到语言为止”的诗歌，不过是分行排列的文字符号与物质实体。它们或许是对某种抽象性的体验，或者概念性地、抽象地“体验”到的某类语言经验，因而它们只是一种抽象的具体性，或者具体的抽象性。当代诗歌放逐了那些宏大的主题和话语方式，终于做到了“虚空粉碎”——这算是抽象的具体性或具体的抽象性层次；但只有从关于“虚空”的强迫性的抽象意识当中彻底挣脱出来，同时做到“粉碎虚空”，并从此中重建圆融的诗歌心性与整全的诗歌本质，才能做到“具体的具体性”。但当下诗歌其实是在同质的个体性、抽象的语言论与

①施特劳斯：《修辞术与城邦——亚里士多德〈修辞术〉讲疏》，伯格编订，何博超译，华东师范大学出版社2016年版，第551页。

智术化的修辞学的死角当中来回摆荡——苏格拉底与柏拉图已经从他们所关心的、与人类生活方式和政制秩序相关的问题格局当中,论述过这样的问题,而很多蛊惑人心的"现代"神话,不过是这些问题性的残缺不全的牙慧。

不过,柏拉图的理想国虽然号称是在语言中建立的城邦,但它整体上仍然是关于世界的一种隐喻性、象征性的哲学性文化权力体系,也就是与世界之间构成内在的意义的同构和同一的秩序,所以他的哲学从总体上仍然是诗人修辞机制的"一个大致的外形轮廓",其对话文体从根本上仍然是哲学,而不是诗歌。这是在西方文明当中无法超越的压迫性的文化张力格局:因此,柏拉图的《理想国》本身虽然同时堪称伟大的哲学和伟大的诗歌,但它所具有的无法实现的非现实性,只是说明了其作为理念、理想的超越性,却缺乏自然理性之诗性的现实性;而尘世当中的政制秩序虽然有它的"具体性",但却无法完成它原本宣称的理念、理想性质,后者不得已与"现实"协调,因而只成其为蛊惑人心的坏的哲学和坏的"诗歌"。这是通过"修辞"与"城邦"(生活秩序、政制秩序)关系,映射出来的西方文明传统、尤其是西方的"现代性"传统当中表现形式极其混乱的"理性"悖谬之一:

> 民主政治文化的写作论基于普遍人性论,由于这种人性论抹去了世人灵魂的品级差异,无论诗人还是公共知识人的写作就很容易成为自我欲望的表达,仅仅追求吸引眼球。①

中国现代当代诗歌或者中国诗歌的"现代性"传统,深度地沦陷在这种西方文化与文明的悖论性当中。但出于中国文化和文明传统的理解方式,语言和修辞的"具体的具体性",并非蜷缩回语言"本身"的内指性团块,和自我指涉的修辞圈套,而是一方面连接着灵魂秩序,另一方面连接着生活秩序。这其中的关键,诗歌的结构性的地位在于:诗性的修辞和语言以将它们二者(灵魂与生活秩序)分疏开来的方式,重新将它们联系在一起,建构起生活世界的有分疏的秩

①刘小枫:《古典学与灵魂政治学》,见《古典学与古今之争》,华夏出版社 2016 年版,第 31 页。

序、有差异的统一。

这在中西古典传统当中，曾经是只有诗歌及修辞术根性上的诗性技艺、性质、属性和诗性的价值立法才能完成的任务，而非程式化、工具化的理性机能与形式合理性的工作领地，不过在中国传统当中尤其得到贯彻始终的、整全圆融的认知和发挥。因此，一方面是"修辞立其诚"，另一方面是"《诗》无达诂，《易》无达占，《春秋》无达辞"（董仲舒《春秋繁露·精华》），这两者并不矛盾，而是一体两面的东西。它两者之间看似的悖论，只是提示我们：(1)《诗》《易》与《春秋》，在中国文化与文明传统的"诗性"的整体性当中，它们都在做着同一件事情，那就是广义上的"修辞"与作为安顿人类生存秩序、"城邦"秩序的"诗歌"技艺；(2)因此，"达"与不达，都不是一个简单的、笔直的理性意义传导、"合理性"逻辑建构的问题，在"达"与不达之间，是对于人的生活世界、存在秩序、"城邦"生活的整体性的"经纶"或"大经"问题；(3)反过来说，如果在"修辞"这两个方面之间，没有生活秩序和文化价值建构意义上的丰富的"城邦"性内容的"经纶"与编织，那所谓的"诚"不过是概念性的忠诚，或者对于修辞"概念"的"忠诚"，而所谓的不达与"无达"，将都不过是故弄玄虚的修辞游戏。

诗歌修辞不是那个物质性的语言"实体"与"本体"，而是一个能够深入触及、捕获和重建自然性的文明意义之网与文明价值实践方式。"呦呦鹿鸣，食野之苹；我有嘉宾，鼓瑟吹笙"，当人们以垂直于"兴"诗的眼光，透过"经"的语言和修辞织体来看待世界的时候，"兴"诗的语言、修辞结构，以旋转 90 度、垂直于纸面的方式，变成贯穿纸面的、人们认知方式的意义范例与向导：它以分别指向灵魂与世界的方式，将它们二者在诗性的光芒当中区分开来，而它自身在这样做的时候，不仅将诗句当中的"兴辞"、转喻（"呦呦鹿鸣，食野之苹"）与本体（"我有嘉宾，鼓瑟吹笙"）联系起来，将诗句背后的自然秩序与伦理、生活秩序联系起来，同时也将灵魂与政制秩序整合为一个差序性、有分疏的统一体。在此，"诗是一个中间概念，处于哲学和政治之间，它使三者都各自保持其根本的同一性，而又不互相分离。那种分离是对人的灵魂的肢解……"[①]诗歌修辞在

①罗森：《诗与哲学之争》，张辉译，华夏出版社 2004 年版，《中文版前言》。

这种张力性的、似乎是离开自我的趋向当中,回到与完成了自身,而这是因为诗歌作为"高贵的修辞",就像任何高贵的东西一样,都会在对于它"本身"进行抽象凝视的目光当中迷离、隐失。反过来说,"吾不知其名,字之曰道"(《老子·第二十五章》),任何作为"高贵的修辞"的诗歌,并不吸引人们关注其"本身"的眼光,而是以凸显其自身的非自然的、人为的实在性的方式,指示存在的自然秩序,指引人们重返自然之道。

也许有人会说,这不是"现代"的诗歌概念,这不是"现代"诗歌批评的问题性。但所谓的"现代"诗歌概念与诗歌批评话题,怎知不是诗歌的整全文明本质被种种"现代"神话遮蔽与割截而成的残留物和断面?怎知不是远离诗歌的全方位文明实质的、被放逐的畸零的存在与褪色的影像?又怎知它们不是与"现代人"的虚假、失重的生存状态进行的相互"阐释"与相互欺骗?作为洞穴里的存在的"现代人",看到石壁上的影子,就能确证它是出自于背后的太阳的光芒?同时,这也不是什么哲学问题和思想史问题,或者从哲学角度来研究诗歌问题,不过,或许是"现代"知识体系和学科体系的不同门类之间,在相互推诿和自欺欺人当中错失了的问题性基座和问题根脉:如果把这些都当作有碍于将问题装进现代知识体系之"保鲜盒"当中的"前现代"的、不合时宜的累赘,一概加以删削,那剩下来的"现代"诗歌概念,不过是行将枯萎的无根的插花,甚至塑料制成的假花。

2017年1月19日

新诗九十年:叙事仪式中的“传统”在场

反观九十年的新诗历史,新诗的传统问题当然是一个绕不开的问题,甚至也可以说是一个关键性的问题,当然也是一个近年来存在较多争议的问题。本文打算就这一个问题谈谈自己的粗浅看法。总的来说,在对于新诗的传统这一问题上,可能需要一种比较复杂化的态度:我们可能需要在总体思路上暂时悬搁对之进行的单向的本体论探究,而把传统理解作一种叙事——当然这种叙事可以从另一个层次上进行观念谱系分析和意识形态的批判。

人们经常把“传统”比拟为“资源”。把传统形容为一种“资源”,既准确也不准确。它的准确之处在于,“资源”一定程度上可以理解为道出了传统对于现实的潜在性特征,传统作为潜在现实的特征。这也就是说,传统在经过主体性的阐释和中介之前,它只是一个潜在的在场因素,是一个在本体论问题上存而不论的因素,它只是一种潜在的现实。传统在很多情况下不会自动发挥作用,至少是不会发挥我们期望它所发挥的作用。但它的不准确之处在于,正像“资源”这个词语所暗中传达的意味那样,它也有可能使人们把传统理解成了一个实体,理解成了超越时空的、独立于主体而又独断性地介入主体的生活世界的实体性在场。这种意义上的传统,表面上看似乎是强调了、甚至神化了传统的独立自足的特性,但实际在另一个方向上,恰恰抽空了传统对于今天的必要性:如果传统仅仅只是一种实体性的“资源”,那我们完全有可能用别的资源来代替它,或者用别的传统资源来代替我们自身的传统资源。传统在这个意义上恰恰属于“可替代资源”。

因此,强调作为一种叙事的新诗传统,突出的是关于传统话语和传统问题当中的主体性方面的因素。在这里问题的关键在于,必须把传统问题本身纳入主体的文化安排、文化肯定和文化认同的“文化政治”范畴,而不是主体对于外在于主体的传统本身进行的文化安排、文化肯定和文化认同。这里的问题随之而来:将传统本身纳入主体性的范畴,是否意味着一种“六经注我”式的主观主义?在某一个层次上也许有这样的意图,但从根本上却不是这样。因为这里的主体性不是一种形而上学式的自我中心的、独断排他的、缺乏反省能力的主体性,而是一种“负的主体性”(negative subjectivity)。“负的”(negative)不等于“消极的”,在孟子“掘井汲泉”的意义上,在黑格尔的意义上,它都不是消极的。正如以下将要讲到的,恰恰相反,“负的主体性”在一种更深刻的意义上,是一种更加深度的、坚定的主体性。就关于新诗的传统问题而言,出于“负的主体性”角度,它至少需要作如下的区分:

(1)新诗传统作为真理叙事。作为真理叙事来讲述传统,被关注是传统的事实和内容的层面。新诗传统话语中的主体性,在作为真理叙事时必须坚持的是其思维的差异性和辩证性原则。作为真理叙事的传统,就是要把新诗的真传统与假传统、有效的传统和无效的传统区分鉴别出来。对于新诗来说,这一方面很重要,因为新诗的历史还很短,新诗本身还存在很多问题、很多缺陷,需要去分疏、去辨别、去批判、去选择。要好就一切都好,要坏就一切都坏,这样的态度是最不可取的。在20世纪80年代及之前,诗歌的领域是一个公共领域,与人们的日常生活有着比较紧密的关系,因此诗歌领域之内之外很多人都可以对诗歌发言,这种发言一定程度上也是有效的。但在20世纪90年代之后,诗歌的领域变成了一个私人领域、至少是一个专业领域,这就使甚至很多诗歌领域之内的写作者和研究者的发言,一不小心就成了无的放矢。更不要说许多根本不了解诗歌的传统与现状、却总是愤愤不平者了。不过另一个方面,自编家谱、伪造传统为自己的写作方式和写作状态作辩护的情况也在很多的时候发生。因此,传统作为真理叙事也是对于置身于传统中的主体的一种要求和提醒：越谈论传统，越需要主体保持客观的、清醒的、反省的、批判的态度，否则最终也没有资格做传统中人。

(2)新诗传统作为价值叙事。作为价值叙事来讲述传统，被关注的是传统的价值和形式的层面。新诗传统话语中的主体性，在作为价值叙事时必须坚持的是其思维的普遍性和实质性原则。传统作为价值叙事就是对于诗歌作为一种艺术形式、语言形式乃至于生活形式本身的价值肯定和价值认同。在此，不是通过非诗来界定诗歌，而是通过诗歌来界定非诗和诗歌以外的他者，不是诗歌在传统中，而是传统在诗歌中，不是通过非传统（现代）来界定传统，而是传统在现代（非传统）中延伸。在这样的意义上，传统是诗歌自我认同的一个部分，是普遍的、不可选择的；同时传统不是通过作为“现代”的对立面而得到规定的空虚的存在，而是具有实质性的、正面内涵的存在。反过来看，“新诗”这个概念本身甚至就是一种价值叙事，或者它反映与支持着一种价值思路和价值认同。时至今日，新诗的丰富品质和艺术探究，当然不容易用一个“新”字来涵盖，但是“新”本身，仍然是在巨大的古典诗歌传统和心灵积习的压力之下，人们对于新诗本身进行的主要的普遍性的价值认同。这当然不一定都在一种自觉的、显在意识的层面上发生。作为学术的探究，作为“真理叙事”，这一切都可以进行辨析，不过却也说明新诗的概念本身并不是一个随便的命名问题。新诗面临的任务，因此也就主要不是为“新诗”重新更换一个名称，而是如何不断地充实和丰富新诗之“新”的实质性内涵。

把传统区分为真理叙事和价值叙事，当然并不是什么惊人的理论创造，但在实际面对和思考新诗的现实问题时却可能很有用，我们在思考新诗的问题时引起的不少争执，很多情况下就是因为没有把这两个层次分清楚。比如，区分了作为真理叙事的传统与作为价值叙事的传统，新诗自身传统有无的问题就不再是一个问题。作为价值叙事，不但九十年的新诗本身的传统，就是九十年的新诗传统与三千年的中国古典诗歌传统也可以合，可以一气贯通，整体通观；而作为真理叙事，不但三千年的中国古典诗歌传统，就是新诗自身的短暂传统也可以分，可以擘分理析、分析批判。而同时这二者又是可以相互支持、相互转化的：缺少了作为真理叙事的传统,作为价值叙事的传统就成为一种主观的情绪表达和虚张声势;而作为价值叙事的传统获得了作为真理叙事的传统的支持,则可以实现为一种更加坚定、更加真实的价值主体性。因此所谓“负的主体性”,就是在真理叙事的层面上坚持差异性和辩证性,又在价值叙事层面上坚持普遍性和实质性的主体性:它坚持自己的主体性地位,但同时又是一个能够包容差异与他者、具有反省能力主体性。在中国传统文化内部,一种强调“和而不同”“不同同之之谓大”“有万不同之谓富”的观念方式源远流长:区别真理叙事(“不同”“不同同之”“有万不同”)与价值叙事(“和”“大”“富”),是东方文化思维的“负的主体性”机制的本质权能。实际上,在任何时候,人们对于传统问题的表述,也不可能将真理叙事与价值叙事这二者截然分开,恐怕也很少有纯粹脱离真理叙事的价值叙事,或完全摆脱价值叙事的真理叙事。因此这里的问题的关键,不在于非此即彼的取舍问题,而在于如何将之建立在一种自觉、清醒和理性的基础上,同时又能调理得当,使之相得益彰、相互生发,而不是抵斥、相互遮蔽。

新诗的传统不是一个现实的、实体的在场,不是一个事实与价值、内容与形式都确定下来的存在者。新诗的传统就是在其作为潜在性与现实性、作为真理叙事与价值叙事——以及事实与价值、内容与形式——的相互支持又相互转化的仪式化程序中在场。强调新诗传统的这种仪式化在场,目的是消解传统的实体性的幻觉,同时突出传统问题中的主体性因素,强调主体性对于传统的介入。一个潜在的、无所作为的传统与一个消极被动的写作者,可以互相观望;一个实体性的传统与一个主观主义的主体性,可以相互侵凌、相互排斥、相互掠夺,但它们相互之间也都可以毫无关系。在此,传统不能用它的实体性来构成对于主体的强迫性和压抑性力量,反过来,主体也不能以一种任意的主观性或虚无主义的态度来否定和挥霍传统。对传统的需要本身就是一种仪式,一种主体生存的自我肯定和自我认同的仪式,而也只有在这种迂缓仪式中呈现和传递的传统才是传统:一种急吼吼的呼吁传统的心态本身就是传统危机的体现,而粗枝大叶地一把抓过来的传统也不一定是真正的、有意义的传统。仪式作为事实和内容化了的价值与形式,以及价值与形式化了的事实与内容,可以说是一种冷静的迷狂、清明的执着,只有在这种仪式化的冷静和清明中,传统才能成为真实地融入主体的生活世界的有意义的存在。在这里当然也不是指向一种通常意义上的“主客观的统一”,如果一定要说它是一种统一,也是一种“负性的”统一:主客观双方在一个层次上失去自身的同时,在另一个层次上更真实地获得自身,并互相拥有对方。因此,这个过程也是传统和主体互相阐释、互为中介的过程,也正因此,传统和主体双方相互之间才都不是外在的偶然事实。

2008 年 11 月 10 日

文化焦虑·自我放逐·主体重建
——新时期三十年诗歌文化意识的演变

这里所说的文化，指的不是“文化大诗”“文化诗学”意义上的狭义的“文化”，也不是第三代的“反文化”。这二者尽管态度上截然相反，但都建立在一种“自主性”的文化定义之上。这种“自主性”的文化定义的根本性缺陷，就在于它缺少一个主体性的维度，因此它的推理结果，必然是变成一个与任何现实的诗歌与诗人无关的抽象性，停留在“诗歌”空洞的普遍性定义和抽象“个体性”之上——这样一种思维方式导致了当下诗学思考的基本困境。因此，这里使用的是一种广义上的文化定义，它指的是作为生存秩序和生活组织的文化，它隐含着包括诗人与语言、文本在内的，作为整体性生存秩序的主体的主体性维度。从而这里所谓的“文化意识”，不是指文本和语言方面的意识，也不是指诗人的自我意识，尤其不是指诗人的“个体”意识，而是指诗歌场域整体上作为一个生存秩序和生活组织的主体的意识。如果这种文化意识真正达到一种主体性的地步，那么这种文化意识将是政治性的，文化意义上的政治性，也就是“文化政治”。

新时期以来三十年当代诗歌文化意识的演变，可以分为三个阶段，大体以十年左右为一个阶段：

(一)从 1978 年前后到 1989 年，这个阶段诗歌的文化意识体现为一种文化焦虑。这种文化焦虑感在朦胧诗中是种普遍的现象。这种焦虑来自于既往的历史记忆,也来自于对于现存秩序的质疑和批判。我曾经把朦胧诗的文化主体性称为"心理主体",朦胧诗从地下到国外的活动轨迹,都是不见容于当时的文化秩序的表征,朦胧诗的主体意识因而成为一种"心理主体"。在当时的意识形态语境下,他们仿佛被取消了作为历史性主体的实践能力,他们仿佛是一些漂浮的精魄,只能进行写作的"心理实践",而在现实的文化秩序中找不到自己的位置。这种文化焦虑的最后是进一步对诗歌本身的质疑。这在第三代诗歌中达到一个极致。从这一点上,"新生代"的诗歌对于朦胧诗倒有一种继承性,那就是它把那种由于文化焦虑而来的质疑和批判精神发挥到了极致。

(二)从 20 世纪 80 年代末到 90 年代末,这个阶段诗歌的文化意识表现为一种自我放逐。对于先锋诗歌来说,这一阶段的诗歌大体就是所谓的"90 年代诗歌"。在这一阶段的诗歌批评和诗歌话语中,"放逐"一词,被使用得太多。从文化意识的角度讲,"放逐"也有两种情况:一种情况是诗歌从整个社会生活比较重要的位置上放逐;另一种情况是从诗歌和诗人的主体意识中放逐。就前一种情况而言, 诗歌在整个社会生活和文化秩序中比较重要和比较中心化的位置,只是相对而言的情形,统观世界诗歌史,诗歌真正能够处于文化秩序和文化权力的核心的时候是少之又少的。但不是中心,不等于诗歌不能从自己出发,以一种自觉的主体性意识书写社会生活、介入文化秩序。当代中国诗歌在 20 世纪八九十年代之际的所谓"放逐",主要是第一种情形中的从一个相对受关注的位置上的"放逐";但即使处在一个社会文化生活的寂寞的边缘(根据一种"诗穷而后工"的古训,这甚至是优秀诗歌诞生的必要条件),也不等于就要自暴自弃地从主体意识中"放逐"。这两者不应该相混,但 20 世纪 90 年代诗歌很不幸地正是处于这双重的"放逐"状态中。因而整个 20 世纪 90 年代诗歌,都笼罩在一种悲情之中。当时核心的诗歌批评语汇大概就是"边缘""边缘化"之类,人们在各种场合和条件下,以各种不同的表述方式,反反复复地描述这种"边缘化"的悲情状态。与朦胧诗由于种种压力被迫的放逐不同,20 世纪 90 年代诗人大多是一种自我的放逐——主体意识的放逐也不可能是别的放逐。20 世纪 90 年代诗歌最大的文化失落,在于它不仅放弃了中心,也放弃了文化的主体性,滑入一种被书写、被无穷“客体化”的失重状态当中。如果是因为第一种意义上的被迫的“放逐”,也自怨自艾地沦落为第二种意义上的主动放逐,这本身也体现了当代诗歌在文化意识方面缺少生存真实感和不成熟。

(三)从世纪之交到现在,可以称之为诗歌文化意识的主体重建阶段。世纪之交,诗歌领域有一场争论,那就是“知识分子”和“民间写作”的争论,这场争论在当时很热闹,是近些年来少有的情形。当时给人们的印象多少有点无谓之争的感觉。不过从今天看来,它似乎倒有一种标志性意义,一种自我离间的效果在诗歌内部产生:当主体把自己当作客体来考量的时候,表现了一种坚定的主体性。近年来,诗歌领域涌现了不少话题,比如“诗歌伦理”“底层写作”“打工诗歌”等,从概念上也许值得推敲和辨析,一些讨论文章也可能存在这样那样的偏差和问题,不过总的来说,也许可以将它们看成是表现了一种介入和书写文化秩序的真实感的主体意识。人们常说一种“介入性”的写作,介入的前提是必须是一个现实的文化秩序的主体,如果自己本身只是一个客体,那就只有被书写的资格,就根本谈不上什么介入。

以上这三个阶段,大约都是以十年左右为一个阶段来。以上这些情形对于先锋诗歌可能更合适一些。不过因为先锋诗歌一般都有一种比较强烈的自我意识、反省意识,所以这样的归纳也许可以勉强通之于整个诗歌领域。

2008 年 11 月 17 日

从“后现代”到“古典”
——中国当代后现代主义诗歌观念的演变

从20世纪80年代开始，中国文学经历了一场引起诸多争议与歧义的“后现代主义”的洗礼，它的引入与流行，不是对于西方思潮的简单移植与原样展开，而是根植于充分的本土经验的依据和现实语境的确定指向的某种“错位”生长。而从20世纪80年代至90年代，在中国当代诗歌领域，后现代主义诗歌观念却经历了从“后现代主义”到向中国“古典”诗歌传统回归的、富有戏剧性的演绎过程。像中国当代文学的其他写作领域一样，当代诗歌的写作也在各个方面、以各种不同的方式反映了其后现代性：只不过对于诗歌观念领域来说，其反映则可能更加富有戏剧性，同样也更为意味深长——这也正是事隔多年之后，即使后现代主义在中国也成为过眼云烟的时候，后现代主义诗歌观念这一话题的引人入胜之处。从今天的眼光看来，它已经成为当代诗歌观念史的一部分，而时间的距离不仅使我们具备总体通观的视野，同时也可能使我们对于其内在构成的复杂机制，获得更为全面的理解。这些不仅是把握当下丰饶的观念现实所必须的，而且也具有激发理论创造和思想灵感的意义。

一、后现代面孔下的现代性变革

20世纪80年代初中期之际，是“新时期”以来的中国当代历史的合法化过程趋向完成的阶段,“朦胧诗”的现代主义艺术探求被整合进国家话语与正统艺术观念的言说之中。就历史负载与现实指向而言,与“朦胧诗”直指社会政治的革命不同,“第三代”诗歌则主要是进行一场文化政治的革命。“第三代”诗歌变革的动力除了来自社会政治的层面以外,更主要的倒是来自文化记忆与文化政治方面的动力。这就决定了,对于前者来说,诗歌基本上不能改变社会,后者因为较少历史负担和具有较大的言说自由度, 可能比前者采取更加激进的姿态,但就其“效果历史”而言,由于文化的层面可以容纳观念的过滤与积淀中的重组,所以就“第三代”诗歌观念最终的艺术价值指向以及艺术与社会层面的关系而言,在大的趋向上讲它并没有超出现代性的艺术观念的范畴。实际上正是这种在相当程度上依赖正反两方面的文化记忆展开的悬空的“文化革命”、也只能从“文化”开始“革命”的方式,规定了“第三代”诗歌观念中的一种潜在的、然而同样是不可救药的乌托邦主义,只不过它不是社会历史的乌托邦,而是价值的乌托邦、文化的乌托邦、语言的乌托邦。因此,“第三代”诗歌的艺术变革往往以颇为张扬的后现代的颠覆与解构姿态始,而以回归到“艺术本身”与“艺术自律”的“拯救”理想终,最终,“第三代”的诗歌观念在社会历史的现实语境的规约下,不得不成为后现代观念的现代性投影。

20 世纪 80 年代中期,较早洞彻了权力话语对于“朦胧诗”进行的出人意表的改写与整合关系,并且起而对于这种关系进行批判与反抗的是“他们”诗歌群落。对于“他们”与韩东而言,真正的创痛其实来自对于政治权力失衡的记忆,这使得他们对于横加于诗歌之上的任何权力形式都极为敏感与警惕。韩东对于多年以来中国诗歌所承担的“三个世俗的角色”(政治、文化、历史的角色)进行了批判[①]。韩东他们痛感于以往时代权力对于诗歌艺术的戕害、歪曲与挤压,包括当时由于朦胧诗的遭遇而对于进入体制与历史的绝望的当下感受[②],因而力求为诗歌争取一方较为宽绰与自由的书写空间。在这里,偏激的观念的反作用力实实在在地转化成了对于这种空间本身的自觉确立与精心守护,因此我们可以看到:一方面是激进的反抗姿态,另一方面又是诗歌艺术上的冷静自持,这应该说是“他们”

①韩东:《三个世俗的角色之后》,《百家》,1989 年第 4 期。

②参见吴思敬《叶硬经霜绿,花肥映雪红——〈他们〉述评》,《贵州社会科学》2002 年第 4 期。

不同于20世纪80年代其他诗歌流派的重要特征之一,“他们”群落艺术变革目的明确、目标实际,在那种激进的文化语境中仍能对于这种变革的手段及其限度保持必要的克制与清醒的反省,因此在“他们”与韩东那些颇为癫狂与偏激的消解姿态以下,我们看到的是非常纯净、敏感甚至纤细的现代主义式的艺术品位。在这样的前提下来看待韩东的名言“诗到语言为止”,一方面固然如有的论者所言,“旨在反对朦胧诗人所扮演的‘历史真理代言人’的角色以及他们强烈的社会意识”①,但是另一方面,我们也必须看到其在对于语言上沉积的过量的政治的、文化的、历史的踪迹进行大规模清除的同时实现诗歌本体的生命还原的诉求,诗人的个体生命被确立为诗歌的唯一根据。与20世纪80年代其他诗歌流派或者激进的观念超出了可操作性的限度或者口号与行动淹没了诗歌艺术本身不同,这样的一种艺术态度或许也是“他们”之所以对于当代诗歌甚至当代文学产生比较持久深远的影响的主要原因。这样的态度甚至在20世纪90年代末仍然被坚持下来并得到新的阐述与澄清,韩东在20世纪90年代末完成的《论民间》的长文,可以看作是对于“他们”精神的总结与在新的历史语境之下的再生,由此也可以看出这一精神的强大生命力与非凡意义。②就其总体倾向而言,“民间”精神仍然可贵地保持了对于权力的消解精神与对于艺术的自我寻找这双重的指向。当然,这种关系也可以表述为,后现代的精神与现代性的诉求本身获得了一种不一定非常和谐但是对于诗歌而言是较好的、有益的平衡。

在中国当代的历史语境之中,一种后现代性话语展开的基本困难并非是中国没有一个“后工业”的物质基础,而是在于因为缺少一个宽松的意义空间而导致的思想本身的自省维度与回旋余地的匮乏,由此也就导致了思想范式本身得不到历史经验的具体规定而成为一种空洞的悬浮物。思想因此永远走不出自己的皮肤也意识不到自己的皮肤,它的最高成就也只能是在自身断裂中不自觉地滑落入一种自我批判与自我寻找,而这使其奇迹般地转向现代性。在我们看来,上述过程正是发生在“非非”主义诗歌观念中的情形。“非非”曾以其“理论的辉煌”而被称道,但从我们今天的眼光看来,“非非”的理论观念很少有能够经得起

①洪子诚:《中国当代文学史》,北京大学出版社1999版,第314页。

②韩东:《论民间》,见《最新先锋诗论选》,陈超编,河北教育出版社2003年版,第90页。

学理上的推敲和诗歌实践上的验证这一点倒还并非是主要的,“非非” 理论的问题主要在于其对于思想观念本身的刻舟求剑式的自身沉浸，因此就以现实与历史被“理论”本身的激情与光芒所遮蔽而言,“辉煌”的说法倒也可以得到一种理解角度。在这样的情形下，现实的历史的问题或者成为观念的自身投射与同义反复,或者在某种狭隘的思想范式的裁割之下走向极端化,或者被根据某种理论范型极大地予以减缩与简化。正如周伦佑所坚持认为的“非非”是且仅仅是一场诗歌艺术运动[①],在这些惊人的文化批判的宏伟目标之下,实际上“非非”理论观念的主要指向与真正兴趣所在确实也只是以诗歌为限。这就可以解释此前的文化批判中对于语言的倚重与赋予语言的特殊地位，当然反过来也让人怀疑这种批判的周全性与可信度。从而,“非非主义诗歌方法”也就顺理成章地成为一种“语言诗学”。作为悬浮于历史之上的、从观念出发的文化反动与语言实验,因此它最终不得不以观念的自我拥抱、艺术的自我寻找、自我发现这样的艺术的现代性观念与取向为其极限:“非非主义面对自身,它不以表现艺术之外的意义为目的,它以自身为目的,‘目的性的形式在于形式的目的性’(康德)。它自身就是意义。”[②]后现代理论范式在“非非”诗歌观念中由于不可能被历史经验规定与从历史经验那里获取理论动力而走向历史化，但是面对中国当代诗歌由于其历史境遇而来的持续不断的现代性诉求,并不妨碍“非非”(非自觉、无意识地)超出其自身理论或思想的逻辑之外去回应历史境遇的召唤：一种后现代性的文化解构仅仅成为服务于艺术现代性趋向中观念清场的工具而不能按照本身的逻辑展开，一种空前的理论投入的激情却使理论沦为历史的牺牲品。前者是此一阶段许多诗歌观念的共同命运,而后者却是“非非”独有的特征。在这其中刻写着当代诗歌观念与当代历史的双重真实。

在 20 世纪 80 年代中期的当代诗歌变革中,“莽汉主义”代表了与“非非主义”完全相反的另一种极致:如果说“非非”是由对于理论的简单沉溺走向一种非历史化的诗歌观念,那么“莽汉”则体现为一种冲决历史的规定性网络与历史

①周伦佑:《异端之美的呈现》,见《打开肉体之门——非非主义:从理论到作品》中周伦佑为本册所作的编选序言,敦煌文艺出版社 1994 年版。

②周伦佑、蓝马:《非非主义诗歌方法》,见《打开肉体之门——非非主义:从理论到作品》,敦煌文艺出版社 1994 年版,第 319 页。

秩序、无视历史的"行为主义"的诗歌观念。"莽汉"诗歌诚如李亚伟所讲的是一种永远"发生在诗歌的路上"的诗歌,仅仅是一种直义的自我解构姿态并不能成就并且走向诗歌的历史本质,实际上这种姿态只应该成为诗歌走向自身之转义的借口,在这种"意义转换"的脱胎换骨并滑向自身历史本质的过程中,诗歌应该为自身留出周旋的空间,而后者正是历史涌现并且使诗歌得到具体规定的地方。20 世纪 80 年代确实是一个"文化的时代",一方面是过度的个体激情与由此而来的历史缺场的空虚感,另一方面是被以各种途径制造出来的大量剩余的所指与意义,这二者结合的结果就是"文化"主体占据历史的主位与作为其结果的历史行为的空洞的形式感。这一点可以解释李亚伟与一些批评家心安理得、甚至不无自豪地不断强调"莽汉主义"不完全是诗歌、"莽汉主义"更多地存在于莽汉行为①的原因。诗歌的"行为主义"成分本来是无法实现与进入诗歌的历史本质的剩余物,但在这里却骄傲地获得了其文化意义甚至是诗学意义,因此"莽汉主义"便成为理直气壮的"行为主义"诗学。其结果就是如前面所说的,"莽汉"诗歌成为永远停留在通往诗歌的路上的、永远撵不上诗歌本身的"诗歌"。被文化记忆所书写的文化主体,迟早会发现自己头脑中文化暴力的伤痕所投射的乌托邦幻象的荒诞,也势必也不能长久容忍作为被派定所指与意义秩序的意义符号的地位,他宁可甩开身上一切由文化记忆规划的意义秩序的红色纤维,一身清白地作为一个漂浮的能指永久地奔波在走向意义的"诗歌的路上"。"莽汉主义"的价值,也就在于在一窝蜂似的混乱之余,使人们看到向个体回归的诗学之现代性变革取向,仍然是当代诗歌所必须经历的一个过程,并且在作为一种文化创伤的释放的同时,巩固着这种变革的成果。

二、后现代与古典传统的会通

20 世纪 90 年代以后,中国的社会生活发生了深刻的转型,生活内容、生活

①李亚伟:《流浪途中的"莽汉主义"》,见《快餐馆里的冷风景》,陈旭光编,北京大学出版社 1994 年版,第 285 页。

方式的变化以及观念与价值领域的日趋多元化，为后现代主义诗歌在更大范围内的出场提供了更为开阔的空间与更加逼真的氛围。后现代主义的艺术观念与写作方式、文学技巧，在当代诗歌中得到多方面的反映。在诗歌观念的领域，在韩东、李震、沈奇、欧阳江河、臧棣、杨小滨等人的诗歌的观念与理论表述中，以各种不同的方式、不同的程度呈现出来。然而在这一领域，与其他的文学题材如小说的写作领域相比，却又似乎很少有全方位、大面积的贯彻与主张西方的后现代主义写作观念与艺术理论者。引人注目的倒是另一种趋势：在一些诗人与诗论家那里，通过后现代主义重新发现了中国古典诗歌与文化传统，为此，他们付出了对于后现代主义与中国古典传统进行接续与沟通的努力。这样做的可能性大概在于以下事实：(1)从逻辑上讲，如果我们能列出一张对比的表格，可以看出几千年间的中西传统差距之大几乎是以对等或者对立的方式展开的，因此当后现代主义以彻底颠覆传统的姿态，将西方传统在某种程度上倒置过来时，与中国古典传统之间出现相近、相通的倾向就应该是顺理成章的；(2)从价值观上讲，“后现代主义其实表达了一种更为温和乃至保守的价值立场”①，作为后现代主义的对立面的那些庞然大物在20世纪80年代已经被以后现代的名义进行了拆解与清理，进入20世纪90年代以后，那种激进的面孔已经不再有现实意义与针对性，人们在后现代的大船上面临的更为迫切的任务已经是价值寻索、价值认同方面的思考。在这样的情形下，在认识了对于传统的现代性否定与批判的片面性与偏激之后，中国诗歌辉煌的古典传统进入人们的视野是很自然的事情。在这方面，于坚和郑敏的许多论述值得我们注意，这两位无论从年龄经历、身份地位、知识结构、艺术追求都有很大不同，但对于当代诗坛都有重要影响的诗人兼诗论家殊途同归地走上了经由后现代向古典的回归道路，这一点本身就足以引起我们对此中隐含的意味与信息的重视。

对于于坚这一代诗人来说，泯灭个性的意识形态暴力、尤其是“文革”中后者在失控中对于人性的疯狂的践踏，使得他们敏感的诗人的心灵蒙受创伤并且对于任何的权力关系总保持着格外的警惕。在激进的20世纪80年代，这也影响着他们理解历史传统与中国古代文化的视角。因此，在较早的诗学文字

①陈晓明：《剩余的想象》，华艺出版社1997年版，第57页。

中，于坚实际上是将中国古典文化从政治—文化修辞的角度理解作一种“隐喻”的文化，在这里，“隐喻不是修辞手段之一，而是汉语的基本用法”[①]。于坚认为，在“文明”世界之前，存在着一个对于世界进行原初命名的时代，这种命名的过程是作为“隐喻”发生的。这时的隐喻能指与所指尚未分裂，声音与经验—意义是同一的，因此这时的隐喻是元隐喻。在原初命名与元隐喻之后，作为“文明”的结果，人们开始用理解和想象代替直接的经验—意义，用正名掩埋了命名。富有创造性、开放流动性的“元诗”被复制性、封闭凝固性的“后诗”所取代。诗被遗忘了，它成为隐喻的奴隶。所谓作为汉语的“基本用法”的隐喻，实际上可以看作是古典汉语文化的文化修辞或者文化系统的基本意义机制。作为汉语文化的意义机制的“隐喻”其基本特征于坚认为是“言在此而意在彼”“只可意会而不可言传”；其成因一方面在于汉语作为一种封闭的语言体系由于能指系统不发达导致命名成为沿着纵深或垂直方向展开的意义与所指的无穷复制，另一方面也是在一个专制主义的国家政治与生活中的恐惧压抑的表现。[②]从而，至少就当代中国的诗歌写作而言，隐喻早已离开诗性，富有诗意的不是隐喻而是转喻。因此写作便成为以“拒绝隐喻”的方式展开的文化反抗与文化批判形式，写作意味着对于隐喻性的语言世界的解构过程，同时也就是语言恢复其命名能力的还原过程与对于世界重新进行的创造性命名过程。与中国古代直觉的、空灵的整体主义文化特质相反，此种意义上的诗歌写作注重的是日常性、具体性、片段性、细节性。作为写作机理的中心不是灵感、直觉和想象，而是一个理性的、分析的、客观的控制语言、操作语言的过程。因此“诗歌”在这里不是一个名词而是一个动词。这一过程是对于语言进行解剖与垃圾清理的过程，为的是将语言从因为文化垃圾与隐喻积淀而变得词不达意的境地中解放出来，回到词的表面，回到能指，重新恢复其生产能力与命名能力，同时也使世界在语言的意义上重返其真实的存在。

于坚的说法无疑是与当代诗歌的某种写作向度、尤其是与他本人的写作精神相符合的，虽然不可否认的是于坚在这里有一个基本的判断上的错误，

①于坚:《棕皮手记》,东方出版中心 1997 年版,第 242 页。

②于坚:《棕皮手记》,东方出版中心 1997 年版,第 266 页。

那就是他认为“转喻”是西方的诗歌传统，而“隐喻”却是东方的传统[①]。实际的情形与于坚的说法正好相反，就作为哲学—文化的基本意义机制的“隐喻”与“转喻”而言，“隐喻”的大面积实现需要一种强大的本体论—神学的一元中心的意义体系为前提，这时“隐喻”就可以以分有这种意义体系所环拱的最高意义的方式展开无尽的内在性的意义复制——这正是于坚曾讲到的情形，但是这样的意义体系在中国文化中从来都是阙如的。其实在中国文化中，其基本的意义机制是“转喻”，它最初和根本上是诗性的，正是它构成了《诗经》中的“兴”的手法，促使华夏文明中的原始诗性的大面积崛起。本真意义上的“转喻”或者“兴”保证着中国文化与诗歌中诗性意义的经验依据及其具体性。其实就于坚本人的价值取向、写作姿态与诗歌观念的理论实质来说，回指传统、重新确立传统的精神依据与价值标尺的地位似乎倒是有着必然性的。于坚后来承认，他的“反传统”姿态实际上针对的只是20世纪的小传统、或者说20世纪的“反传统”的传统。[②]超出了对于传统的片面理解，一方面，于坚指出，他是从中国传统视角出发理解所谓的“后现代”的[③]，实际上，中国传统文化精神及其意义机制至少从逻辑上讲确有与后现代文化沟通的可能：中国古代缓散清明的实践理性从来聚合不起西方传统上的形而上学—神学那样的紧张的、以一元性的超验指向为特征的意义体系，但却完全可能与作为后者的颠覆与解构的后现代文化构成整体精神上的对应重合关系；中国古典诗性文化的基本意义机制“兴”也可以与哈桑等人从后现代主义文学角度对于后现代文化“转喻—寓言”的意义机制的揭示相兼容。另一方面，于坚对于“传统”本身也重新进行了界定，他认为“历史”与“传统”不同：历史是群体的整体的美学氛围，而传统则是个人的具体的文本，历史是由业余诗人创造的，而传统的形成则来自专业诗人[④]。这种对于“历史”与“传统”进行的区分与重新理解，意味着考虑到了对于历史与传统构成的复杂性而避免了对之进行简单化的处理，可以同时顾全对于“历史”的批判维度与“传统”的有效性的确立。事实

①于坚：《棕皮手记》，东方出版中心1997年版，第178页。

②于坚：《于坚的诗·后记》，人民文学出版社2000年版，第402页。

③于坚：《于坚的诗·后记》，人民文学出版社2000年版，第402页。

④于坚：《棕皮手记》，东方出版中心1997年版，第280~282页。

上，在于坚晚近的诗学文字中，于坚本人对于"传统"保持着无上的尊重并且付出了诠释与沟通的努力(如他写的《诗言体》等文章)[①]。这种态度不仅对于于坚本人、甚至对于整个当代诗歌迟早会产生其潜移默化的、多方面影响。

郑敏对于后现代的着眼之处在于时代的后现代性，而非作为文艺风格的后现代主义[②]，作为时代的后现代性，其希望与病症并存。其希望所在是，它本身是一种解放，它可能提供一个宽松、多元的社会环境与艺术环境，也是一种全新的视野；当然同时它也具有后工业社会中的一切商品化、享乐至上、价值迷失的症候。解放首先是人的解放、人的思维的解放，"我希望90年代后，中国的新诗能变成真正的多元……诗歌应该绝对自由地发展，应该千变万化地多元。而惟一的尺度是诗人的审美和伦理良知。我们应有真正的宽宏大量的心态，那样，我们的艺术才能真正最自由地发展起来。只要中国人的思维真正变成开放的，并找回自己的遗产，而且把新的生命注入其中，那么，我感到21世纪我们这个很伟大的民族就会让它的智慧在诗歌里放出灿烂的光辉。要达到那一天，我们必须真正对自己的思维方法，自己的观念进行一次非常大的突破"。[③]因此，当典型的后现代哲学——解构主义进入郑敏的视野之后，郑敏首先着眼的就是它在这方面的意义。在郑敏看来，解构主义的核心观念在于以下两点，一是非中心论，一是否认二元对抗。一元中心论的实质是理性至上的中心论，是人以一种理性主义的自大将自身的思维结构投射到广袤无垠的世界中、人为地为世界设置一个假想的中心的结果。但实际上，宇宙是无限多样的，世界也是复杂丰富的，根本不存在一个绝对的中心与终极性的真理，与之相比，人的理性能力极为有限，不能将有限的理性知识当作世界的终极真理，更不能以理性的教条来裁割世界万物的丰富性与多样性。解构主义与后现代主义打破了一元中心论的思想，解放与释放了世界的多元性，这样的思想反映到艺术实践上，就是主张诗歌与艺术应该多元地发展，应该绝对自由地发展；反映到艺术思维上，就是像威廉斯那样，使诗思从超验所指与因果关系中挣脱，走向一种语言的超越工具地位的真

①于坚：《于坚的诗·后记》，《于坚的诗》，人民文学出版社2000年版，第402页。

②郑敏：《诗歌与哲学是近邻》，北京大学出版社1999年版，第135页。

③郑敏：《诗歌与哲学是近邻》，北京大学出版社1999年版，第471页。

正的自由。以语言观念为核心的现代诗歌观念在中国当代诗坛还大有普及与提高的余地。后现代观念中反二元对立的思想也有很大的现实意义:我们的新诗从诞生之日起,就是在中国古典诗歌的经典序列的压力下生存的。胡适等新诗的草创者,是通过不断地制造与强化新诗与古典诗歌的二元对立来论证新诗的合法性的,而郭沫若“新新诗”的逻辑,则意味着将新诗与古典的紧张关系及新诗否定经典、否定传统的基因带入了新诗自身的历史。这在新诗诞生之初有其策略的与现实的合理性,但却不应该成为新诗在后来的历史中拒绝古典传统的理由。后现代哲学和解构主义的观念帮助郑敏跳出了二元对立的思维定势,在通观世界诗歌的宏大格局与东西文化的开阔视野中,重新发现了中国古典诗歌的伟大传统,为中国新诗确立了一个“全新”的价值坐标。20 世纪 90 年代以后,郑敏的思路基本沿着中国古典与解构主义的比照与会通的线索展开,寻索古典传统的经验与技艺,反思新诗的种种不足与缺憾,这种反思的言论与文章出自于德高望重、成绩卓著的新诗人之手,形成了较大的反响,也提出了一系列足以让人们认真对待的严肃问题,成为影响 20 世纪 90 年代以后中国诗歌观念领域的一种不可忽视的理论走向。总之,后现代的观念视野使郑敏重新发现了中国古典传统的价值,对于郑敏来说,中国古典传统不仅从逻辑上、学理上对于当代诗学具有示范意义,而且也染上了价值归宿的迷人光泽。这样就有可能使我们更多地汲取后现代观念的启示意义,而又能在一定程度上克服其负面影响。

三、思想空间的错位生长与立体展开

在本文描述的 20 世纪 80 年代的后现代面孔下的现代性诗歌观念变革中,这种停留在文化层面上的变革是历史本身的结构性缺陷所致,而这就使后现代性不能超出文化甚至诗歌观念话语本身的意义阈限,因此也就不能从根本上触动与改造诗歌观念,它只能成为按照当代诗歌观念本身的演化逻辑顺序进行(或早该进行的)变革的借口、触媒与工具。这使得其意义极为有限,但也毕竟重新组构与积淀出一些基本的现代性诗歌的观念模式——这又是文化层面本身富有弹性与脆弱的一面，后者在 20 世纪 90 年代以后获得充分的历史经验的规定与充实而成为诗歌观念展开的基本思想原型。在中国当代诗歌观念领域，中国古典诗歌传统维度的引入，不仅在于它透过后现代观念的棱镜所折射和焕发出的丰富的思想资源上的启示意义，而且，它疏解了新诗现代性诉求中的紧张、焦虑与单面性，大大地改变和拓展了诗歌思考的观念空间，将诗歌问题置于更加系统化和更具立体感的思想和价值的坐标中来考量——对于自来以反古典诗歌传统来确立自身的新诗来说，这一点的实现自然有赖于后现代性本身所提供的可能性空间。从长远的眼光看来，对于当代诗歌观念与艺术上的自我建构，这将具有非同寻常的意义并势必将产生深远的影响。因此，20 世纪 90 年代以后体现出的是后现代性与中国古典传统由排拒与批判到磨合与融汇的过程，这其中不仅体现了后现代性的诗歌观念在中国的复杂遭遇、表现与演历、变迁，同时也彰示了传统自身的潜在活力与多样可能，而这一切又共同指向了中国当下历史情境所给出的诗歌观念本身的开阔的思想空间与巨大的深化、拓展余地。总体上看来，无论如何，有一点是肯定的，后现代主义诗歌与文化观念的引入与流行，都不是对于西方思潮的简单移植与原样展开，而是在错位生长中，根植于充分的本土经验的依据和现实语境的确定指向。它提供了批判的武器，丰富了我们的思想，已经成为当代诗歌观念史的一部分。而它在中国当代诗歌史上的从“后现代”到“古典”的戏剧性演化，为我们提供了一个立体化的思想空间，在彰现历史与思想的丰富性的同时，这种立体性的思维结构与思想格局，直到今天也仍然具有激发理论创造与思想灵感的重要价值。

2006 年 12 月 25 日

“后津味文学”:经济理性时代地域文化的认同困惑

“津味文学”作为一个地域文学品牌,作为一个特定历史—文化情境下形成的写作范式,总体上讲,在今天它应该已经成为历史。“津味文学”和任何的写作形态一样,重要的不是“写什么”,而是“怎么写”和“什么时候写”——这也就同时意味着一种比较限定和严格意义上的“津味文学”的概念,因此,如果构成“津味文学”核心的,是在 20 世纪 80 年代特定的文化思潮和文学氛围当中,与一种地域文化的有机的文化认同,那么,它背后那种特定的文化认同机制和文化境遇,在今天已经发生了很大的变动。“津味文学”的写作范式,当然从来没有、也远不可能覆盖全部天津作家、甚至“津味”作家的写作,在这种整体上的变动和不可能之余,有一部分作品,可以看成是对于这种写作困顿的某种正向的回应,或者说,正可以看作是这种困顿或困惑的表达。因此,能构成“津味文学”终结标志的,并不是非“津味文学”的写作,而是可以称之为“后津味文学”写作的几部标志性作品:它们不仅出自于当年“津味文学”的代表作家之手,而且以不同的方式与“津味文学”和地域文化仍然保持某种联系。但同时,通过这几部作品,我们更加看到了一种地域文化整体上与当下生活之间不可弥合的距离,看到了写作者与一种地域文化的有机认同关系和亲密联系的不可能,而不是相反。因而“后津味文学”所呈现出的,与其说是一种“津味文学”的当下延伸,倒不如说更加标志着“津味文学”的终结。当然，第一，这样说不是对于这些作品的艺术水准的判定——“后津味文学”完全可以同样优秀、甚至更加优秀；第二，也不是说任何一种带有“津味”的具体作品都不再可能出现了，而只是就一种大的趋势和普遍状态进行的判断。

一、“天津人”与“天津话”：远去的地域文化记忆

2007年初，林希出版了两本作品，《其实你不懂天津人》和《天津话逗你玩》，前者是记述天津“掌故、风物习俗”①的大概属于随笔类的文字，后者是诠解天津俗语的短文。林希是当年“津味文学”的代表作家，如果从其作品对于地域文化的认同感、归属感的强烈程度这一点上讲，这样的称谓更加当仁不让。把现在的这两部作品称为写小说的“副产品”，大概是从资料和素材的意义上讲的。实际上，文学写作和其他的人类活动一样，总是要被当下性的境遇和事务所裹挟，无论从作家个人的情感体验、观念变迁讲，还是从文学的社会文化生产机制讲都是这样。因此，往往正是这些，而不是写作的原始“素材”，决定了文学作品诞生的现实形态和历史情境。

文化的基本的含义，是对于“自然”的化育。所谓“自然”当然不只是山川草木，人的生活世界和生存领域，甚至是更重要的“自然”。文化就是对于这个生活世界和生存领域发挥有效组织作用的规则和秩序，只有当文化保持在这样的一个维度和性质的情况下，它才是一种活的文化，才是人们日常生活的有机构成。否则，当它脱离了与生存和生活的密切联系之后，无论它曾经多么辉煌灿烂，都只能是一种符号性、象征性和装饰性的存在。作为一种大的民族文化系统内部的地域文化，它是由生存于该地域的人们在长期生活中形成的具有该地域特征的文化系统，就天津的地域文化来说，其核心的地域因素就是海河：“……这条河流，衍生了一座城市，汇聚来八方民众，派生出一方水土，养育了世代子孙，兴

①林希：《其实你不懂天津人》序言《读懂天津人，读懂天津事》，天津人民出版社2007年版。本文所引用林希的文字，均见该书和《天津话逗你玩》，天津人民出版社2007年版。

也海河,衰也海河……她更培育起一方民众的生活理念,造就出一方民众的生存模式。"这条河流的地位和作用,在一个历史时段,决定了一种作为"生活理念"和"生存模式"的地域文化的性质和特征。林希对于这种文化无疑保有一种发自内心的热爱和认同的态度。不过,从读者的角度来说,在林希绵密周到的、仍然不乏幽默风趣的笔触背后,我们看到的却是一个陌异的、甚至有点令人望而生畏的生活世界和文化语法:"小商贩们卖东西,也是迎合天津人的这种心理。好好的苹果,摆在货架上两块五一斤,没有人过问,但是往地上一堆,大声一吆喝:'五块钱二斤啦!'人们立时就围上来抢。近来小贩们更是掌握了天津人的这种心理,市场上吆喝已经听到了'十块钱五斤啦!'的喊声。难道天津人就不知道十块钱五斤和两块钱一斤是一个价钱吗?知道,反正你一做生意就会知道了,你说两块钱一斤,就是不如说十块钱五斤好卖,信不信由你。"这样的一套生存法则读来确实有趣,不过对于今天的大多数人来说,对此可能已经很生疏了,或者说,在今天的日常生活当中,它们已经是处于边缘和角落里的东西,它们肯定支撑不起今天人们日常生活仪轨的主体部分。

对于这一切,林希力图赋予一个现代的解释和合理性的证明:"其实,吹牛皮也不一定就是什么坏事";"当然,讲'板眼'也不全都是做傻事";"从另一个方面讲,惹惹惹还是天津人参与意识的一种表现";"天津脚行,是一些没有文化的'粗人',但在他们身上,你会看到最美好的品德"……比如对于"吹大梨"(吹牛),林希解释道:

> 天津人为什么要吹大梨?生存需要……天津人在大街上遇到一起,靠的就是吹大梨,谁的大梨吹得玄,谁的大梨吹得圆,谁就能把别人镇住。镇住别人有什么好处?镇住别人,你就自己吃独食。天津城小人多,大家全抢一碗饭,别人能让你多吃一口吗?……其实,吹大梨也不一定就是什么坏事,有时候吹大梨还能缓和一下社会矛盾。一桩什么事,双方争执不下,这时候其中的一方吹了一下大梨,一下子把对方镇住了,对方再不和他争了,由此,这场摩擦也就算了结了,否则说不定还真会动了拳脚呢?

然而人们通过此看到的，可能恰恰是这一切愈发的不可能和不合时宜，乃至于具有一种幽默的效果。这其中大概正是一个悖论的反映：当一种文化仍然是鲜活和有效的生活组织法则时，就像人们通常想不到自己的身体一样，人们对于它并没有多少知觉；而当某种“风习民俗”“文化心理”和俗言口语已然成为“可品味，可赏玩，可消遣”的对象时，它们可能已经与人们的日常生活拉开了相当的距离，或者说，它们已经不再是属于当下生活当中的活生生的在场，而变成记忆与历史了。从这样的角度看来，林希的写作当不限于“思古之幽情”和单纯的怀旧：“新时期改革开放市场经济条件下，海河失去了竞争优势，原来在她背后的北京，早成为中国政治、经济、文化、科技中心，而面对海洋，原来的辽东半岛和山东半岛又如一对虎钳拦住了外来投资进入天津的通道。原来天津的拳头产品，也渐渐老化，旧有的体制已经不能适应新的经济现实；看着海河的潺潺流水，天津人陷入了沉思。”正因此，林希的写作，可以看作是这种生活世界和生存规则变动的某种反响。支撑这种写作的动力，正是一种以写作的方式对于当下生活及其文化规则变动的感知、介入与“沉思”，探究和思考这种生活体制和文化仪轨的沧桑变迁，是这些写作背后的基本意向，尽管它表现得有时似是而非，并不总是那么明晰：

> 自然，也就在这场改变天津面貌的大变革中，天津人的海河情节已经淡化了，代替天津人对于海河的依附感情，人们走进了新的生活体制，螺丝钉的感觉代替了天津人心中的海河情结，单位的归属感，代替了靠水吃水的精神依赖，海河对于天津人说来，只是每天上班要过的桥，或者是隔河居住的父母双亲。最后残留在天津人心中的美丽情感，至多也就是年轻时和情侣谈情说爱的海河夜色。海河不再是一条原生态的河流，海河只是天津的象征，是天津的一枚城徽。

所谓“原生态”河流的海河，所代表的就是作为依河而居、因河而兴的“生活体制”的天津地域文化。它促成了天津历史上的辉煌，同时它也是这辉煌的结果。工业化的进程和“革命”年代，实际上正是决定天津地域文化淡出人们日常生活世界的一个关键历史时段。文化本身的基本定义,正是一种活生生的生存语法和生活规范,当一种文化已经变得与日常生活无关的时候,它实际上已经变得更像是一种装饰品,像一种符号性和象征性的东西,或者说,更像“一枚城徽”。这时,它虽然变得更容易被辨识、被表述甚至被“热爱”,但它黯淡下去的命运也因此无可逆转。对于一个真诚地热爱这种文化的作家来说,这样的结论与其说是理智的,不如说是残忍的,尽管林希对于海河文化的未来仍然充满希望:“海河大有希望,一个改变海河面貌的规划已经付诸实施。海河曾经是天津人的精神支柱,她也将会给天津人带来无限的生机”,然而,此海河已非彼海河,海河的面貌无论如何改变,它也已经不再有历史上举足轻重的经济生活中心地位。决定今天的经济现实和生存法则的核心因素,已经远远不是一条“原生态的河流”和它所代表的那种地域文化所能涵盖。天津和中国的大多数地方一样,构成当下人们日常生活仪轨的,更多的是“革命”年代的那场“大变革”的文化逻辑顺理成章地延伸的结果,而非向着曾经辉煌的文化形态的返转与复归。后者就像海河的流水一样,实际已经不可阻遏地愈行愈远了。

二、灰飞的文化“浮桥”:地域文化的再祛魅

肖克凡的《浮桥》①是另一部意味深长的、可能没有引起人们充分重视的作品。这样的作品属于那种一个作家一生不可多得的作品。小说的主要情节是一场卢、虞两家的恩怨及复仇的故事。小说主人公虞金诚的父亲虞荫堂,与其生意伙伴卢德发合办正昌商行。虞荫堂以谋害卢德发的手段,将正昌商行据为己有,对外谎称卢因翻船遇难。二十年后,卢德发之子卢振天打上门来,以江湖混混的手法,夺回了正昌商行。虞荫堂惊惧和愧悔交加,在这场风波中故去。虞家次子虞云隆,实为卢德发之妾的遗腹子,只知道凭血气之勇与实际是他的同父异母的兄长卢振天争夺产业,最后自己也成了混混,并且彻底败在卢振天手下。虞家

①肖克凡:《浮桥》,天津古籍出版社2005年版。本文所引肖克凡的文字均出自该书。

长子虞金诚，不屑于以混混的逻辑与卢振天争斗，他抱定“凡是属于我的东西，我一样不差都要拿回来”和“物归原主”的念头，将复仇的计划深埋在心底，忍辱负重，在被逐出虞家大院之后，在底层苦苦挣扎，最后进入租界，当上外国人开办的天津售煤所的经理。在虞金诚得知事情的真相之后，他乐得坐山观虎斗，坐视虞云隆在和卢振天的争斗中一败涂地；而在他的精心谋划之下，卢振天也被送进了牢房。就在虞金诚“恢复祖业”有望的时候，因为他复仇心切，为了获得更多的“恢复”资本而违规操作，结果被撤职。虞金诚再次一无所有。他“恢复祖业”的宏愿，最终只能是在正昌商行的旧址上，搭起一个空洞的门楼，挂上那块他千辛万苦保存下来的“正昌商行”的老匾；虞荫堂的遗愿是在御河上捐建一座浮桥，虞金诚为了完成父亲的遗愿，只能用纸扎了一座浮桥，它在“一瞬之间”的灰飞烟灭中成为一种纯粹的祭奠。当然，以上这些只是这部作品的表层内容，这部作品真正的主题和深层意味，是对于天津文化乃至文化本身一种深沉的理性反思。作品的主人公叫虞金诚，它的谐音可以看成是“喻津城”，也就是隐含着对于天津的某种喻示和喻意（即便这一点只是出于巧合，整部作品的文化反思意味和成分仍然是非常明显的）。这么讲并不是说小说人物只是观念脸谱，或者在字里行间隐含着什么可以考索的微言大义，作者写小说的功力老到，所谓的反思并不是在这样的层面上进行的——小说仍然是小说，文化思考的思想纤维已经完完全全地涵纳在了艺术内部，因此，文化在其中就好像是某种实体性的物质一样，它在种种内在、外在的摩荡、演历和歧义中自己说明着自己。

在这其中，来自古镇杨柳青的卢家，可以看成是代表了纯粹的传统中国文化规则，而且是传统中比较底层的文化规则，包括一些比较阴暗和边缘的部分，比如卢振天的混混身份，虞云隆（实是卢云隆）的草莽气质。因此，卢家人的名字也都是标准的中国文化“元素”，比如，“天”（振天、云隆）和“玉”（卢玉洁）。卢家作为天津文化一极的标志，如果联系到租界被称为“下边”，便可以勾勒出中国文化的基本的上—下、天—人的秩序来。这样的一个文化秩序，并不是一些荒诞因素和“封建迷信”的偶然聚合，而是包含了一套完整的世界观念和知识谱系，世外高人老梆子，算命的小圣姑，都是精通这套观念谱系的神明人物。这样的一套文化秩序和观念谱系，来自于前现代的中国人的生活传统。从某种意义上说，文化没有对错,不能简单地说生活在现代文化当中的人们一定比古代的人们更幸福,从作为生活方式的角度讲,也不能说西方文化就比中国文化优越。不过,文化就像人一样,确实有它的遭际和命运。当这套文化秩序和观念谱系的破绽和无法解释的事情越来越多,它也就遭遇了自己的边界和劫数。蛮横无理的卢振天在洋人面前的胆怯,和他"混混儿不斗官府,中国人不斗洋人"的逻辑,都清楚地标明了这一点。

相比之下,虞家属于中国传统文化中培养起来的一个典型的商人家庭。虞家的构成要含混和歧义百出得多,也更加脆弱和不堪一击得多。前面已讲过,虞家次子,来自于卢家卢德发的遗腹子。作为一家之长的虞荫堂,则是一个旧式商人的典型,他的阴谋和忏悔也是经典的中国式的。因而,虞家一年一度的祭河仪式,可以看成是一种文化、甚至是中国文化本质的象征:文化本身并不是茶余饭后可有可无的、派生的消遣,它的实质源于求得一种内心生活的安宁和平静、求得天人平衡的现实而又"自然"的生存需要。中国文化的基本秩序是一种天人之际的上通下达的关系,人的行为和遭逢被认为通于神明鬼神,它的理想模式应是人不悖天、天不蔽人,天人感应、天人合一。虞荫堂建造浮桥的许愿,上合天意,下便民生,本质上甚至更加符合于这样的文化原则。然而,无论"祭河"也好,"造浮桥"也好,当它远离了无论是内心还是现实的生活与生存的"自然"需求以后,这样一种文化本身,就离破绽百出的境地和布满香灰的纯粹祭品的性质不远了。虞家长子虞金诚,作为一个受过新式教育的南开学校的高材生,对于以上这一切,尽管可能从内心不太以为然,但仍然愿意严格地遵循父亲的愿望来行事,或者更准确说,他尽管对于这些仪式的内容可能不感兴趣,但仍然不可理喻地看重这个空洞的形式。然而,如果某种"文化"的内容已经空洞得与生活无关,那么坚守一个传统形式的"祖业"又有什么意义呢?这正是虞金诚的悲剧所在。

在某一个瞬间,虞金诚突然感受到"俄狄浦斯王"式的宿命性力量的震撼:"这时,虞金诚猛然想起当年在南开学校的时候读过的古希腊悲剧《俄狄浦斯王》,不禁打了一个寒战。天啊,古希腊悲剧里的俄狄浦斯王为了逃避宿命悲剧,毅然出走,远离家园。多年之后当他自以为战胜了命运的安排,决心返回家园的时候,终于知道宿命悲剧早已降临自己头上了。"按照小说当中的情景,"俄狄浦斯王"的典故在这里也许有点令人费解,因为它用在虞金诚当时的遭遇上并不十分贴切。但是,如果把虞金诚看作一个文化的俄狄浦斯,那么"俄狄浦斯王"的命运对于虞金诚来说是再合适不过了:笼罩在虞金诚身上的宿命力量就是文化的宿命,而虞金诚的行止就是地域文化、天津文化命运的某种象征。这么说并不是过度诠释,文化的东西也并非神秘莫测,而是一种很现实的力量——小说的情节内部,也曾经对应地展现了作为小说"人物"的虞金诚内心的文化冲突:

你是中国人,别人也是中国人,为什么他们不懂得运用阿基米德浮力定律呢? 纳森先生问。

我学过算数学和物理学……

纳森先生笑了。虞先生,你喜欢中国人吗?

虞金诚思索片刻,拿起刀叉说,我是中国人,我喜欢我自己。

其实你已经是一个非常西化的中国人了。纳森先生说罢,放下刀叉。虞金诚随即放下刀叉。

但是,你骨子里还是一个中国人。你看,我不吃了,你也放下了刀叉。这就非常中国化了。纳森先生说着,叫来服务生结帐。

虞先生,你为什么不抢着付账呢?你们中国人不是经常抢着付账嘛。纳森先生笑着问。

您是西方人,我必须遵循西俗跟您打交道。今天是您请我吃饭,当然由您付账。

很好。纳森先生似乎非常欣赏虞金诚……

其实在这里,已经注定了虞金诚最后的失败命运。作为"中国人"的虞金诚,他的"俄狄浦斯"式的"弑父"行径,使他成为了自己的文化"父辈"——传统的中国文化的叛逆,他对于纳森先生的回答,"我是中国人,我喜欢我自己",正是一种内心的文化冲突的表征:他虽然是中国人,但并不喜欢中国人的文化,或者说,并不喜欢中国文化定义下的"中国人"。他很自恋地喜欢的,是他自己这个非常西化的中国人。正因为虞金诚的西化,代表中国传统文化规则的卢家兄弟不是他的对手。然而,正因为他骨子里还是一个典型的中国人,他最终也没有能够将"西俗"遵循到底,而加入了中国人的文化"规则"和中国人的生意"智慧",这导致了他最后的失败。因而"西方人"纳森先生"似乎"非常欣赏虞金诚,但实际上,他欣赏的并不是"西化"的中国人虞金诚,而只是欣赏虞金诚对于"西俗"的遵循。一旦虞金诚不再遵循"西俗",那他就像一个棋盘之外的棋子一样,被毫不留情地剥夺了参加游戏的资格。这一点,在虞金诚遇到真正的对手——信洋教、靠发国难财起家的住在租界小洋楼里的李守基之后,表现得更为清楚。李守基用中国式的"智慧"和"手法"打败虞金诚,因为李守基显然不仅比虞金诚更为"西化",而且,他比虞金诚对于中西文化法则本身都有着更为深刻的"理解"。在文化流氓李守基那里,传统中国文化的有机性和有效性最终被解构、被"祛魅"的宿命,实际已昭然若揭。

三、"津味文学"的终结

施米特(Carl Schmitt)曾用"经济理性主义"的概念,来描述伴随着富有"创造力"和"人情味"的天主教理性的衰微,以处置经济事务为核心的现代世界的工具化、技术化、私人化的狭隘抽象的理性机能,消解一切公共性的"观念"领域对于人类生活造成的全面的影响和改变①。中国自20世纪90年代以来的经济现实,对于人们的日常生活和文化构成的规定性影响,与此有一种情境和状况上的类似性。在今天的中国,经济理性主义正以其强悍的威力和全球性的蔓延,决定着人们的思维方式与日常生活的方方面面,它将人们从一种充满温情和有机性的民族性、地域性的生活中连根拔起,纳入经济事务和经济效益的"普遍性"、抽象性的生活逻辑当中。面对这种经济理性主义的"全球化"狂欢,即便是那些并非处于世界经济巅峰地位的民族文化,也在经济理性的逻辑网眼中面临边缘化、装饰化的危机,何况是民族文化内部的一些更次级的地域性文化:地域

①施米特:《罗马天主教与政治形式》(刘锋译),见施米特《政治的概念》(施米特文集第一卷),刘小枫编,刘宗坤等译,上海人民出版社2004年版。

文化作为分享一种民族文化内部的基本价值规范和结构构成的次生性的文化实体,它往往是那些支持一种地域性生存的、并非不可或缺的文化价值元素的集合。比如方言俗语,虽有一种显著的地域特征,却非没有它就生活不下去,而过于强烈的地域观念,更是现代社会生活的障碍,因此它比之民族文化只能是一种更加“多余”、更加脆弱的存在。从写作的角度讲,20 世纪 80 年代中期以降“津味文学”的辉煌,与文学在当时的社会结构和文化生活中的地位有关,与当时的文化意识和文学观念的变革有关,与一代作家、尤其是林希这一代作家的人生阅历和生活经验累积有关,尤其重要的是,与这种地域文化在当时中国社会历史发展的阶段和状况下,由其短时间的绵延所提供的一种与过往时代可堪比拟的、类似的认同情境有关。因此“津味文学”在当年的出现,才是一个奇迹,因为所有这一切的偶然因素,如果不自欺也不自我安慰的话,就不得不承认,它们在今天和以后的日子里大面积复现的可能性,都极其渺茫了。

对于天津地域文化的命运,作为继林希等而起的新一代作家,肖克凡的写作和思考表现了更多的理智和勇气。在胜负实际上已成事实的时刻,李守基对虞金诚说:

> 虞金城!你把桂枝送回来,这意思是说物归原主吧?不过我要告诉你,人世间往往难以做到物归原主。

“物归原主”是前现代的乡土中国基本的生存法则,它强调的是一种事实上的占有,虞金诚内心的复仇计划与其全部的仇恨和疯狂,全都是由“物归原主”的逻辑支撑着。而西方的现代资本主义文明的根本性的起点,正是私有财产的法权式占有,而不是事实性的占有,也就是说,物的“原主”是谁并不重要,物的“原主”也并不能保证对于物的永久合法的占有。只有契约和法定的占有,才是真正的占有。如果说“物不归原主”是现代经济理性支撑下的基本生存法则和文化规范,那么它也适用于这种文化规则和规范本身:经济理性定义下的文化已经高度抽象化和形式化了,它与人们的生活和生存内容上的有机联系,已经被冷冰冰的工具性和技术性的(经济)“理性”逻辑所消解,它与这种生活本身的实质性内容已经剥离开来,它的"原主"是什么,它的目的是什么样的"原主",它已经无从知道也不想知道。这种文化本身已经六神无主、飘荡无根。这样一种文化质性,对于西方来说不是今天才有,而是一个长期的渐进过程的结果,因此对于它的认知和反思也早已开始,一些人如韦伯,认为这样的生存法则和文化图式,具有一种宗教和伦理("新教伦理")方面的内在的"西方"根由,施米特的"经济理性主义"的概念则是一个批判性的概念。但对于中国当下历史境遇来说,这样的一种文化逻辑,正在"跨越式"地穿透历史距离,通过一种全球性的空间蔓延,迅速占据了今天中国人生活的核心地带。所以,它带给中国人的日常生活的改变,是一种突然被抛向空中的感觉,这在有些人看来是一夜之间鸡犬升天地超升入西方化的"文明世界",在另一些人看来是一场文化灾难。但不管怎样,曾经决定虞金诚失败命运的文化逻辑,在一种相似的情境与意义上,与今天中国人的当下生活建立起了某种的联系。

至此,这部小说的真正主题和文化反思的意味已经不言而喻。对于天津地域文化的反思,主要落实在虞金诚这个人物身上,虞金诚的人物形象和命运,尤其他用纸扎出的那座"浮桥",正是天津文化的当代宿命的某种隐喻和象征。天津这座城市正像虞金诚一样,一方面,在中国传统文化仍然保持着余威和整体性的时候,就已经开始了它的叛逆之旅,非常"西化"、遵循"西俗",另一方面,它又在根性上仍然是非常中国化的。这造就了天津文化的辉煌,天津和天津地域文化在它辉煌的巅峰(20 世纪二三十年代),是一座沟通中西文化的"浮桥"。然而同时,正像一些研究曾经指出的,天津文化既不像北京那样固守着古色古香的传统,又不像上海那样彻底地"西化",它在相当程度上西化的同时,又非常看重传统"祖业"的金字招牌,因此决定天津文化在当代生活中的遭遇和尴尬的因素也正在这里。肖克凡是对于这个时代的生活有着深切体察的作家:在"开篇引言"中,目睹了整个故事核心秘密的人,临终时唯一惦记着的是别人欠他的二十文钱;而在"结尾赘语"中,"正昌商行"的金匾被老年李智当作废物卖掉,那块带着一道裂纹(那是他父亲虞金诚为了保有它而用头破血流的代价撞裂的)的金匾,它的用途是一对下岗夫妻卖炸糕的案板。通过这一首一尾的照应,肖克凡在这里刻意展示给人们一个在经济理性主义的网眼中,被透视和重新组织的文化世界——肖克凡并不只是要用我们熟知的经济基础与上层建筑的逻辑来解释这个世界,而且是要以艺术的方式,来揭示这个文化世界在被经济理性网结起来的当下生活、也就是21世纪的今天的人们生活中的命运:“浮桥”本来是供人渡河行走的,一座纸扎的浮桥,已经没有了现实生活中的任何实际效用,尽管它完成了文化“父辈”的“遗愿”,甚至完成了“父辈”的“文化”本身,但它的意义,仅仅在于向着这种已经逝去的“父辈”和他们的生活规范献祭的文化祭品——这样一种文化曾经在林希所描述的“革命”年代,遭受过一次摧毁性的打击,肖克凡的写作和思考,因而可以看作是对于这种文化的再次“祛魅”。

这种写作中地域文化认同方面的困顿和困惑,标志着这种写作的“后津味文学”特征。在林希、肖克凡等作家那里所展开的“后津味文学”写作表明的问题是,与一种地域文化的认同机制,已经不足以构成促动和支撑今天的文学想象展开的普遍性因素。这其中的主要原因还不在于认同机制本身,而在于这种作为“城徽”与“祭品”的地域文化,着实已经全面远离了人们的日常生活和生存经验。这样,“津味文学”之后的文学写作,需要着重考虑的主要问题,不是与这样一种地域文化进行认同,而是如何在一个由经济理性主义组织起来的生活世界中,重新安排和展开文学想象的问题。在天津青年作家水获的一篇小说中,作者这样写道:

> 婉郁已经认不出这座城市了。她儿时常去的那条河早已不见,河两岸的四季也封存在她的记忆里。那时候她常到河边的那片树林里去,尤其是秋天,她喜欢踩着厚厚的积叶在树间穿行,那感觉就像在自家的棉被上游戏。可是不知不觉,人们改变了城市,城市又以它日新月异的自由发展改变着人们,婉郁想。①

这里写的“城市”是否就是天津并不重要,但这种城市与人相互改变的陌生感受是分外真实的。更关键的一个问题是,这一切只是一种纯粹的“想”的结果:在年青一代的作家那里,连依稀的地域文化记忆和文化碎片这样的文学想象展

①水获:《独醉》,见《水获短篇小说集》,大众文艺出版社2007年版。

开的介质都渺无踪迹。当一代人的生活对于那种远去的文化仪轨已经非常生疏,“文化”世界再次还原为赤裸裸的“自然”,于是,这里只有河流、秋天、树林、秋叶……所以,对于这一代以及更后来的作家,“在自家的棉被上游戏”般的温暖的文化世界的失落,以及由此带来的浪漫主义式的伤感,都是残酷的真实。但眼下这个世界肯定不是一个浪漫主义文学中的山水田园,这个世界中也有河流和落叶,但它们充其量不过是钢铁车流和水泥森林间的人工气的“景观带”,它们容纳不了几声浪漫主义的叹息。今天的文学想象力应如何展开和向何处安顿,是留给新一代作家的任务,不过,在这个至少表面看来对于文学而言非常艰难的历史时段和文化境遇中,这一任务的完成,不仅需要艺术情感上的唯美和丰富,也肯定需要直面残酷的文化现实的理性、智慧和勇气。

2008 年 11 月 14 日

穆旦与中国现代主义诗歌心智

穆旦作为中国现代文学史上最为卓越的诗人之一，其诗歌以厚重的诗性品质和鲜明的现代主义风格成为新诗历史上划时代的地标。关于穆旦的研究已经有很多,本文尝试从中国现代主义诗歌的“诗歌心智”的角度,对穆旦进行某种考察。从中国现代主义诗歌心智的角度,容易将生存与语言、过程与结果、实践和理论、诗人与读者等作为一个“有内容的结构”整体进行考量,也容易从一个比较全面和综合性的角度,考量诗歌“现代”之为“现代”的整全的文化内涵和存在特征。此外,就心智结构不仅仅作为个体的自然生命的产物,而且也作为历史和文化传统的结果而言,尽管不一定是出于自觉,在穆旦的诗歌心智当中必然积淀着超出其个体与偶然因素的普遍性的文化内容与文明基因,显示着中国新诗的过去与未来。因此通过穆旦这个经典性的标本,这种考察或许对于整个中国现代主义诗歌传统都具有一定的涵盖性。这种涵盖性的一个重要方面,体现为本文所探讨的包括穆旦在内、或以穆旦为代表的中国现代主义诗歌心智与东方及中国文化传统的关系：文化和文明传统对于一个诗人的诗歌心智的影响,不一定是雕绘满眼、五光十色的“文化”声光,但它同样有可能是深刻和强有力的。

一、穆旦诗歌心智的“自然”基质

一个绿色的秩序，我们底母亲，/带来自然底的合音，不颠倒的感觉

——穆旦《春的降临》

这里的“自然”，指的不是诗歌写作的题材和内容，而是指穆旦诗歌心智的某种整体上的基本属性和基本格局。在西方传统当中，一直具有一种将自然视为较低级的存在的传统，因此，贬低自然、掩盖自然、寓言性地解释和解读自然，是西方文明当中表现形式不同但却几乎是连贯的传统，直到浪漫主义时代“自然”仍然被视为是较低级灵魂的对应物或附属物[①]。不仅如此，西方传统当中由于对于“自然”的扭曲和分立导致的人的灵魂和心智的分裂性后果，不只在于强分灵魂与心智的权能领域与高低级别，而且在于灵魂和心智本身成了心智从纯“理性”层面展开的推论性和“理论”性结果：“自然的秘密的观念总是预设了可见的、显现的现象与隐藏在现象背后的不可见者之间的对立……一方面……最早的希腊思想家坚持说，我们难以认识那些隐藏起来的东西。另一方面，他们又认为‘现象’可以向我们揭示隐藏的东西……这里可以看到一种类比推理的科学方法的开端……即从可见的结果推出不可见的原因，而不是相反。例如，通过研究人的具体行为，我们可以得出关于人的灵魂之本质的结论”[②]。这样，这里得到的是一种根本性的因果倒置，即人的灵魂和心智成为人自身的“理性”或“科学”推理的结果。尼采判定正是自欧里庇得斯以来的这种颠倒了理性和生命意志关系的哲学家和“理论家”的心智，摧毁了希腊悲剧精神。这种情形一直支配西方传统直至现代，或毋宁说，如尼采的命意所在，它更加突出地呈现了“现代人”的“理论家”的心智困境和生命的扭曲形态：

①皮埃尔·阿多：《伊西斯的面纱——自然的观念史随笔》，张卜天译，华东师范大学出版社 2015 年版，第 77 页。

②皮埃尔·阿多：《伊西斯的面纱——自然的观念史随笔》，张卜天译，华东师范大学出版社 2015 年版，第 39~40 页。

> 对于现代人来说，非理论家是某种可惊可疑的东西，以致非得有歌德的智慧，才能理解、毋宁说原谅如此陌生的一种生活方式。[1]

出自于“理论家”的心智，其基本趋向是封闭自然视界，贬低自然、掩盖自然，不仅仅是从理论修辞与语言层面，也从人性和生存本身层次上，趋向理性化的、自我合法化的循环论证。现代性的基本价值起点，就是贬低自然人性、自然道德、自然理性，在审美的、文学的现代性尤其是“现代主义”当中，就是贬低自然情感、自然语言、自然修辞的价值。穆旦在致一位青年作者的书信当中说，他所热爱的奥登所讲的“暗藏的法律”正是自然律[2]：“暗藏的法律并不否认 / 我们的或然性规律，/ 而是把原子星辰和人 / 都照其实际情形来对待，/ 当我们说谎时它就不理”（奥登《暗藏的法律》）。在自然的律法面前，人的存在好像只是“神意”的工具：“一切的原因迎接我们，又从我们流走”“在自然里固定着人的命运”（《隐现》），但自然标准的缺失，正是现代性的危机本身：“现代性的危机表现或者说存在于这样一宗事实中：现代西方人再也不知道想要什么——再也不相信自己能够知道什么是好的，什么是坏的；什么是对的，什么是错的。”[3]西方的现代主义诗歌形态及其文化内涵在相当程度上，是对于毁灭自然视野、自然价值和自然秩序的西方现代性生存经验本身的反抗，及以各种方式努力返回“自然”性的表现与结果。虽然这样做的结果可能往往是更加远离了自然视野、自然生存，走向其初衷的反面，因而成为现代性的更加极端的审美化神话，但也不能因此就将人们心目中的那种欧洲现代主义“经典”形象，当成理解一切现代主义的标准。奥登就是那种“自然”化努力的清朗的、正面的形象。因此，西方现代主义诗歌（或其简单的模仿品）当中的堂吉诃德式的灵魂与内心战争正是自然心智缺席的结果，它们当中至少有一部分并非出于真正“生存的困境”，而是灵魂和心智构成上的自寻烦恼，或者说，它们正是失去了自然标准之后的“现代”生存、

---

①尼采：《悲剧的诞生》，周国平译，生活·读书·新知三联书店 1986 年版，第 77 页。

②穆旦 1976 年 9 月 16 日致郭保卫信，《穆旦诗文集》第 2 卷，人民文学出版社 2006 年版，第 209 页。

③施特劳斯：《现代性的三次浪潮》，见《苏格拉底问题与现代性》，刘小枫编，彭磊、丁耘等译，华夏出版社 2008 年版，第 32 页。

“现代”灵魂的困境本身：

> 主呵，因为我们看见了，在我们聪明的愚昧里，/ 我们已经有太多的战争，朝向别人和自己，/ 太多的不满，太多的生中之死，死中之生，/ 我们有太多的利害，分裂阴谋，报复，/ 这一切把我们推到相反的极端，我们应该 / 忽然转身，看见你。
>
> （《隐现》）

没有更多的证据能够说明中国现代诗人穆旦作为一个诗人的心灵，信仰的是一个西方式的上帝，因为西方基督教式的上帝，正如尼采在《敌基督者》等著作中进行的基督教批判所揭示的，同样把人类推向“相反的极端”，同样没有阻止人类被“曲解的生命”和“枯竭的众心”的结果。出自东方式的心智底色，穆旦心目中对于作为“生命的源泉”的主宰者的诉求，只是“让我们听到你流动的声音”（《隐现》），因此它只能是向着人类所自来的方向“转身”看到的人的生命存在之“自然”本源：“我歌颂肉体：因为光明要从黑暗站出来，/ 你沉默而丰富的刹那，美的真实，我的上帝”（《我歌颂肉体》）。所谓的“上帝”，代表的只是诗人穆旦以他自己的知识背景和知识结构，对于现代性的困局及其解决方案进行反思和求索的努力。

在穆旦那里，作为“肉体”的“自然”标准，是一个岩石一般坚实的标准：“因为它是岩石 / 在我们的不肯定中肯定的岛屿”，正是由此“自然”的标准出发，“被压迫的，和被蹂躏的”“有些人的吝啬和有些人的浪费”“和神一样高，和蛆一样低”的生命价值得以评价（《我歌颂肉体》）。不仅如此，在穆旦那里，还有着从自然标准出发的一个更加阔大的视野：“我是有过蓝色的血，星球底世系”（《自然底梦》）在它的映照之下，确立起来的是对于人类文明、历史的重新审视和对于人性的重新拷问：“离开文明，是离开众多的敌人”“静静的，在那被遗忘的山坡上，/ 还下着密雨，还吹着细风，/ 没有人知道历史曾在此走过，/ 留下了英灵化入树干而滋生”（《森林之魅》）从这个自然世系看来，人类的文明史不过是瞬息之间的繁华和光影：“虽然人类在毁灭 / 他们从腐烂得来的生命 / 我愿意站在年幼

的风景前 / 一个老人看着他的儿孙争闹……”(《神魔之争》)借此，诗人可以超出历史主义的自大和自以为是的目的论，从一个宽广的视野来反思人类文明和人类自身的历史形象。

所谓的自然，不仅仅是山川草木、日月星辰。在道德、政治和历史领域这样的人性化领域，同样有着一个自然的秩序基础：在此前提下，对真理的敬畏，对一切有价值的、高尚的、文明的东西的由衷憧憬与向往，对于历史和传统的尊重，这些同样是人的心灵的“自然”的倾向。也正是它们，构成了穆旦诗歌心智的自然基岩：“因为你最能够分别美丑 / 至高的感受，才不怕你的爱情 / 他看见历史：只有真正的你 / 的事业，在一切的失败里成功”(《良心颂》)。出自于这样的自然心性和历史良知，在穆旦诗歌当中，充满了沉痛而又现实的历史事件的诗性折光，如《哀国难》《防空洞里的抒情诗》《野外演习》《通货膨胀》《轰炸东京》《饥饿的中国》《胜利》《甘地之死》等等；此外，对于无论是甘地这样的伟人，还是洗衣妇、报贩、农民兵这样的普通小人物，穆旦都进行了“不纯粹”的写照：

> 不灭的光辉！虽然不断的讽笑在伴随，/ 为你们只曾给予，呵，至高的欢欣，/ 你们唯一的遗嘱是我们，这醒来的一群，/ 穿着你们燃烧的衣服，向着地面降临。
>
> (《先导》)

现代主义的修辞方式和语言技艺仿佛是一面凸透镜，使得诗人迅速发现、引燃这些产生过无数平庸诗歌的素材当中隐藏的深情燃点，于是，诗人以镂金刻石般的激越、雄健的笔力，在这些诗歌当中表达自己的欢欣与向往，刻写历史的荣耀和辉煌：“他的脸色是这么古老，/ 每条皱纹都是人们的梦想 / 这一次终于被我们抓住 / 一座沉默的，荣耀的石像”(《胜利》)。这些极易变成标语化和口号化的颂歌或战歌的情愫，融入诗人凝练得像物质实体一般的诗歌语言，化作了石像和纪念碑一样厚重的存在，但这前提在于，诗人对于这一切所抱有的“自然”的价值情感与价值认同。其实，这一情形不仅仅在穆旦那里，在很多中国现代主义诗歌当中都可以看到，它正是以穆旦为代表的中国式现代主义诗歌心智的“自然”底色和“自然”格局。

在穆旦那里，“我曾经迷误在自然底梦中”(《自然底梦》)，将这种迷误仅仅当成是一个虚假的幻象和幼稚的错误，可能同样是出自“曲解的生命”和“枯竭的众心”(《隐现》)的理解方式的体现。在自然之梦醒来的时刻，同样是一种痛楚的撕裂(《我》)，伴随着巨大的伤感，但是按照一种东方式灵魂和心智构成来说，从自然的“绿色的秩序”，到“蓝色的血，星球的世系”，并非一个“理性”与“生命”的倒错过程，而完全可以是一个自然视野的连续性的扩大和延展，在这其间贯穿着的，是“不颠倒的感觉”。当这种“自然”秩序延伸进历史和社会领域当中时，穆旦东方式的心灵底色和心智构成，纵使是“现代主义”，也不是不堪重负的“理论”化、理念化的沉重，故作深沉的含混，以及玩世不恭地嘲弄一切。这不仅仅是穆旦一个人，也是一个苦难深重的国度里所有那些优秀的现代主义诗人的基本良知和价值感。缺乏它们不仅仅是道德上的耻辱，而且也将丧失起码的灵魂重量和心智秩序，很难想象这样的灵魂和这样的诗歌心智，会写出什么具有人性的共通感和普遍感染力的诗歌来。在生命的最后一年时间里，穆旦接连写出题名为《春》《夏》《秋》《冬》(此外还另有一篇无法确定写作时间的未完成《秋》的断章)的系列诗篇。在这些诗歌当中，诗人的内心停止了那种与自然初始剥离时的缺失性的痛苦挣扎，而整体上带着生命历经“攀登”和“挫折”之后，重新“流入了秋日的安恬”、与自然重新合一的“一切安宁”与“生的胜利”之境(《秋》)；即使常常写到“死亡的阴影”(《秋》)和“严酷的冬天”(《冬》)，也难以掩盖这些诗歌整体上的作为“和谐的歌声”(《秋》)的喜剧性色彩。这不是强作解人，而是诗人悟透生命的自然本源和自然节律之后的大解脱和大欢喜。

二、穆旦诗歌心智的“诗性”明晰度

你们被点燃，却无处归依。/呵，光，影，声，色，都已经赤裸，/痛苦着，等待伸入新的组合。

——穆旦《春》

穆旦诗歌与诗歌心智的“诗性”明晰度,不是个别诗篇的阐释学、释义学意义上的明晰,而好像是从东方与中国文化和文明根基的深处透发出来的一种生命状态、心灵状态、语言状态。它或许很难用概念化的语言来描述,用量化的指标来衡量,但在此种文化和文明内部,它是普遍而又真实的存在状态和感受,是很容易体会到的由于接通文化和文明根基而抵达的存在的“澄明”状态。穆旦东方式诗歌心智的明晰性,勉强而言,或许可以从通透的自我理解、自持能力,灵明、舒展的心灵状态与无所挂碍的内在空明这几个方面来理解。

1.穆旦诗歌心智的“诗性”明晰性,首先体现在他对于诗歌本身的心智方式的自觉理解和明确坚持之上。20 世纪 50 年代,穆旦发表过一篇批评当时文艺学教材当中关于文学分类标准的文章。这篇文章本身,仍然被限定在当时的认识方式和概念框架当中,比如认为文艺学应该是一种放之四海而皆准的普遍性的“科学”[①],又比如用“形象性”来作为对于文学的本质性界定[②],不过其基本主旨,在于批评当时甚至直至今天仍然流行的文学作品四分法(诗歌、小说、散文、戏剧),而坚持认为亚里斯多德的三分法是“科学性的论断”:即“抒情的方法”“叙事的方法”“戏剧的方法”[③]。穆旦认为,就文学对于艺术形象的塑造而言,“只能想到有这三种基本方法;而从几千年来的文学所提供的一切繁复样式来看,也没有找到有超乎这三种基本方法之外的。”[④]因而,这三种方法可以涵盖一切文学类型。透过那个时代包括穆旦本人在内的那些陈旧的概念表述系统,可以看到穆旦出自于一种敏感而透彻的文学直觉、文学心智,对某种文学本质深层的纯粹性的坚持:

①穆旦:《评几本文艺学概论中的文学的分类》,《穆旦诗文集》第 2 卷,人民文学出版社 2006 年版,第 73 页。

②穆旦:《评几本文艺学概论中的文学的分类》,《穆旦诗文集》第 2 卷,人民文学出版社 2006 年版,第 74 页。

③穆旦:《评几本文艺学概论中的文学的分类》,《穆旦诗文集》第 2 卷,人民文学出版社 2006 年版,第 77~78 页。

④穆旦:《评几本文艺学概论中的文学的分类》,《穆旦诗文集》第 2 卷,人民文学出版社 2006 年版,第 78~79 页。

> 这可以说是时时和文学的形象性密切相关的一种分类法。因为,(就“抒情的方法”而言——引者)我们一提到剖解内心感受,这必然是外在现实活动的结果——环境作用于内心的结果……以塑造形象的基本方法来划分文学,这是紧紧靠拢文学的形象本质的分类法,而以媒介为依据的“诗歌—散文”分类法则不是这样。前者在某种程度上保证了分类可以在文学限度以内进行……①

或许这才是穆旦坚持这一文学分类方式的主要诉求:他坚持的是在纯粹“文学限度以内进行”文类区分。这种“纯粹性”标准的出发点不是文学语言特性(“媒介”)和文学抒写客体(“对象”),而是不同的文学类型所对应的思维方式和灵魂状态,因而这三种所谓的“方法”,实际上可以看做是文学心智的不同运作方式。固然比如抒情类的作品,它们跨越了文体,因此不光是诗歌,还可以包括抒情性的散文等,但穆旦认为,与其他的分类标准(比如文学表现的“媒介”“对象”)的浅表化导致的混杂、泛滥不同,从文学创作“方法”或文学心智角度进行的分类,恰恰可以贯穿纯粹的文学性标准,将那些不纯粹的文体和文类(比如历史和哲学散文)从“文学”范畴当中排除出去。换句话说,在穆旦看来,文类背后灵魂状态或文学心智的构成与运作机制,是文学更为深层次的“本质”标准。

但这里涉及的一个问题就是,现代主义的文学心智、诗歌心智,因此可以说既是更加纯粹的,也是更加不纯粹的:更加纯粹,是因为它从更深的层次上、而不是从语言和文体的表面层次上把握诗歌的本质和本性——那种浅表层面的文体或者文类区分,适合于比较单纯、淳朴、均一的前现代的文学类型;更加不纯粹,是因为它本身因此需要一种更加复杂的、更不纯一的心智状态,将很多似乎是互相冲突的灵魂状态与心智能力综合为一体,从而将更为广阔的生存景观纳入诗性心智的处置范畴当中。在这种心智构成格局的悖论性状态当中,穆旦的现代主义诗歌心智,不仅仅充满了对于自身的灵魂状态的“现代”剖解,而且

①穆旦:《评几本文艺学概论中的文学的分类》,《穆旦诗文集》第2卷,人民文学出版社2006年版,第82页。

正是由于这种剖析，而具有了对于自身灵魂和心智状态的更加强大的“元理解”和“元把握”的高度(《诗》)——它或许是诗歌心智的现代之为现代的呈现、展开方式，但它更是诗人能够由此而超越“现代”范畴的卓越的诗性心智能力：正是这种能力，是跨越现代性本身的观念化、理论化的陷阱，同时也跨越自身的“理论家”心智、跨越心智本身的观念化与理论化的“废墟”，将生存之深层的诗性从晦暗带向自身的“明晰”的基础和前提。

2.不过，穆旦诗性心智的这种“元理解”和“元把握”的明晰，并非体现为作为典型的“现代人”的康德式、“理论家”式心智结构的叠床架屋的哥特式构造，而是展开为一种东方式的自然而通彻的心意综合能力。这种能力的“综合”性，不仅具有一种现象学式的心灵内视能力，而且它在对于自身的“现代”心灵进行审视的同时，由于其某种或许终究是东方式的空灵、宁静和超脱的属性，而令人意外地保持着比较强烈、自如的诗性意义的自我完成能力和“自然”完型趋向：“‘现在’是陷阱，永远掉在这里面，就随时而俱灭”[①]，因而它超越了“现代”的虚无，整合了“现在”的碎片化，走向诗性意义总体上的完整和明晰。因此，穆旦诗歌与诗人心智的这种诗性的明晰度，其实是来自某种心智整体“自然”而澄澈的秩序性力量：它将那些包括理智和情感在内的多重心灵力量和心智构成，约束与整合进某种具有交响化的明晰性的意义域，其局部的艰深晦涩，不会影响一个易于被唤起和调动的类似接受心智对于其整体意旨的领悟。但这种力量并非是理性的力量，它没有遭受“理性”化或“理论”化的隔裂、颠倒的困扰，理性是明晰的，但它缺乏诗性心智的综合性和延展度，它诉诸的是读者心灵的某一个部分或者层面，某种程度上它仍然缺乏那种照彻身心整体的弥漫性力量。而这种诗性心智对于与它具有类似结构和倾向的诗歌接受心智来说，是明晰的、有力的；或者说，对于它所牵动、携带和裹挟的那种深度灵魂状态和心智力量来说，在理智或者理性的地壳表面上，在意义解析之旅当中歧出的支路和偏移的小径无足轻重。

穆旦式的现代主义当中的这种心灵能力与心智属性，可能来自于东方及中

①穆旦1976年12月9日致杜运燮信，《穆旦诗文集》第2卷，人民文学出版社2006年版，第146页。

国文化和文明传统对于诗人心灵的原生性塑造，它与西方现代主义诗歌当中的那种毁灭性的“现代”体验与废墟化的“心理”素材——它们或许正是“理论化”与“观念化”心智的另一面，细审之下，多少还是有些区别的。或者说，这一传统不允许人的心智本身的“毁灭”或异化为“废墟”。解去西方传统当中理性化、“理论”化的支架（包括其废弃和废墟形态）的格碍与切割，诗人的生命力量似乎更加纯粹也更为“原始”：“是在这块岩石上，成立我们和世界的距离，/ 是在这块岩石上，自然寄托了它一点东西，/ 风雨和太阳，时间和空间，都由于它的大胆的网罗 / 而投在我们怀里”（《我歌颂肉体》）。在这种情况下，诗人是以全部的纯净的生命力量，在“肉体”的自然“岩石”上，去拥抱和接纳这个世界：某种“黑色的生命”力量（《忆》），可能就是这种原始性的力量。在穆旦的诗歌当中，反复地以“黑暗”“黑夜”“幽暗”等相关性意象，隐喻它的在场和作用机制，它通过诗歌达到自己的澄明，而诗人借助诗歌回归自然之“原始”：

脱净样样日光的安排，/ 我们一切的追求终于来到黑暗里，/ 世界正闪烁，急躁，在一个谎上，/ 而我们忠实沉默，与原始合一。

（《诗》）

与当代诗人热衷的“个体”原则不同，在穆旦那里，这种诗性心智隐然具有某种混沌的、“自然”本源性的非个体化、前个体化色彩，它仿佛就是来自生命“自然”本身的智慧与智能。对于这样的诗性智能来说，比之于“春天的花”和“春天的鸟”的琐碎肤浅的浪漫，诗性生命凭借对于自身的解悟就能贯通和把握存在的真理、宇宙的秘密，自然生命就是通道，就是道路，就是“肉体”之“上帝”，它本身就散发着奇迹的光彩。因而最终从幽暗当中现身出来，化作星辰一样璀璨和永恒的意义星座（《诗》），穿越辽远的历史时空，投射着时间深处的生存秘仪的隐微讯息。

3.穆旦诗歌心智的明晰度，还体现为由于“智慧的来临”或在“智慧之歌”当中带来的那种空明、安详。穆旦一生都在诗歌中进行着灵魂的自我剖析，不过越到历经沧桑的晚年，这种剖析就越由早年的痛楚的、撕裂性的悲剧色彩，逐渐呈现出安详自在与具有反讽性圆满的谐剧特征。恰如“理智与情感”之间的问答格局:“既使只是一粒沙 / 也有因果和目的,/ 它的爱憎和神经 / 都要求放出光明。/ 因此它要化成灰,/ 因此它悒郁不宁,/ 固执着自己的轨道 / 把生命耗尽”(《理智与感情》)。用“理智和感情”的关系来描述现代主义诗歌心智和灵魂状态,可能有些简单——理智是聪明的“劝告”,而感情则是以始终不渝的执着来作为“答复”,其结论恐怕还是感情为体,理智为用,不过在“问答”之间的对话性结构,冲淡了其对立和对抗性的冲突性,而趋向平衡圆融的戏剧性结构,仿佛是诗歌作为“理智和感情”综合平衡结构之本体构成的现实例证。当然,“智慧的来临”或许不仅仅是停止“理智和感情”之间的相互折磨,也不仅仅是认识到它们各自都是具有局限性的灵魂状态、心智状态,而且也是在它们的相互作用和共同消歇的多层次涡旋当中,在它们节制、空灵和巧妙的展露当中,灵魂状态、心智空间整体所获得的余裕、自由和定力。它们仿佛是两个演员,而诗歌的灵魂状态和心智空间则是整出的戏剧结构和舞台效果,不是由它们本身的状态来告诉读者什么、向读者倾吐和推送什么,而是在它们总体上的结构性组织和平衡当中,对于读者类似心智状态的引导与激发。中国当下不少诗歌所呈现的,当然不只是如其表面那样的平浅修辞,但它修辞方式带来的某种智性的讽喻性翻转和轻率的隐喻性意义组织,就像演员在舞台上莫名其妙地翻了两个跟头,或矫揉造作、故作姿态,总是显得太过单薄和轻巧了。读诗的人不见得不理解,但不可能引起读者深层的触动与维持持久的感染力。

从整体上看,穆旦晚年的诗歌或许可以看成是“已走到了幻想底尽头”(《智慧之歌》)的“智慧之歌”。在这里,有着另一种诗性心智的明晰——它仿佛是佛教将世间喜乐悲欢一体顿悟为空幻时,所获得的那种空有一体、不迎不拒的心灵的解脱和自由感:“时间愚弄不了我,/ 我没有卖给青春,也不卖给老年 / 我只不过随时序换一换装,/ 参加这场化妆舞会的表演”(《听说我老了》)。“我”没有什么可执着的,它不过是随着时间剥落的一层层陈旧的“衣衫”。作者此时已经不喜不惧、大彻大悟,享受着那种在“确是我自己”与“失去了我自己”之间达成讽喻性平衡的生命格局当中的心灵的宁静与松放:“另一个世界招贴着寻人启事 / 他的失踪引起了空室的惊讶:/ 那里有另一场梦等着他去睡眠,/ 还有多少谣言都等着制造他，/ 这都暗示着一本未写出的传记”（《自己》）。这与“永远是自己，/ 锁在荒野里”（《我》）的少年式的、荒凉贫乏的执着不同，也与生活在两次“蛇的诱惑”（《蛇的诱惑》）及“现实与梦想”（《玫瑰之歌》）之间的青年期的迷茫不同：“我爱在淡淡的太阳短命的日子，/ 临窗把喜爱的工作静静做完……”（《冬》）这里是真正伴随着“智慧的来临”获得的舒展、安详和自在，与达到的心境的空明与生命之旅的“明晰”。

三、穆旦式诗歌心智作为“现代”的后果

如果我们不是自禁于 / 我们费力与半真理的密约里 / 期望那达不到的圆满的结合 / 在我们的前面有一条道路……

——穆旦《隐现》

西方的现代性传统起源于人对于自身的“发现”，以及作为人性的自恋和回音的“历史主义”视界：“一切已知的理想都宣称拥有客观支持：这支持或者是自然，或者是神，或者是理性。历史性洞见摧毁了这些宣称，因而也摧毁了一切理想。然而，正是对一切理想的真正源头的认识使得一种全新的筹划得以可能，即重估一切价值……”①诗歌和文学意义上的“现代主义”，是审美现代性的某种极端和极致性体现：它既是这样一种现代性神话的终极点，即它相信通过人性化的语言技艺和美学上的努力和“创造”，通过神话化了的审美现代性或者现代性的“审美”神话，可以拯救人类生存的被“遗弃”的绝望困境；同时，它正因此也是对于现代性的“内部”的、“审美”的批判。这样，在西方传统当中，社会历史层面的现代性诉求与诗歌及美学上的“现代主义”这两种“现代”的并置，是一种存在着历史错位和价值悖谬的生存与审美语境。但在作为中国的“现代”诗人穆旦那里，这两者都是真实的，它们的结合是那样的自然和顺理成

①施特劳斯：《现代性的三次浪潮》，见《苏格拉底问题与现代性》，刘小枫编，彭磊、丁耘等译，华夏出版社 2008 年版，第 44 页。

章,促成这一切的,是中国现代生存的历史和现实,以及诗人心智"自然"而又个性的构成。当然这种"结合"或许是不"圆满"的,但惟其如此,它才是在真实的"现代"内部的"结合"。

在穆旦那里,几乎看不到对于现代性的抽象凝视与空洞赞美,现代性本身不是标准、不是目的,"现代主义"也不是,而是我们的诗歌不得不是"现代"的,这个"现代"是中国现代生存与语言的真实性后果的总和。同样,正如人们所看到的那样,在穆旦那里具有某种综合性和丰富性,但这种综合性和丰富性,连同那些现代主义的技艺,是一个博大而又敏锐的诗性心智结构合成与累积的产物,是它以诗歌的方式努力生存、努力求索的语言的真理性和真实性结果;或者也可以说,正因为诗人没有一头扎进"现代"的怀抱,被"主义"的视野蒙蔽双眼,才有了穆旦宽博宏深的"现代"诗歌心智和诗歌之"现代主义"的文化—历史构成的具体性:

> 总的来说,我写的东西,自己觉得不够诗意。即传统的诗意很少,这在自己心中有时产生了怀疑。有时觉得抽象而枯燥。有时又觉得这正是我所要的:要排除传统的陈词滥调和模糊不清的浪漫诗意……[①]

我们不认为前半部分只是谦虚和客套,因为后半部分要"排除"的也不是属于"传统"的全部:如果穆旦对于现代主义之前的诗意完全否定的话,也很难理解诗人在20世纪50年代之后,为什么要以极大的热情和极端认真的态度翻译拜伦、雪莱、济慈、普希金等浪漫主义—现实主义诗人的诗作。正如《理智与感情》当中的"理智"和"感情"都是局部和部分一样,"传统"和"现代"的总和也必然交织与交响在其卓越的诗歌心智结构当中,所以诗人的怀疑和坚守都是真实和真诚的,而这种感受与诗人反复书写的某种生存之"两间"体验是一致的。类似这种体验,在很多中国现代诗人作家笔下都出现过,或许是中国的"现代"之为"现代"的历史意识和存在格局的具体构成。但在这其间那种"现在"的惶惑与

①穆旦1976年致杜运燮信,《穆旦诗文集》第2卷,人民文学出版社2006年版,第145页。

虚无之感，是诗人个体生命和肉体存在从本体论和存在论层面失去根基的困顿，包括失去“传统”的荫蔽和托举之后的割截性的缺失之感，反映在东方式诗性灵魂和诗歌心智当中的、确乎属于“现代”的体验：

> 在过去和未来两大黑暗间，以不断熄灭的／现在，举起了泥土，思想和荣耀，／你和我，和这可憎的一切的分野。
>
> （《三十诞辰有感》）

这里的体验或许与“主义”无关或者关系不大，而是意味着诗人自身的感知和应对方式：“一切的事物使我困扰，／一切事物使我们相信而又不能相信，就要得到而又／不能得到，开始抛弃而又抛弃不开”（《我歌颂肉体》）不是所有人都憎恶传统与现代之间的“分野”，并由此重新找到可以被“歌颂”的生命的停伫方式与存在之基——“肉体”，因此，它充分体现着诗人灵魂个性通透的自然属性以及诗性心智纯净的生命质感：“你向我走进，从你的太阳的升起／翻过天空直到我日落的波涛，／你走进而燃起一座灿烂的王宫／由于你的大胆，就是你最遥远的边界，／我的皮肤也献出了心跳的虔诚”（《发现》）。这种“岩石”般的灵魂基质与卓越的诗人素质，一旦找到它自己的诗性认知路径和展开方式，就立刻被点燃为一座诗歌的“王宫”。它是穆旦这样的中国诗人心智，在中国现代生存条件下找到的“现代”和“主义”的具体内容和方式，而非相反。

穆旦诗歌王者般强大的诗性灵魂和诗歌心智，没有成为“现代”神话和诗歌之“现代主义”本身的俘虏，它一开始就对于“现代”保持着批判性姿态和距离感，对于“现代”生存荒诞性的书写，在穆旦诗歌当中占了一个不小的比例。而这种批判穿透“现代”之心所达到的灵视般的高度和透彻性，使人们不可能将它归之于一个虔诚的纯粹“现代”信徒的眼光：

> ……寂寞，／锁住每个人。生命树被剑守住了，／人们渐渐离开它，绕着圈子走。／而感情和理智，枯落的空壳，／播种在日用品上，也开了花。
>
> （《蛇的诱惑》）

这首诗写出的是现代生存远离了自然性的虚无、残酷和不真实:"为什么万物之灵的我们,/ 遭遇还比不上一颗小树? / 今天你摇摇它,优越地微笑,/ 明天就化为根下的泥土"(《冥想》)它不同于古典诗歌当中的白驹过隙式的时空观感和忧伤,而是一种典型的现代性的"无根"的惶惑之感:"谁知道一挥手后我们在哪儿? "(《从空虚到充实》)值得注意的是,《蛇的诱惑》这首诗还有一个古怪的副标题叫"小资产阶级的手势之一",穆但其实经常用"手势"这一系列的意象,来表现现代生存的无从着力的乏力感、意义缺席的荒诞感以及微渺的脆弱感:一方面,"既然五指的手可以随意伸开"(《手》),"手" 在此代表了现代生存主体那种虚妄的"自由"和"权力",但另一方面,"如果我们摇起一只手来:它是静止的"(《隐现》),因而"手"又是那种令人绝望的生存之失重的无力感的体现。因此,如同"我已经忘了在公园里摇一只手杖"(《防空洞里的抒情诗》)的荒唐一样,"手"的系列意象,是穆旦对于现代汉语诗性开掘的贡献之一,它写出的是如同"防空洞"里残酷而又不真实的现代生存当中的那种"最后"的、毫无意义的"自由"和百无聊赖的荒诞性。于是,诗人试图离开这个虚假、扭曲的世界:"我想要走,但我的钱还没有花完,/ 有这么多高楼还拉着我赌博 / 有这么多无耻, 就要现原形,/ 我想要走,但等花完我的心愿"(《我想要走》)诗人以立体化的笔触,写出了"现代"世界的某种生活原型而离开"现代"的世界,诗人寻找的是一条灵魂的还乡之路:"我要回去,回到我已迷失的故乡,/ 趁这次绝望给我引路,在泥淖里,/ 摸索那为时间遗落的一块精美的宝藏"(《阻滞的路》)悖论性的是,在灵魂的还乡路上,领路的是"绝望"本身,而为人们所痴迷的"现代"世界,或许正是这条令人绝望的"阻滞的路"本身。没有人能够真正返回到古典传统和古典时代当中去生活,但现代性的神话和纯粹的"现代"视野本身,包含有极大的问题和遮蔽性,穆旦从敏锐而又卓越的诗人心智出发对于现代性的批判,具有一种真切、生动的中国现代思想史价值。

有了这样清醒的思想高度和认知前提,在传统与现代的关系维度上,穆旦其并没有、也不可能拒绝和否认与传统的关系(即便穆旦主观上真诚地拒绝和否认这种关系,也不能由此就说明这种关系事实上不存在),诗人只是没有假定中国古典传统与“现代”中国、中国古典诗歌与“现代”白话新诗之间的简单的连续性，诗人没有假装自己融会古今，或只是不屑于接触古典诗歌与文化传统：“我有时想从旧诗获得点什么，抱着这目的去读它，但总是失望而罢。它在使用文字上有魅力，可是陷在文言中，白话利用不上，或可能性不大。至于它的那些形象，我认为已经太旧了”[①]。看起来，穆旦对于中国古典诗歌的看法或者说困惑，似乎集中在“语言”和“形象”之上，但正因此，说明穆旦恰恰没有接受将诗歌仅仅当成“语言”和“形象”的现代主义的审美神话。穆旦所看到的，或许正是现代生存困惑和文化困境的一个真实的维度或部分，但穆旦质朴、真淳的诗人心智没有回避它，而是将这种困惑本身纳入诗歌处置的对象领域，更为全角度地写出了“现代”之为“现代”的不完整和不真实的一面：“生活变为争取生活，我们一生永远在准备而没有生活，/ 三千年的丰富枯死在种子里而我们是在继续……”（《隐现》）但惟其如此，才造就了穆旦式的中国现代主义诗歌的“丰富”与“真实”。

在这个问题上，诗人并没有停留在观念层面，处身于传统与现代之间的生存与心智格局，同时也转换为现代诗艺甚至诗歌文体本身的构成方式。像《五月》这样的诗歌，如果和诗人同时写的《我》（同样写于 1940 年 11 月）对照起来看，可以发现，诗人模拟的几段古典式的诗歌抒情，虽然说不上深沉顿挫，但也不只是出于与现实进行一种简单的、讽刺性的对照目的。这也就是说，诗人并不是在嘲弄古典式的抒情境界：古典式的抒情和古典式的语言，代表一种曾经的以自然为标准的生活方式、语言方式，代表一个生存方式和文化模式的“子宫”。而“从历史扭转的弹道里”得到的“二次的诞生”，或许和《我》当中“从子宫割裂”同样属于“幻化的形象，是更深的绝望”，因为在现实当中，同样让人看不到希望：“流氓，骗子，匪棍，我们一起，/ 在混乱的街上走——”这里很难说哪个更真实，哪个更讽刺。因此，全诗最后，“他们梦见铁拐李 / 丑陋乞丐是仙人 / 游遍天下厌尘世 / 一飞飞上九层云”这一段戏仿，单独看几乎让人忍俊不禁，但它其实是对绝望的现实的反讽。而这种对现实的绝望回指与反讽，让两种生存、两种语言耦合为一个戏剧化的智性空间：在这里抵达的不是语言的“目的”，也不是现

①穆旦 1975 年 9 月 19 日致郭保卫信，《穆旦诗文集》第 2 卷，人民文学出版社 2006 年版，第 190 页。

代性和“现代主义”，在这其中，一种诗性的智能，以“伸出双手来抱住了自己”（《我》）的全部的残缺和寥落的痛楚，仿佛深深地探入到现代生存绝望的内心和“内部”空间当中；而以古典诗歌语境为背景，又仿佛是一面镜子，照出了“现代”背面——它无论是荒凉古旧还是穷奢极欲，都让人觉得这首诗就是“现代”本身，“绝望”本身，“荒诞”本身。或者说，诗歌本身才是残酷的真实。

我们不认为穆旦式的现代主义是完全外在于中国文化和文明传统的创造，它们二者之间的关系是一直存在的，只是认识到这种关系或许需要某种角度和机缘。穆旦诗歌当中的灵魂的自我战斗、自我剖析、自我阐释和自我解脱贯穿了他的写作历程，几乎能够构成一条完整的时间线索，在自我灵魂与生存现实之间，突显出来的是他那卓越的现代主义诗歌心智能力。穆旦的现代主义诗歌心智，有着与西方现代主义诗人、诗歌类似的某些一般性特征，但更多的是在对他所生活的时代的现实历史问题进行浓缩、加速、变构处置当中，让人们感受到的强大而自由的存在——当然对于诗人自己而言，肯定也包含着巨大的痛苦和荒诞的虚无、无力感。在这其中，隐含着的是东方和中国文化传统对于其诗歌心智的规定性的塑型作用。总的来说，穆旦对于诗歌的“现代主义”入乎其内，出乎其外，通过诗歌将自己的诗性灵魂和心智结构本身，浇筑和刻写为一座关于中国生存与历史之“现代”的纪念碑。如果人们在它上面仅仅看到无论是悲壮还是滑稽的“现代”标签，将之仅仅当作崇拜的对象和反对的标靶，无疑是错失了理解“现代”的全面本质的一次机会。只有带着理解纪念碑的体温、心跳和灵魂的决心，进入那以巨大的心灵力量固定和赋形的、饱藏着巨量的生存秘密和历史讯息的厚重的诗歌岩质内部，或许才不辜负诗人那星空一样光辉灿烂、蔚蓝幽深的诗性心智空间。

2016年6月3日

穿越历史的"思想"道路

——论邵燕祥诗歌抒写模式的演变

邵燕祥的诗歌以富有"思想性"与"哲理性"著称。而现代的诗歌观念对于"思想"和"哲理",正像不会如过去那样将它们与艺术简单地等同起来一样,当然不会将它们与诗艺对立起来。但尽管如此,在本文的标题中,"思想"之所以加引号,就在于这里所要讨论的重点是获得了艺术表达形式的"思想",与由这种"思想"所决定的诗歌思维与表达模式的心灵原型。只不过,对于邵燕祥这样的诗人来说,这样的思想结构与思维倾向对于诗歌的表达图式来说,并非是一个可以轻易忽略的因素,而是一个必须要严肃予以对待的要素,而且,它很可能是解析其艺术层面的一个关键性的突破口。

一、指向历史的激情对话

最好的歌,我为你们放声歌唱

——《骑兵》

但凡经历过中国新时期以前的当代历史的人们,都应该清楚地记得那个年代的人们对于历史的那种激越感情。那是一种走出一个新生国家史前史的黑暗隧道的人们对于阳光的感情,那时的人们对于历史的感情是像阳光一样神圣而空洞的,但却绝非是虚假的。当然,这种“阳光”与“黑暗”的历史逻辑与意识形态语法本身,可能就包含有诗的成分、诗的因素,至少是它调动和利用了人们天性中的诗性情感,因而那似乎是一段天然的诗的年代、诗的历史:

——请问是谁,
在自己可爱的国土上,
架起了第一条
最大的超高压送电线?

我——们!

(《我们架设了这条超高压送电线》)

邵燕祥的这一类诗歌可能不仅是他本人而且也是那个时代的典型的诗歌抒情模式原型。在那样的历史时刻,主体的心态是开放的,并对于历史充满了对话的激情与信任,“我们”的呼喊,作为对于历史的回答,这种实质上的自问自答,包含了诗人既是历史的主体又是对话的对象与客体的那种豪情与信念。因此,这种自问自答的对话,实际上最终是历史的自问自答与自我论证。诗人仿佛只是历史的美丽记忆而不是相反。在此,大部分诗人不仅在历史的阳光中没有给个性经验留下清凉的背阴之处,而且也没有主体间性支持的经验的复合性与复杂性,诗人被历史的阳光融化成宏大的“我们”:“一个人渺小得无足重轻,/ 但他是伟大集体的一部分,/ 我们关心二十四万万人的生活道路,/ 我们关心一万万个银河系运转的行程”(《繁星》)在这种情况下,人们歌唱着的是一种共同的情感,或者不如说,是一种共同的情感借着诗人的喉咙来歌唱:“有一个波涛澎湃的大海 / 歌唱在每个人宽广的前胸”(《在夜晚的公路上》)。而邵燕祥的难能可贵之处就在于,他不仅写作了像《无题》(1959 年)这样的带有强烈个性经验色彩的诗作：不管诗人这样命名这类诗作是否意在暗示或者强调它们与中国古典诗歌中惯常以此为题的诗歌题材的相关性，“无题” 这样的标题正好说明了这样一类思想感情在那个年代的非合法性与无名状态；而且，虽然邵燕祥也像那个时代的多数诗人所面临的艺术难题一样，个性经验面临被公共化、抽象化、意识形态化的问题，但在他的诗作中，那些片断的、侧面或背面的个性经验总是让我们今天的读者感到最为熨帖、感受温暖的地方。这在那个年代里是非常不易做到的。

在被“阳光”与“黑夜”逻辑激发起来的神圣情感中，诗人与历史的这样一重激情对话关系，当历史被拟人化时，更容易看得清楚。比如《谒太行》中，作为历史圣地的太行山就被比喻为“鬓发斑斑”的“英雄的母亲”，它“慈爱又威严”地审视着后来者前进的脚印。另一方面，这种历史的拟人化可能还带有一种略带神秘色彩的关于“历史”与“时间”的神学意味：

人们欢乐时我步履轻快，
人们等待时我一样焦虑。
人们称不出我的分两，
我却能带来沉重的真理。

（《时间的话》）

在这种历史拟人的神圣语境中，一种“诗性的共通感”被建立起来。这一点，可能是今天的人们难以理解的，也是用今天的诗歌观念难以恰当评价的，然而却是我们考虑那个时代的诗性构成的机制不应该忽视的问题：

无声中听到呼唤我的乳名，
是你啊，我的祖国——我的母亲！

（《呼唤》）

由此，“与历史的激情对话”这样的诗歌抒写模式，当然主要还并非是诗歌的表面的表述结构，更非语调句法结构层面上的，而更主要的还在于诗人的心灵机制与诗性思维意向所决定的情感与经验的组织形式。同样出于此，我们在审视那个时代的诗作的时候，不但不应该给予他们个人以过多的苛责，而且还应该敬重那些真诚而可爱的灵魂。

应该说，作为诗性构成的机制来说，这种与历史“对话”的机制总体上是排斥象征的。这并不在于这时不可以使用那种叫做象征的局部修辞或写作手法，不过从总体上说，象征要求情感经验与象征体之间的意义的不对称性、不可交流性，意义向着象征体方向的高度凝聚、凝缩，而以上这种对话机制恰恰代表了一种意义的近距离的对称与可交流性质，因此它是反象征的。比如邵燕祥写于20世纪50年代的《琴》《箫》等诗，应该说，都是那个年代难得的好诗，但它们在趋向完整而宛转的象征语境完型的中途，由于转向对于现实经验的近距离隐喻而发生意义短路。以今天的眼光来看，在精巧的构思与独具只眼的观察力之外——这是那个时代诗人的智慧能够一显身手的不多的创造领域之一，较少诗性象征所包蕴着的丰厚的情感经验内涵与多向度、多层次的意义指向。

与历史的对话模式当然不只是对于历史的歌颂，同样也有对于历史的质疑、询问，这也是与历史对话本来的应有之义，比如著名的长诗《贾桂香》。不过，在这种诗歌抒写模式之下，对于历史的信念与信任是基本前提，对于历史的质询不可能导致对于历史的深度质疑和深层反思。如果说，在这种抒写模式下的此类写作，并没有人们所期待的应有的思想与艺术深度，那其中的原因之一很可能在于：诗歌抒写模式是作为思想与艺术的化合体，诗人在这样并非短时间内可以转换或者转变的抒写模式之下，他在质询历史中自身所经受的焦虑与痛苦，远远超过了他艺术创造和思想创获的快乐，因而，阻碍了质询的深度展开。

二、告别历史的倔强省思

那时我轻声呼唤;没有应声

——《地球对着火星说》

经历了历史的风烟,诗人重新回到了生活与诗歌的创作现场。现实生活既展现了希望的阳光,也布满了历史的废墟:“那触开我的眼帘的/不是夕阳,是晨曦/我从焦渴中醒来/面对着一片废墟”(《沉思在废墟上》)这时的诗人对于历史不再是光明一片的单纯天真的看法,不再有“追求真理的/终将获得真理/歌唱光明的/终将听到回声”(《彩牌楼》)的简单轻信,而是认识到了历史构成的复杂性:“没有废墟就没有历史”(《废墟》)诗人感叹“短暂的假面舞会/宣告终止/真正的假面舞会/这才开始”(《小诗四题·假面舞会》);诗人困惑“为什么/鼾声很古/而醒来后人心不古?”(《听蟋蟀》)因此这时,诗人虽然不无“假如生活重新开头”的期许,但总体上来说,这时诗人的内心世界毕竟复杂得多了,也成熟得多了。诗人的心境一方面是忧郁而又执着的,“我没有逃避自己的时代/无论是幸福或是灾害/历史不是秘密/生活不是谜语/如果我的眉宇间含着忧愁/也不要担心/我绝不会悻悻而死”(《中国,怎样面对挑战?》)同时又是憔悴而易于感动的:

你当然不知道,你妩媚的笑晕
曾经照亮我冻僵的心,
你唤醒了我一度不知哭笑的麻木的感情,
你拯救过我,以你亲切的轻信的纯真。

(《一朵小花》)

这样的心境,大概是一种最接近于诗的心境。在诗人看来,诗作为“寂寞又不甘寂寞”的“来客”,是“沉醉”与“清醒”之间的产物(《散文诗五则·诗》):

沉醉的时分,只有沉醉。
清醒的时分,只有清醒。
寂寞的,又不甘寂寞的来客,只在我沉醉与清醒之间叩门。

忧郁而执着,接近于“清醒”,憔悴而易感,接近于“沉醉”。对于诗的构成的这种复杂性的体认,实际上对应着诗人对于历史、对于生活本身的认识与感受。因此,此时的诗人的心境,虽然渴望着与历史也与他人对话,虽然宣称“孤独,不是生活”(《沉默的芭蕉》),然而对话的激情不仅是一种个人的心境,而且也与历史的情势与场景相关,所以,诗人虽然渴望对话,但这种对话多数只能在内心中展开。对于对话的渴望,正好是诗人对于自己这种“沉默的芭蕉”式的苍凉寥落的心态的写照,诗人的忧愤与寂寞都使他转向内心的省思,对于历史、对于生活的执着而沉痛的省思。诗人将最具刺痛性的生活经验与历史感喟以哲理诗的形式表现了出来:哲理诗在这里体现的是一种思想的执着与沉痛,在这种执着与沉痛中还没有忘记诗和艺术,表现了一种艺术的执着甚至倔强。在这里,哲理诗可以说是一种“倔强”而“沉痛”的诗的艺术:

一棵树看着一颗树
恨不能自己变成刀斧

一根草看着一根草
甚至盼望着野火延烧

(《嫉妒》)

在这里,经验自身的具体内容已经不是很重要,经验在这里是抽象化的,历史与生活经验的形式与结果本身就具有尖锐的思想力量,人们需要在这种思想的疼痛中感受诗意,或者说,只有在这种思想疼痛中才能感受到它的诗意。当然,缺乏对于哲理诗中的被抽象化了的历史经验的真实体味的人,对于它的理解与感受就差一些。因此哲理诗的前提大概是诗人与读者在经验与情感内容方面的某种共通性。这可能是哲理诗这一诗歌形式本身的缺陷。

诗人固执倔强地以反思与反省的思路组织生活的经验，并竭力将其延伸到开阔与广大的领域，并且以思想的力量将其反向照亮，从而提升到一个新的高度上。这种诗歌内部的思想要求，从省思式的经验组织与扩充方式到“卒章见志”的思想提升，构成邵燕祥一个时期的诗歌抒写的基本模式：

我有一条河流/我的河流/它总是从我的梦中流过/并且变换着它的颜色//时而闪着桔黄，时而碧澄澄的/时而漶漫，时而轻浅/时而激起雪白的浪花//这是我梦中的河流/流着我的岁月/流着我的欢乐忧愁/流着我的剪不断的思想/还有我执着的追求//流过蓝色的夜晚/流过白色的雪天/在早春的残冰下面/寻找大柳树渡口//我听到遥远的鼓声——/敲着船帮和船底/如果我是那条船/即将解缆放中流//再见了，青青河畔草/再见了，岸边芦苇已白头/再见了，我那河岸上苦苦待渡的日子/我那断了长流水的春秋//那时候，在焦渴的生活里/我梦着春潮齐岸/我梦着橹声轻柔/我梦着河流经过我门前/向大海流去/我梦着春水船如天上坐/甚至梦着随波逐流//我梦见我把简单的行装/我的爱情、我的理想/一起寄放在船头/又俯下身去/捧起只有在梦中/属于我的清凉的河水/洗一洗憔悴的脸/润一润枯涩的歌喉//从我的梦中悠悠流过/这悠悠的不知名的河流//只有潺潺的水声/始终如一的节奏/使我梦着/又把我唤醒:/自由！/啊/自由！

（《梦中的河流》）

这样的诗歌，超然的想象力与立体性的、多层次的诗境构成，意味着诗人基本上超越了对于艺术有妨害的历史创痛的近距离写照与直露反思的阶段，获得了一种艺术的也是心灵上的自由：心灵的凝定使得思想的锋芒内敛进丰富的情感经验结构中，从而使得诗歌意蕴也在对于经验与思想的单向反映的超越中具有了多维度多层次的所指。与此前的诗歌相比，这样一种抒写模式优势在于，在某种历史的间隙和诗人艺术上的过渡时期，它为诗人提供了一个比警句格言式的诗歌写作更具思想的包容性和艺术厚度的情感与经验组织形式，为诗人的反省深入到更复杂与广泛的领域提供了艺术路径和手段。但它的不足之处也仍然在于，有时依旧是“思想”统辖、侵扰、涨破了艺术。它最终只能是一种思想和艺术的过渡时期临时的选择，我们还可以期待诗人更为丰饶、更具魅力的艺术高峰的到来。

三、超越历史的生命象征

永远呼唤着，不需要回答／坚信回答就在呼唤中

——《贝壳》

告别历史还不等于超越历史，更况且还是“含泪”的“告别”。邵燕祥在20世纪50年代写出了确立他诗人地位的著名诗集《到远方去》，这部诗集的重要性不仅在于它击中了那个时代某种普遍的精神状态与集体意向，而且也确立了诗人自己的某种心灵原型与诗歌抒写的基本图式：“到远方去”。就诗人与历史的关系而言，“到远方去”可以有两种方式：（1）当诗人被判定为或“自认为”处于历史的“远方”时，“到远方去”就意味着走向历史的核心。在那个神秘化的历史时代，诗人和诗歌本身总体上仿佛只是“无题”的、含混的文化历史象征，因此在那个年代，诗人与诗歌自身被认为、可能也自认为远离历史的核心，是处于历史的“远方”的，而由此决定的对于历史的单向向往状态，并不能保证具体意义上的诗歌的优秀乃至诗歌自身的基本品质——诗人和诗歌竭力想进入历史的中心位置，他们只有拼命加强诗歌的透明性，直至于取消诗歌的自身的艺术品质。（2）“到远方去”还可以意味着诗人自己远离历史的自我放逐，这种自我放逐可能意味着某种心灵上的更大程度的自由与从容，它对于诗歌而言具有更大的意义：

当我成为背影时
不用忧伤　不用叹息

请看我步履如此从容
不用问我到哪里去
(《当我成为背影时》)

这样的心境大概才更接近于对于历史的“超越”状态。超越历史不同于“假如生活重新开始”的期待,超越历史虽然不等于对于历史的彻底弃绝,但与历史之间显然具有一种更为超脱的关系。超越历史意味着“生命后的生命”“世界外的世界”。这时,历史是处于生命的“远方”的东西,只不过诗人此时甘于远离历史的中心地带,以历史的“远方”自居。诗人借“菊花”思考着生命的意义:以“菊花”而言,它在历史上被人们赋予了种种含义,在屈原那里它是饮食的对象,在陶渊明那里它是隐逸的象征,甚至于在黄巢那里它还具有“我花开后百花杀”的称王称霸的意义。但这和菊花自身的生命本质有什么关系呢?

而菊花对此都置之不理/当向日葵也垂下头来的时候/矜持地抖擞精神,等待十一月/的风霜,每一瓣金黄的盔甲/默默守护着生命的意义
(《菊花的意义》)

在历史中生命被赋予了种种外加的意义,但这些跟生命本身并不相干,至少是不一定相干,《菊花》完成的是对于这些外加的生命意义的拆解。只不过,像《菊花》这样的诗歌本身,从抒写模式上看还主要停留于与前一阶段近似的“沉思”模式当中,它只是对于生命的象征意义的思考,而本身却不是作为诗人的生命象征的诗歌抒写模式。然而,诗人走向作为生命象征的诗歌抒写是必然的。从某种意义上讲,象征中体现的就是一种“到远方去”的精神意向与意义模型:对于意义的远距离投射与凝聚。而这样一种“到远方去”的心灵原型早已确立起来了。在《黑石礁》这样的诗歌中,虽然还有着比较多的主观的思想介入,但总体上已经是以象征完成了“省思”与思想提升。而像《南方的夜》这样的诗歌,有着类似于朦胧诗的手法,展示了一种诗人心灵的轻灵与自由,或许还有某种欢畅:

百叶窗一样的/桄榔叶,是大地的/睫毛长长//温热的大地呀/快张开眼睛/和我一起仰望//空中摇曳着/无数暗青色的花朵/密密的星星,花蕊叮当

(《南方的夜》)

对于诗歌写作而言,诗歌的象征主义,我们这里所说的生命象征不能停留在局部的修辞手法上面,这种局部的象征手法可能恰恰破坏与扰乱了完整的、整体意义上的象征语境的完型。生命象征本身需要完成的应该是对于生命意义整体的一种置换过程,通过这种置换,象征攫取和垄断了主观的生命情感与经验的意义,总体上客观化为一个自足的意义实体。它本身仿佛就是一个有着自己的逻辑的周全宛转的世界,有着自我生长的生命。象征体仿佛自己就是一个意义高度内聚的黑洞,它不需要与外界展开对话来展现自身的内涵,它甚至可以不去理会阐释的意图。象征的完成,仿佛是诗人全部生命向着诗歌的整体让渡:

感谢你给我/嫩嫩的桑叶/我咀嚼陌上的阳光/清明的丝丝雨//为了你作茧自缚/为了你蹈火赴汤/一丝一缕闪耀着/清明雨, 陌上的阳光//生命后的生命,随你/走向世界外的世界/千里万里丝绸路/回头望陌上的桑叶

(《陌上桑》)

这首诗从艺术上讲,意旨蕴藉深厚而语言舒展自然,诗思致密内指而又宛转超卓,应该是邵燕祥最好的诗作之一。作为生命象征的诗歌的完成,需要心灵的自由与意义的距离,诗人经历了天塌地陷的历史浩劫,也经历了历史废墟上的沉痛反思,劫难使诗人体验深沉,反思使诗人思想解脱。体验深沉,才能获得从高处和远处写照与组织生命经验的意义距离,而思想解脱,也才能获得心灵的自由与超越。而只有有了心灵的自由和意义的距离,才能将全体的生命经验与完整的生命意义从容而又节制地涵纳、映照进语言织体当中。这些都体现在了这首诗中。从主题上讲,无论是否符合诗人的本意,它都可以看作是诗人本人

及其诗歌创造的象征的“元诗”：诗人正像是咀嚼着生活的阳光与春雨、也咀嚼着自己的生命的春蚕，诗人义无反顾地倾吐着自己的全部生命，而诗歌与诗境就仿佛是蚕丝编织出的丝绸锦缎一样，正是诗人生命的升华，是“生命后的生命”“世界外的世界”。而诗歌与生活之间的关系，也正是丝绸与桑叶的关系，它拒绝任何简单化的理解。这样的诗歌，是切合着诗人最本真的生命意向与最深层的心灵原型的“诗歌的诗歌”。也正是因为其出自于可能是某种深度感动之下的心灵的双重劳作，因而无论多么优秀的诗人，这样的诗歌都是一生中不可多得的。

超越历史也不等于与历史绝缘，超越历史在某种意义上说是更深地走入历史之心，或者不如说是历史更深度地进入诗人的生命与心灵。因为这时，诗人的生命和心灵具有更强大的力量，它可以更自由地驱遣与挥洒历史经验。从而此时，诗人探究自己的生命也就是在探究历史。这是从诗歌抒写模式上讲，从主题意旨上讲，像《五十弦》这样的诗歌，可能就是在“无题”诗的表层主题之下钻探生命的意义，至少是它兼容了这样的意义的深度钻探。“五十弦”一弦一柱的繁密音调弹奏的正是无穷的生命的内蕴：“我们辜负过多少月光 / 空有月明如水 / 空有月色如霜 / 只剩夜凉如水 / 只剩心冷如霜 / 我们辜负过多少月光”（《第一首》）《五十弦》从岁月流逝的古老浩叹开始，然而它所真正指向的却不仅仅是如此春花秋月的惆怅。这些是属于年轻人的悲哀，甚至是为赋新词强说愁的做作。诗人的经历、诗人深厚的生命体验，使他在这样表面的哀愁之下有着更为深沉的意旨，那就是对于生命本身、生命本质的悯惜、感动与欢喜：

> 阴郁的日子 / 下雪的日子 / 没有酒是寂寞的 / 没有碳是寒冷的 // 你从冰封的路上来 / 雪天的炭 / 而我是尘封的酒 // 你温我 热我 煮我 / 以你的火点燃我的火 / 我不忍见你焚烧成灰 / 你不忍见我横流一醉 // 窗上冰花如刻 / 斗室却如春 微醺着
>
> （《第五首》）

“人生”与历史相关，它可能是被历史纤维所编织出的暗淡纹络，它或许经历了种种失败与挫折:“春天夏天全都输给了岁月 / 换取一个失败的人生”(《第四十七首》)在这样的层次上,或许人们会认为诗人过于消沉、悲观。而实质上,诗人的深层所指是“生命”意义的本体自在:

人生如歌 / 随早潮和晚潮退去 / 最值得追忆的 / 是再也听不到的插曲 / 被风声吹散的断句 / 被星光点亮的秘密 / 还有渐行渐远的 / 被春雪融尽了的足迹

(《第二首》)

在一个人的一生当中,最有意义的东西或许不是在历史剧场中演出的或辉煌或惨淡的“人生”情节,那些到头来只是“历史”所导演的一出又一出的戏剧,无论它是悲剧还是喜剧,自己在其中充其量也不过是一个或伟大或渺小的演员而已。那些都是别人的生活,不属于自己,甚至根本就不是生活,而只是一些荒唐的被编排的故事情节,是无根之水、无本之木。真正值得珍惜的是那些属于自己的生命印迹,它们或许不够宏大、壮阔,它们的构成或许不够情节曲折、引人入胜,但它们却很可能牵连着生命深处的波澜不惊的欢喜与感动。甚至连欢喜、感动都没有,只是那么一些简单的感觉、一点平淡的痕迹,但它们却同样论证着生命本真存在的意义。

需要说明的一点是,以上的论述虽然是一个大致上的先后关系,但绝非一个严格的时间序列,其中时间上的前后延伸乃至倒错都是有可能的。它只是某一种诗歌抒写模式在一段时期内占优势与主体的问题。同时本文以上所讲,也只是一些不全面的阅读印象的归纳,不能算作全面的邵燕祥研究。在此,如果这样的论述被认为不仅适用于邵燕祥本人,也适用于一批与邵燕祥经历类似的诗人的话,那只能说明邵燕祥身上体现的作为诗人的命运的代表性,而这种普遍的适用性也只能是本文的一项意外的收获。

2007 年 9 月 6 日

向着永恒的心影栖息

——论屠岸的诗美创造

作为莎士比亚和济慈的翻译家的屠岸先生，同时也是一位优秀的诗人。幼年的家教，使得作为诗人的屠岸先生深受中国古典诗歌优秀传统的哺育，而翻译家的身份又使得他具备了雄厚的西方文学方面的修养。在长达几十年的写作历程中，屠岸先生凭着对于诗歌的挚爱和不倦的艺术追求，形成了自己独特的美学观念，并且最终在其诗歌作品中体现为风格卓具的美学品质。

一

屠岸的诗歌美学观念的核心可以说就是“客体感受力”。屠岸对于济慈提出的这个概念具有独到的见解：

> 英国诗人济慈曾经在他的诗歌通信中，提出一个著名的诗歌概念negative capability，有人译做“反面的能力”“消极感受力”或“否定自我的才能”等，我参考各种翻译，揣摩济慈的原意，把它译为“客体感受力”。……“客体感受力”的意思就是指诗人把自己原有的一切抛开，全身心地投入

到客体即吟咏对象、投入到诗歌创作中去,形成物我的合一。[①]

济慈是英国18世纪末、19世纪初与拜伦、雪莱齐名的浪漫主义诗人。由于气质禀赋等方面的差异,济慈的诗风显然与拜伦、雪莱有着较大的区别,天生敏锐纤细的济慈,与前两者的侧重于主体激昂的情感抒发不同,在济慈那里,写作主体的心理能量不是凝聚起来向外投射,而是趋向消歇、舒散与宁静;诗人的个性不是被凸现与张扬,而是被消解与回避:"谈到诗人的性格……它不是它自己——它是一切,它又什么都不是。它没有性格——它欣赏光线,也欣赏阴影。"[②]济慈的观念来自于对古希腊原初智慧的遥深领悟,应该说是对于后来的构成主流的西方形而上学美学传统的突破与叛逆:在后者之中,作为审美主体的心灵受到叠床架屋的形而上学理性框架的支隔、割裂与拘牵,美被当成某种与真悖反、与善绝缘的表面化、形式化的东西,而这其中的根本原因在于,以与求真相同的正向运动的心灵力量来求美。其实,美与真不同,美的领域应该是一个更加开放和自由的领域,至少,求美与求真可以采取不同的路径和方向。济慈凭着诗人的智慧和直觉,将自身的个性和心灵机制以及对于自然景物与古希腊艺术所体现的永恒之美的向往[③],在浪漫主义风潮正盛之际,发展为一种独特的诗歌美学:济慈的诗歌美学,采取了与西方传统美学相反的心理能量运动方向和心灵运作机制,这样,诗人的心灵就成为一个虚灵明觉的客体呈现场所。于是,诗歌从总的趋向上讲,就不是侧重于主观化的情思意绪的再现与表现,而是侧重于主体向着客观化方向的依寓、冥化。由此导致的,是一种迥然不同的真理观念和审美观念:真理不再是片段的本质,也不是客体对于被割裂的心灵区域的符合,美也不再是表象形式,美与真一起融合为浑然一体的原初"真理"形态,"美即是真,真即是美。"在此,济慈诗学的客观化倾向,与唯美主义以降的现代主义文学观念精神相通,

①屠岸:《诗歌是生命的撒播——屠岸访谈录》,见《深秋有如初春——屠岸诗选》,人民文学出版社2003年版,第394页。

②济慈:《致乌德浩斯,1918,10,27》,转引自伍蠡甫《欧洲文论简史》,人民文学出版社1991年版,第231页。

③济慈:《致乌德浩斯,1918,10,27》,转引自伍蠡甫《欧洲文论简史》,人民文学出版社1991年版,第228页。

而济慈关于真与美关系的论述,也可以以海德格尔为隔世知音:同样津津乐道前苏格拉底的希腊传统的海德格尔宣称,“美是真理作为无蔽显耀的一种方式”。

济慈、现代派文学与海德格尔对于近代以前的西方传统也许是异数,但却恰恰与中国哲学精神及古典诗学传统异曲同工、意趣相通,甚至或许本来就是深受中国传统哲学与诗学的影响并在这种影响之下诞生。就以济慈的 negative capability 而言,与庄子“吾丧我”的命题、刘勰“虚静”的观念、苏东坡“欲令诗境妙,无厌空且静”的议论,在总体上讲的都是同一个道理。因此,具体到屠岸先生说,幼年便饱受中国古典诗歌熏陶的屠岸先生从小便能写作旧体诗词,并且自幼及长,吟咏不辍,从而我们在这里很难说是济慈的魅力抓住了屠岸,还是屠岸以其东方人的视野选择了济慈,也很难说是屠岸在研究和翻译济慈,还是在借着济慈表达自己的观念和诗情。不过,有一点是可以肯定的,作为中国人的屠岸,在其心灵深处充溢的是东方人的灵魂状态与生命体验:

> 炉火在铁膛里奔窜跳跃,/ 把簇簇红光掷向窗棂,/ 窗外有撒天铺地的密雪,/ 把我埋葬在宇宙的中心;// 梦,挨个儿从身边移过,/ 青白的梦,七彩的梦,/ 弯腰低声问:“选我?选我?”/ 漆黑的梦却把我选中……// 黑色大蝴蝶挣破梦壳,/ 穿窗取走一缕幽魂;/ 白雪裹黑翅,战栗的衬照——/ 蛋黄搅蛋清,朝远古沉沦。// 斑斓的红光烤炙着一具 / 永远告别了历史的身躯。
>
> (《梦蝶》)

当然,这种庄周式的体验与济慈的不同之处在于,它不仅仅是种创作美学,甚至也不仅仅是种海德格尔式的真理形式,它更主要的倒首先是一种生命存在与栖居状态。只要一旦了悟“……天地者,万物之逆旅;光阴者,百代之过客”,“家本来是旅社 / 而每个旅社 / 都是 / 出壳灵魂的 /——家宅”(《“夫天地者,万物之逆旅;光阴者,百代之过客”》),生命便得以栖息,享受家园式的宁静与安详。而对于作为诗人的屠岸来说,诗歌不但具有提升与净化灵魂的意义,而且还有治疗疾病的功效[①],“诗意地栖居”对于屠岸先生,尤其不是一句美丽

①屠岸:《诗爱者的自白》,见《深秋有如初春——屠岸诗选》,人民文学出版社 2003 年版,第 3~4 页。

的空话。

二

屠岸早年的诗作深受旧体诗词的影响，甚至在句式上都有着词曲句式的痕迹——这当然是就现象与结果而言，对于作者来说，不排除有意借鉴的意图。但是在我们看来，这种影响最主要的还是跨越了新、旧诗体的巨大鸿沟，反映在屠岸诗作中意象的性质、地位和功能作用上：

纸窗外，飞进青虫，/ 回绕着红纸灯罩。// 草丛中颓坍的青石凳下 / 恻恻地，断续着蟋蟀的哀鸣。// 早年的记忆，/ 夜深，阵阵飘来 / 隔院孩子琅琅的书声。// 飕飕，凉风中的桂树，/ 竹篱外，还迷蒙着 / 夕日邻家的灯火。

（《秋之夜》）

按照一般的看法，意象被当作某种"主客观的统一"的结果，其实这种"统一"说，即使不是糊涂观念，至少也是未能曲尽其义的浮泛之论。意象总体上讲，应该说是趋向于静，趋向于客观，我们应该把意象的静与静的意象、意象的客观性与客观性的意象区分开来（当然，绝对的静、绝对的客观性是没有的，这里只是相对而言）。当这样说的时候也就意味着，我们并不否认与排斥动感与主观性强烈的意象，但是像李白式的奔腾激越的诗情，如无意象的凝定与客观化作用将无以成诗。就以上诗为例，飞动的青虫、哀鸣的蟋蟀、琅琅的书声、迷蒙的灯火，都是动态的意象，但它们却恰恰渲染出一种极端静谧的清寒寂寥的秋夜氛围，这一方面与意象本身的画面内容唤起我们的记忆经验有关，但同样也与意象形式本身的静态性质有关：内容的动感反而进一步映衬出意象的静态形式——当然与此同时，意象形式本身也就加入了诗意内容的构成，这是更高一层的静与动、形式与内容的辩证法。如将意象当作"主观与客观的统一"，并进而再当作动与静的统一，如此不偏不倚的中庸之道，恰恰抹杀了意象在诗意构成中的重要地位和复杂机制:意象作为"含意之象",象是形式,意是内容,而在一般人看来,内容总是重于形式的,于是意象就在如此这般的观念中解体了。只有将静态与客观的性质赋予意象,才能理解意象对于诗歌的诗性意义建构的动力作用,也只有从此出发,才能正确理解中国古典诗歌的基本特征和意象在其中的中心意义,以及它们对于屠岸诗美创造的规定性影响。

意象的静态与客观特性也与另一事实有关:在中国古典诗学中,意象具有截断空无、建构诗意空间的超越时间的实体性质——这么说当然不意味着,只要拥有这些特征,就属于中国古典诗学的范畴:

那是自然与诗灵交会的瞬息,/物我的融合把刹那变为永久。/布谷钟依然在不停地滴答吟哦,/心中的水仙已诗化为不灭的星河。

(《谒华兹华斯故居"鸽庐"》)

屠岸在诗中不止一次地吟咏过这种"曾经存在过瞬间的搏动——/波纹在心碑上刻入永恒"(《深秋有如初春》)式的超越体验:凭借心中的诗意,时间被克服,瞬间成为永恒,而"深秋"也就可以"有如初春"。超越可以有两种方式:役物化我的主体化方式,与以我化物的客体化方式。自然与诗灵的交会、物与我的融合,不是将自然与诗灵、物与我等量齐观、简单相加,但仅仅是这种重点与方向上的、些微的量的不同,也足以造成哲学与诗学甚至于文化整体状貌的巨大差异:役物化我的主体化超越方式,习惯于将自然与客体看作必须穿透的现象与表象,因而陶醉于主体理性能力的永动机;以我化物的客体化超越方式,则甘心将现象与表象本身看作最后的实在,并乐于栖居于客体的澄明。在东方哲学文化语境中,"象"即实在或实体,并不是因为"象"再现了或者其背后隐藏着真正的客观实在,而是说"象"与客观实在具有相同的本体论地位,或者更准确地说,是在形而上学的存在层次和本体论格局之外具备"实体"或"实在"性质。因此"象"的这种实在或实体属性本身,就是对于理性和实用逻辑的整体否定:"象"本身超越于虚—实、体—用关系之外,呈现为真善美融合的诗意盎然的状态。这样,在诗美创造经验中,心灵对意象的覆盖,在更基本的层次上、在更大的范围内,便落实为生命趋向客体化维度的超越与栖息。屠岸将 negative capability 翻译为“客体感受力”，表明了屠岸对于这种东方式的诗性观照与生命安顿方式别有会心之所在。

三

意象在屠岸诗歌中的基本性质地位，从文化学的意义上，规定了屠岸诗歌对于中国古典诗学传统的精神血脉的继承关系与总体上的东方品格。但是，屠岸作为现代诗人，不可能纯粹停留在意象的古典式运用之中，在意象的功能机制与结构方式上，屠岸诗歌中有许多现代开拓。这其中，就包括了本于现代生存经验与诗性体验，对于西方诗歌诗艺的有意无意的借鉴吸收，也只有这样，古典传统在屠岸身上才是有活力、有意义的。

以下列举的一些意象机制与意象方式，并不算全面，当然也不一定只有在屠岸的诗中才能找到，但是在屠岸先生的优秀的诗作中，却大都有着意象的成功运用。这一方面进一步证明了我们前面的结论，另一方面也说明了屠岸作为诗人的心意能力的属性与优势所在。

1. **意象逻辑** 这里的逻辑，指的是与诗性思维联系着的诗性逻辑，但却呈现出理性的逻辑推理或者对于理性逻辑推理进行模拟的面貌，意象本身因此具备某种类似逻辑原子的功能，能够推动诗性思维的演绎和诗性推理的进行：

> 野火一簇／在山的一隅燃烧／野花一朵／在山的半腰绽开//野火熄灭了／满坑满谷绽开了野花／花瓣坠落了／漫山遍野燃起了野火
>
> （《野火》）

2. **意象伦理** 这种情形指的是，一个或少数几个中心意象，被众多的意象或意象群环拱着，中心意象与后者的关系是被展开、被阐释的关系。而这些二级意象或意象群中的每一个意象，理论上也都可以成为更低一级的意象和意象群的中心与顶点，由此构成复杂的意象秩序和意象体系。意象逻辑是对于诗性思维形式的启示，而意象伦理则重点落在意象内涵关系的表现上：

夏晚的绯光没有抚慰/你发巾下如眠的黄金波浪;/秋天，灰红的雾火里，/银杏的落叶也只是无效地渴望着/在变成泥土馥郁的叹息前，再一次/仰吻你宛步的翩跹:/而且，白衣的你也并不颀长，/即使映在清溪泠泠的欢歌中，/芦荻丛底，衬以碧柔的水衣，/你也没有百灵鸟的眼睛;/在春深时候，对着荼蘼繁茂的悲哀，/也并无一朵微笑，怯怯地，/在你挂着泪的腮上敛开。//……(《梦幻曲》)

3. **意象灵思** 意象灵思是指一种类似于“入神”状态的意象思维机制。这里的意象本身，往往就带有比较强烈的隐喻与象征意味，容易触动幽深旷远的灵思，并使之沿着冥漠玄窈的想象逻辑展开，但其本身却并不具有荒诞和扭曲的性质，句法语法一般也都保持常态：

……//曼长的星带轻挽住大地的绿发;/乌丝被埋在花瓣里；她梦见槐树/沉入了银河。槐花香却永不衰败……

(《槐花》)

4. **意象诞异** 意象灵思凸现的是灵动的诗思，而意象诞异则凸现现象或意象本身。在这里意象本身或意象组合的结果，呈现出怪诞、变异的面貌——而这往往具有刻意为之的性质，作用于人的感知觉，常常具有触目惊心的效果。诗歌的意蕴，需要超出意象的局部修辞之外，在其总体象征指向中寻找：

……/镜头摇近又放大，/那只是软木制成的/大理石肤色的女体模型。/含笑的两眼成两座枯井/不断渗出黑色的液体……/液态墙垣的后面/隐现着 Lenore 的身影！/……

(《凶黑的死胡同》)

以上提到的这些意象机制与意象方式，在古典诗歌中一般来说是比较少见的，因此在屠岸非常纯粹、直接地受古典诗词影响的早年诗作中，同样也不多见。这些意象机制、方式的一个特点，就在于其实现较多地依赖于意象群落和意象体系的结构关系。这与现代更加复杂、也更加分裂的心灵及其诗性体验相联系。但是从“意象经验”或“意象体验”（与意象的客观性相对应，我们有必要提出这两个概念）的总体效果上讲，这一切却并不与诗歌使人心灵整合、生命安居的功能相矛盾。因此，至少就屠岸的诗歌而言，现代体验的渗入，并没有改变意象在诗歌中的性质地位及其对于诗歌的基本规定性；同样也说明，诗歌有能力以意象的方式处理复杂的现代经验。

四

意象机制与意象方式的落实，离不开语言和诗歌文体的创造。作为通晓中外语言的文学翻译家，屠岸先生似乎对语言方面的感触与体味尤深：在《语言的鬼魂》一诗中，屠岸将世界上各种形形色色的语言比作数不清的美丽的鬼魂，而自己的工作则是“魂魄转换术”，自己是这些“鬼魂”的朋友，却永远是方块字的儿子；而《从裂缝渗出的语言》一诗，更是对于民族语言作为灵魂原乡的深切体认。对于语言的亲和性与对于母语的归依感，是一个诗人诗歌写作有效性的基本前提，也是任何有成就的诗人的必要条件。而更为重要的是，屠岸先生是将诗人对于语言的感觉与其“客体感受力”的观念放在一起考虑的：

> 我写诗也是完全投入，把生命播撒到吟咏对象中去，把自己变为客观事物的化身，激活对客观事物充分的新鲜感。有人谈语言的陌生化，我认为二者是相通的。[①]

①屠岸：《诗歌是生命的撒播——屠岸访谈录》，见《深秋有如初春——屠岸诗选》，人民文学出版社 2003 年版，第 394 页。

现在一谈到诗歌语言，人们要么照搬古人，将王弼“立言以尽象”“立象以尽意”一类话头奉为圭臬，要么跟着海德格尔、德里达鹦鹉学舌。其实王弼的玄学思维，正好是扼杀诗意的、对于上古诗性智慧的形而上学化，而海德格尔、德里达的语言观念，是有所针对、有感而发的，它们与中国古典汉语的语言精神也只是大体上相近，在细节上有许多生硬、僵化、过与不及与不够圆通之处。实际上，汉语和汉诗意象一样，既有实体化又有心灵化的特征。之所以如此，却又恰恰因为东方式的心灵不是实体，而是一种负的、消极的（negative）能力，是一个虚怀纳物的、语言与意象可以自由出入穿梭的客体呈现空间。正是在此意义上，语言和意象具备实体化与心灵化的性质，但同时却又在总体上被端呈出其客观性地位。因此，是东方的心灵成就了东方的语言，而不是相反。由此也就决定了汉语诗歌中语言与意象在很大程度上是同一的。这种同一，绝不是指汉字的象形特征容易引发形象思维之类，而是指其存在层次与本体论地位的同一，或者说，这种同一解构与消融了理性逻辑与实用思维中形而上学的、或具有此趋向的世界架构：语言与意象共有的实体性碰撞与磨合的结果，是它们互相揭示、互为映照，而语言的心灵化特征，又使得语言仿佛是透明的，非常明澈、清晰、准确地将意象的画面内容直接呈现了出来。这样，所谓“客体感受力”的观念，毫无疑问也是同样可以适用于语言的。对此，我们应该相信屠岸先生作为诗人的直觉与洞见。

这里应该特别提到屠岸先生的十四行诗的写作。屠岸十四行诗的写作，不仅时间长、作品多，而且屠岸先生作为精通新旧体诗的写作、熟悉中外文学的诗人兼翻译家，其精心尝试应该说有较大的典范意义。从形式上规范汉语新诗、创建现代的新格律诗，一直是许多人矢志不渝的愿望。过去以至现在，人们在进行此方面的工作时，总是自觉不自觉地习惯于以五七言旧体诗的句式与格律为参照。但是以五七言的句式进行汉语新诗的写作，只能是未曾深入现代汉语本质并对其缺乏真切体验的简单套用和移植，因此包括屠岸先生本人在此方面的尝试，我们都觉得并不算特别成功。五七言的句式与现代汉语双音节词为主的情形相矛盾，经常只能造成一种轻捷而微带滑稽的效果，却很难写出深沉凝重的作品。我们不能说十四行诗就是中国新诗格律与形式规范的唯一出路，但是起码，十四行的形式对于现代汉语诗歌来说，反而比五七言旧体诗的句法与格律形式来得更自然也是事实。经过了中国化的改造（比如以“顿”代替“音步”）的十四行体，其格律的繁复精密可以与近体诗相媲美，而且在诗律学原理上确有许多相通之处，有助于凸现汉语言的实体性地位与特征。毋庸置疑，即使在将来，十四行体作为聊备一格的格律形式也是绝对可行的。屠岸的十四行诗写作，谨守十四行的格律，同时却又让人觉得是那样的和谐、自然，如济慈所说的，就像枝头长出树叶那样自然，就似乎不存在谨严的格律形式似的——这应该是诗歌格律的成功应用的标志。不仅如此，我们阅读其十四行诗作，只觉得语言的实感与诗境的澄明交互撞击读者的心灵，意象的纷呈毕现以及整个诗意空间，都被赋予了某种律动的节奏感与分明的层次感，让人感到不是谨严的格律束缚了诗意，而是非此格律不能有这样一种诗美与诗境。总之，屠岸的十四行诗的创作作为成功的范例，为我们探索新诗格律和形式规范问题，提供了可资借鉴的丰富经验。

屠岸自称为“诗爱者”，这一方面当然是屠岸先生的自谦，但另一方面，也印证了艺术问题首先是人生问题、人生可以借助于艺术实现外在性与整体性超越的东方艺术精神。“丹青不知老将至”，是对于东方式的诗化人生状态的典型描写，屠岸先生也正是凭借对于诗歌的挚爱与执着，而得以栖息于胸中的诗意的永恒：于是，可以“向永恒托付希冀 / 对无穷斩断绝望（《永远相望》）”，于是，可以“深秋有如初春”……

2003 年 9 月 6 日

本文写于 2003 年，这次作为会议论文未作内容上的改动。关于本文的核心问题，济慈所说的“客体感受力”（ negative capability），笔者本人后来从类似角度（“负的主体性” negative subjectivity）另有论述，如有兴趣，可参见拙文《“负的主体性”与东方文化思维的后全球化视野》（《山花》2008 年第 4 期）。不过，后者不再是诗歌美学，而是文化理论和文化思维的问题。向屠岸先生致敬！

2010 年 11 月 4 日 补记

无法整合的心灵圣迹

——评叶舟的《大敦煌》

在当下语境中,一个写作者最大的困难无疑是表达的困难。不但在这个星球上已经找不到一块可供浪漫派高蹈抒情的自然美景,就连现代主义的沉重也就像向着虚无处挥舞巨大的铁锤,有一种和自己的影子决斗的荒诞感:现代主义本身成为一出荒诞派戏剧,而要书写这出剧,却又超出了现代主义自身的可能。于是,有人以不断降落的低调咀嚼平庸乃至庸俗,有人以声嘶力竭的嚎叫反抗虚假。但是这样的写作姿态并不能保证它不仅仅成为一种姿态,而一种姿态总是容易被模仿和复制的,也就是说,并不能保证其写作的绝对真实与有效。更为重要的是,并非所有的写作者都乐于栖居于这种低飞的姿态。有那么一种人,纵使痛苦依旧执着,即便破碎也要真实。那么,对于这种人来说,面对一个既像天堂和仙境又像垃圾和废墟的变化不定、亦真亦幻的世界,面对一种既像钢筋和石头又像塑料和泡沫的、怎样表达都非你的原意的语言,如何投射他那圣徒的、青铜般的心理能量?

幸亏有一座敦煌。

提到敦煌,总让人觉得任何语言和表达都苍白无力。它辉煌而又破败,阔大而又辽远,瑰奇而又古旧,神秘而又苍凉,它如梦如幻又如火如荼。它是历史沧桑冷漠的证人,它是千年古国信仰的金顶,它是宗教艺术的淋漓挥洒,它仿佛独立于时空，它仿佛就是一切，但又仿佛什么都不是，对它仿佛可以说千言万语，但又仿佛什么都不能说。它仿佛是一切的象征，但又仿佛什么都不能象征，除非用它来象征诗人的心灵。

但这又是一个拔着头发离开地球的难题：锻造隐喻和象征的心理能量并不外在于心灵。如果说象征和隐喻意味着心灵与世界的彻底的弥合和认同，那么，在后现代语境中，在一个支离破碎的世界上，“世界—心灵—语言”的隐喻链已经断裂的情况下，一个有着一颗像敦煌一样丰富的心灵的诗人，便不可能与任何东西认同。于是象征不得不转换为稀薄的寓言，隐喻不得不转换为转喻，现代主义不得不转换为后现代主义。但是，执着的诗人不妨将寓言当作象征，将转喻当作隐喻，将后现代主义当作现代主义。

于是，一座氤氲缥缈的海市蜃楼从心灵的海面上浮起。诗人告诉我们，那就是敦煌。随后，诗人乘着语言之舟，捧着心灵的碎片去朝圣。当诗人横渡苍茫的海面，愈益接近那个虚无的蜃影，因而准备将碎片拼贴上去，拼成一座金碧辉煌的敦煌时，那座海市蜃楼突然间消失了，碎片再次碎裂开来，而脚下沸腾的大海也云烟一样飘散，一切就像莫高窟中轻盈的飞天的一场梦，只有淡淡的梦痕还像石窟中斑驳褪色的壁画的色彩一样，轻轻地印在那些狼藉的碎片上。一座心灵的敦煌就此落成。骤然间，寒冷的沙漠风铺天盖地：

> 这种书写中一再凭临的寒冷，使我在最后的关头弯下了自己灵魂的头颅。在《大敦煌》即将付梓印刷的这个冬天，我分明看见了她所深埋的那些燃烧的煤炭将逐渐成为一场寂灭的灰烬；她所悉心镌刻的笑容，要一一凋零，而遗址依旧……
>
> （叶舟《大敦煌·致敬（代后记）》）

现代主义式的高亢的诗歌姿态是不可能、至少的不现实的，然而，这一切并非由于“生命破绽百出”（同上），而是我们生存的处境使然。阿坚有一句话说得对：“大敦煌与叶舟可以换算”，但叶舟并不就是“敦煌之都的帝王”。要是，也只是一个已经逊位的帝王，一个曾有秦皇汉武的雄心，而张眼一望，红墙之外已是民国,因而只能与重门深锁的三大殿怅然相望的末代皇帝。于是,苔浓霜冷,柳老花零,雄心也像宫殿般颓圮。时间转换为空间,速度凝结为文体,一座纸上的敦煌去留无迹地无声地站立在了文本的荒漠绝壁之间。在叶舟这里,事情的惊人之处就在于,那种不可能与不现实本身却奇迹般地成就了一种诗歌,或者甚至可以说,是那种不可能成就了一种诗歌的可能。

《大敦煌》总体上是一部碎片之作。我们必须从总体上把握它,又必须在碎片中阅读。说它是碎片之作并非仅指那些称作"歌墟"的短章,而是说所有的长歌短制、散文剧本(和报纸上称《大敦煌》是"诗文合集"一样,这样的称谓并不合适)以及类似于学术著作的篇什,全都是一些或大或小的碎片。它们就像一些锐利的铁屑一样,被一块磁铁所吸引,全部整齐地指向一个方向。当它们滑动着向前,逐渐接近那块磁铁而即将被吸附其上时,却突然发现中间还隔着一层玻璃板。《大敦煌》因此也是一个被解构了中心的结构,就像一座新旧参差不断蔓延的城市一样:你只需要穿行其间去感受那古旧与新奇、华丽与凋敝,你不必去寻找这座城市的中心广场,你也不必徒劳地在每一栋屋宇上寻找敦煌的字样。敦煌也许只是一个梦,轻轻地飘浮在沉睡的城市的上空。

然而就是在这看似破碎与断裂的空空落落之中,存在着另一个方向上的应合与冥契。叶舟说,敦煌是他生命的指南,是他诗歌中永远的首都。那么敦煌自然既不是铁屑,也不是房屋。铁屑在被磁化以后可以吸引其他的越来越多的铁屑,而真正的磁心永远无法企及;城市也许每天早上都会发现有一些新的变化,而昨夜的残梦却已依稀难辨……因此诗歌"首都"的真实意味只能是,幸亏敦煌的灵秘的指引,凭借《大敦煌》,一种诗歌表达模式原型、一种诗性意义机制得以固定下来。"戈壁上的敦煌——心灵的敦煌——纸上的敦煌"构成了一条典型的后现代主义的水平的转喻艺术链。对这个文本(如果不是所有后现代主义文本的话)的阅读,必须参照着"世界—心灵—语言"的垂直的隐喻轴来进行。这个纵横轴交叉成的坐标系会告诉你现代主义和某种生命状态的不可能,也会告诉你诗歌和存在的某种可能:那也就是说,我们还可以凭着诗歌的激情和勇气,对于诗歌的、也是存在的某种意义枢机进行仪式性的拥有。然而诗人做到这一点却并非(像现代主义之前的诗歌那样)凭借帝王似的对于语言的权力,而更像是秉承自某种神秘的启示（无疑，是敦煌给予了叶舟以这样珍贵的、不可复得的启示）、出自于某种纯粹形式化的信仰——这种信仰说到底是对于心灵的某种内在张力、某种可能向度的信仰（而不再是对某种实体性的心理能量的信仰）。因此，说隐喻链的断裂似乎多少是种夸张，这个坐标系的原点毕竟还是心灵，《大敦煌》也毕竟还是一种心灵的印迹、一种由于心灵与世界及语言遭遇的可能与不可能而留下的印迹——另一稀微的意义链条由于诗人的心灵得以贯通，诗人的生命与大敦煌的换算也才得以完成。而我们在这里的议论也终究是种语言的操持，也就是说，一种转喻：既然后现代主义的主旨是转喻而不是隐喻，那么我们也必须把关于后现代主义的理论和言说理解成转喻——这是来自“首都”的召谕，我们应该把它贯彻到底。

信仰的太阳已经陨落。暮色苍茫中，破败的碎片上的夕阳残照就像三危山上神秘的金光一样，却还激动着人一种罕有的、寒冷的兴奋，一种空洞的、没有方向的震悚，与此同时，一种似乎是全方位的意义可能性灵光乍现，像星空一样，在我们头顶上铺展开来。

2000 年 9 月初稿

2003 年 7 月修改

叶舟：《大敦煌》，敦煌文艺出版社 2000 年版。

贯穿瓷器的热情
——评祁人《掌心的风景》

初读祁人新出版的诗集《掌心的风景》①,最让人感动的就是他诗中的那种安详与宁静。听听窗外空洞的喧哗与无边的聒噪,从某种意义上甚至让人觉得这样一种宁静已经足够而不再需要其他任何东西。然而疑问随之而来:何以一位尚处在喧哗年龄的诗人会有如此的心境与诗境?如何解释诗人对于语言的过度信任与不经意?

读过祁人诗作的人都会明显地感到他的诗歌的智性特征。这一点也许至少在表面上构成其诗歌的宁静安详的品质之一面。诗人也许就是他笔下描写的那样一位"智者",以诗性的智慧先于脚步勘探生活的门径,倾听"脚步事先发出的回声"(《碰到脚尖上的石子》):"智者选择这样的方式 / 在脚步迈出之前 / 灵魂就先于脚步 / 深入其内"(《门》)。在这一点上,诗人甚至显得过于老成:"……/ 生日 / 在明日早上六时正 // 明日早上六时正 / 二十四年的风风雨雨 / 将永远告别 / 那些五彩缤纷的日子 / 那些日子的豪言壮语 / 那些无言的情绪 / 那八千七百六十个日日夜夜 / 八千七百六十个日日夜夜 / 在明日早上六时正 / 将纷纷跳下日历 / 坠落在 6 月 18 号的日子 / 且坠地无声 //1989 年 6 月 18 日 / 天气预告 / 阴转晴"(《这个日子坠地无声》),二十四岁时便已如此彻悟,早得让人觉得惋

①祁人:《掌心的风景》,作家出版社 2001 年版。本文所引祁人的诗作均见此书,不再一一注明。

惜。随着生活之路的延展,对人生便有更加不同寻常的见解:

偶然之间 / 你轻轻一推 / 命运之门便启开了 // 人生一如既往 / 无暇顾及往日的一切 / 比如红豆般的相思 / 比如绿叶般的心事 / 比如大海中颠簸的船只 / 比如载着船只飘泊的流水 / 比如……一切 / 一切都在命运造访之前 / 严阵以待 // 偶然之间 / 或者于想象之外 / 你轻轻一击 / 岁月之河便解冻了 / 命运之门 / 亦然洞开

(《命运之门》)

命运如同杂技演员脚下的钢丝,当我们战战兢兢地面对命运时,我们与其说是敬畏命运本身的统治,倒不如说是害怕被遗弃于命运的掌握之外。也许只在不经意间,命运之门的珠帘绣幕已经轻快地在你微笑的脸旁拂过。诗人祁人可以说是一位耽于沉思的诗人,他在诗意的沉思中也领略沉思的诗意:

夕阳照过来 / 我独坐草地 / 影子 / 斜斜地映照于草地 // 这时,我的思想 / 注视着夕阳下 / 斜斜的风景 // 风景斜斜 / 思想斜斜 / 影子斜斜 / 夕阳映照过来 //……

(《夕阳映照过来》)

然而诗人毕竟是诗人,而不止是一个宁静的思者。宁静如我们前面所说,也许只是一种表象,是诗的终点而不是诗的起点,诗人只是把沉思当作勘探生活和处理经验的一种必要手段。现代生活就像瓷器一样光滑而坚硬,人们每天的忙忙碌碌只是在其表面失重地滑动。人们的激情早已干涸,更不知道什么叫做思想。而作为诗人,在表面的宁静之下,仍然是“滚烫”的激情:“所有人世间无法预计的苦与难都来吧 / 所有生命中难以承受的轻与重都来吧 / 请你们一起来吧,就在今晚就在这个时刻 / 当一朵茉莉与爱情同时盛开的瞬间 / 让我幸福地同你们一起死去”(《午夜的花朵》)累累伤痕而依旧执着:“我们生命的向阳花 / 常常被刺伤而累累血迹 / 可是我们的灵魂因为向往幸福 / 依然闪烁光彩”(《人生是一种经历》)这一切,我们都愿意看作是一种本真存在的勇气和真实生活的激情,一种可以“贯穿瓷器”的激情,思想只是激情所携带的一把利钻:

> 美丽的商品总是易于破碎/像瓷、水晶抑或首饰/往往在显眼处兜售或批发/对于它们,浪漫的诗人缺乏激情/……//……我面对着一只茶杯发愣/愚蠢的诗人啊,妄想/将全部的热情贯穿一只瓷器/让一朵茉莉花开二季
>
> (《茉莉》)

诗人对于生命与存在有着深刻的了悟与沉思:诗人意识到黑夜乃是本质和极限(《从什么看到黑夜——答S兼致顾城》);因为“碰撞、扭曲、破碎总是/痛在心之最低层”(《梦是一面美丽的镜子》),因为“忘却是一种美丽”,于是诗人去祭奠昨天:“昨天是纪念碑/令人不远万里/携带花圈、眼泪和庄重/前去顶礼膜拜。”(《昨天》)诗人期待明天(《明天》),“选择梦境”(《梦是一面美丽的镜子》),明天和梦境就是被遗忘的存在,是“遥想于千里之外的/一种风景”(《风景》),这一切都叠合成当下的现时的此在:

> 今天是一种存在形式/是居住的小屋/今天是我这一只手/是我手中的笔/是笔写在稿纸上的文字/是文字正在排列组合的一首诗//今天活着活着真好/今天阳光明媚
>
> (《今天》)

这里在不厌其烦的罗列与缕叙中体现的,是抵达生命本真形式的安详与喜悦,激情贯穿坚滑的、虚假的生活形式的硬壳,化作本真的存在芬芳而宁静地开放。最宝贵最真实的存在就是现时的此在:真实得让人略微感到眩晕,真实得仿佛一朵盛开的茉莉花,可以采撷于掌心。

现在我们也许可以这样说,在祁人那里,存在大于语言,因此祁人的选择是:信任语言,把诗当作一种存在方式和生活方式:“在每一个平平常常的日子/

生活、劳动与写作 / 就是我每天的词汇”(《寄自西绦胡同 13 号西门》)诗人早已洞察了被抽空本真存在的空洞贫乏的“人行走于世上的风干的姿势”(《小小一片落叶是人的一生》):“我们常常是这样 / 被虚荣和权势 / 骗取青春和热情 / 终生在风风雨雨中 / 蹉跎跋涉 / 青春已老 / 热情淡泊 / 我们的荣誉终究 / 由人指东道西 / 一生一世 / 太少安宁的日子 // 我们常常是这样 / 让时光 / 轻飘飘地流走 / 而台历上的春夏秋冬 / 那些旧日子 / 永不回头”(《平凡人生》)然而,实际生活中的风尘仆仆的祁人,也许并没有过分强烈的“诗人”的角色意识[①],他无意于做一个语言的技术员和诗歌的手艺人。语言无论是作为“家园”还是作为“牢笼”,可能往往也是出于诗意的或抽象的想象,诗意总是不那么悲观也不那么乐观地在真实生活的河床里实在地流淌。对语言的元写作的紧张关系和钟表匠式的关注也着实让人疲惫。祁人不会去做一个往往有堂吉诃德之嫌的愤世嫉俗的反抗者和圣徒,他也不愿意把跋涉的脚步圈定在语言的地平线之内。祁人考虑的是:“怎样做一位 / 平凡的归人”(《最后的忧伤》)祁人想做的是一位在平凡中不平凡的诗人:“生前这位瘦的诗人 / 死后将是一块墓地 / 其实,这个人 / 无论生前 / 抑或死后 / 就是那个 / 你在意料之外 / 想到的人”(《墓志铭——自画像》)现实既然不能逃避,不能改变也无需改变,那么便不妨“以立体的方式热爱这座城市”(《寄自西绦胡同 13 号西门》),自然也热爱诗歌,在依寓与栖居于诗歌之中的同时,咀嚼平凡的生活:

> 在这个世界上 / 我们只能与诗并肩生存 / 我们以生命的血肉 / 喂养诗句 / 人生的朝朝暮暮 / 总与诗相依为命 / 我们的世界因为诗 / 而绚丽缤纷
>
> (《人生是一种经历》)

把诗当作一种生活方式,以诗的真诚与热情去生活,平凡的生活因此澄明、宁静、真实、美丽地洞开,本身也具备了足够的诗的芬芳:“像每一个这样平常的日子 / 诗歌,一步步向我亲近。”(《寄自西绦胡同 13 号西门》)如果生活本身已是

①参见张况:《用 38 码风尘抒发 960 万平方公里豪情的诗人——祁人印象》,原载《东方明星》1999 年第 7 期,此处见《掌心的风景》第 256 页。

自足地具备足够的诗性或诗意，那么，“关于生活，我还能对你 / 说些什么”（《关于生活》）。如此的生活，连空气也是幸福的。

总而言之，诗人祁人不仅是一位令人尊敬的诗人，也是一位令人羡慕的诗人，而这又不仅仅因为他那充满智慧的诗歌，也因为他那作为“诗人”的丰裕的、灿烂的幸福：

惟有幸福如海棠一样
真实、生动、栩栩如生

（《海棠》）

2001年9月8日

美神朝圣者穿过暗夜的空谷

——刁永泉论①

作为诗人和书法家的刁永泉，无疑属于那种纯粹的艺术家。对于一个纯粹的艺术家来说，时间和历史就像夜空的银河一样清淡而辽远。当世纪的交替给人们提供了巨量的想象资源，新世纪的阳光，也为各种现代神话的孵化提供了充足的温度，时间神话、“审美”神话、科技神话等等新旧现代神话，或被注入了强心剂，或被新近炮制出来因而像花花绿绿的彩色气球一样满天飞舞时，一种纯粹的艺术姿态便显得极其可贵和可敬。与那些振振有辞的现代神话相反，诗歌是这样一种谎言：借助于这种谎言，我们可以活得更真实。当然不是所有的人都生活在同样的“现在”，但是一个真正的艺术家从来不是仅仅生活在有限的“现在”，或者更确切地说，他不接受这种过去、现在、未来的简单肤浅的划分，他超脱于这种划分，而坠入一种深度的存在之中。同样，不是没有无效的写作，但是当一个纯粹的诗人向着诗中倾注了几乎全部的生命，而诗人的生命也被他的诗歌所提升、笼罩和照亮，并最终得以在诗意中栖居时，诗人的生命由此在诗中

①本文论述所根据的主要是刁永泉新近出版的四本诗集：《回归家园——田园诗卷》《情感与理解——赠答诗卷》《梦游者——世情诗卷》《神·鬼·人启示录——哲理诗卷》，中国香港天马图书有限公司 1999 年版。对于全面论述来说，这显然是远远不够的，而且，据诗人自言，最为其所看重也最能代表其创作实绩的一部现代诗集《美神敲门》尚未出版。因此，这个题目也许名不符实，本文也不能算作全面总论，但因暂时无法系统读到《美神敲门》及后来的诗作，所以也只能如此。

得到绝对自由的舒展时，诗人和他的诗便构成了一个近乎自足的世界，像神圣一样自足。这时，他就可以不去理会那些吵吵嚷嚷的时间神话和意气之争，而只是忠实于自己的生命与灵魂去写作，这样写出来的东西，便不能不是诗。这便是刁永泉的生命状态和诗歌状态。否则，很难想象，一个在当时乃至现在都并非以“前卫”著称的诗人，在20世纪70年代便写出这样充满力度的诗句：

> 草坪上，白发老婆婆推转磨石；/残月照冷她伛偻的背影，/仿佛一篇童话，仿佛一具化石。
>
> （《回归家园·古磨》）

说诗人不仅仅生活在“现在”，并非说诗人与“历史”全然隔绝，而是说，诗人不能让“历史”的波涛拍碎和卷空自己的生命，诗人有意地躲向世界之夜的深处，通过疏离“历史”而与历史发生关系。当“历史”的冲击波穿过辽阔的时空并穿过诗人强大的生命化为诗意之光时，便显得格外宁静而深邃，而不像当时为时代愤怒或歌唱的新诗潮那样焦灼和热烈。也许正因为这样，才使诗歌获得一种静观的深度：以“童话”与“化石”这样形成巨大反差的意象撑开一个开阔的诗意空间，成为对“历史”有力的概括。这正是诗歌的力量。凭借对自身力量的坚持，诗歌挣脱了历史叙事的整合，维护了自身的自由与纯粹。诗人本来就无意为“历史”那道浅浅的天河增加一点什么，而只愿意在天边作为一颗流星划过夜空，燃烧自己的生命。诗人的生命无始无终，从混沌中来，向黑暗中去。诗人的生命就是为燃烧而来的，它因此强健而纯净：“荒丘下长出一个枝条儿/像一个赤裸的幼婴/挥动着鲜嫩的小手”（《沙漠》）[①]。仿佛只有这样的生命才能充分地燃烧，才能燃烧出光亮，才能在燃烧中达至生命的狂欢（《天鹅》）。

当生命的迷狂为诗意所引燃，诗人的宿命也便暗夜般降临，虽然黑暗会反衬出生命与诗歌的亮度。

---

①《梦游者——世情诗卷》。

昼的声音夜的声音/白的声音黑的声音/织成网，网一段浑浊的水域/半坡村的鱼群到下游来产卵/匆匆忙忙地游来游去

（《梦游者·现代古城》）

“现代古城”这个题目便显示出诗歌所处的这个悖谬的、贫乏的现代境遇。在现代性之网中，历史被解构，当我们这个古老的民族急于凭着经济的独轮车进入现代化轨道时，诗歌所必须面临的“现代古城”是一个比摩天大厦更加虚假、轻飘的纸糊的世界。所有这一切，敏感的诗歌很早便有预言式的抒写。《到林间去》（写于1980年）这首诗更典型地写出了诗歌的当下遭遇：当“诗人”想用“诗稿”当抹布，替一个本应属于充满“阳光”“玫瑰和丁香”的林间的小姑娘来擦洗“梦魇的城市”的肮脏时，得到的却是“真荒唐/你那些薄薄的小纸方”的嘲笑。[①]当那场疯狂的、动荡的浩劫结束以后，时代的变迁，确也给诗人带来欣喜和希望，带来“葱绿的意境/橙红的主题”（《红楼房》）[②]，但诗人很快发现我们所处的这个混乱的、无历史的时代之于那个狂热的、极权的年代，对于诗歌来说，就像银河的此岸与彼岸，同样是长夜茫茫，诗歌只能在政治极权与经济神话的峡谷中艰难地跋涉：“不知走了多少路程/不知走了多少时间/在深深的夜里/画了一个好大的圆圈/圈住一片虚幻/真实的自我迷失在梦里/真实的世界丢弃在外面”（《梦游者》）[③]“访旧问古，今晚我走上迷途，/昏乱了！在这条幽僻的山谷”（《古栈道夜行》）[④]，而生命也在艰难的砥砺中迸射成诗意：“月夜里，撒出一页页带血的书稿/晨风中，吟唱一曲曲热恋的歌谣……”（《枫桥》）[⑤]

在与现实的山谷碰撞的间隙，当诗人退守绝对的形而下咀嚼生命时，诗歌也变得格外真实而宁静；在宁静中，常有哲思化入诗歌。

①《回归家园——田园诗卷》。
②《回归家园——田园诗卷》。
③《梦游者——世情诗卷》。
④《回归家园——田园诗卷》。
⑤《回归家园——田园诗卷》。

回头指顾那一段荒地 / 见一个人影 / 牵着一个人影 / 一行迷乱的脚印踩着 / 一行迷乱的脚印

（《情感与理解·同行在雾中》）

那边一只风筝飞远 / 牵着这边的一根白发 / 这边那边之间 / 隔一层玻璃

（《情感与理解·这边那边》）

诗人躲开了骇人的“历史”，拒绝了虚假的“时代”，在夜色深处抒写平淡而有味的此在的沉重肉身体验。同时，这一类诗作也许构成诗人后来恪守严格的现代主义而“向内转”的一个契机。

生命之树常青，而理论是灰色的。但是对于真正的诗人来说，没有独立于生命之外的智能：“我珍重地摘一片新叶 / 夹进这烤得干瘪的诗行”（《塞上的白杨树》）[①]。于是哲理诗也由于与生命之源的沟通而显得郁郁葱葱：

黑夜追着白天 / 白天追着黑夜 // 有了白天黑夜 / 才有完整的日子

（《神·鬼·人启示录·黑白哲学》）

这样的诗不是在彼岸的天空盘旋的理念，而是在此在的世界中徘徊的哲思。诗人谦虚地认为写哲理诗是超出了诗人的职责[②]，做了诗人不该做的事。但是，正如我们前面所说，智能并不外在于生命，智能并不就是概念、判断、推理，更不是浅薄的小聪明。作为人的根本规定性，智能是诗的开始也是诗的极限，是最初的和最后的诗意。哲理诗写的是智能而不是哲学。况且，即便是哲学，它的古义也并不就是逻辑演绎，而是“爱智慧”。生命的潜流照样可以在哲理诗中贯注。

然而，在暗夜中跋涉，诗人终究是孤独的：“夜来了，我走进冰谷 / 抓到一颗小小的星儿 / 它是我那燃烧的心 // 夜呵夜，太浓太冷 / 难道心熄灭了，丢失

①《梦游者——世情诗卷》。

②《神·鬼·人启示录——哲理诗卷》的《自序》。

了 // 我在泥污里摸索了很久"(《心的挽歌》)[①]"你总是记着岩层里的故事 / 隐秘地闪烁，曲折地流淌 / 连小草也不懂你的爱情 / 你岂不过分地伤心凄凉"(《潜流》)[②]孤独的十字架还不是唯一的悲哀,更为可怕的是,"当神坛的香烟暗淡了",诗人只能在信仰的"废墟上流浪"。[③]但是诗人不能没有信仰,诗人不能没有家园。因为诗仿佛是一个至美的神座,总在召唤一个至善的信仰。只有神座没有信仰,总觉得空空落落,无所归依。因此诗人总有一种强烈的"寻找归宿""回归家园"的愿望:诗人的天职在于还乡,诗人之旅终究是一条寻找家园的漫漫长路,这条路直抵生命的地平线。在这条路上,诗人像一只逆风而飞的孤雁一样,像一只倏然远去的飞鸿一样,飞来飞去,只能由自己的心灵飞向自己的心灵。焦灼与失望,兴奋与隐痛被置于生命之跷跷板的两端,任何一端随时都可以将另一端轻易地撬起,使这架跷跷板处于永不停息的辗转翻腾之中。所以,为了灵魂的安宁,诗人总是在固执地寻找家园,虽然寻得的家园很难说只不过是途中的驿站:

灵魂,到处流浪
寻找个舒适的位置

(《梦游者·挤》)

很难有永恒的家园。诗人构筑的诗意家园总是轻易地被严酷的现实撞碎,要得到最终的解脱,只有等到生命像晚霞一样在地平线上消失的时候。但只要生命不息,诗人总在寻找:诗人不能像一只"野鸭"一样在"虚空中浮悬",找不到"落脚的地段",[④]诗人不能没有家园,但诗人总在飘泊。因为诗人其实找不到任何真正的家园,除了诗意的"家园"以外;世上也没有真正的上帝,除了提升自己的生命达至神性以外。认为自在的自然是家园,只能是诗人的天真之处。"家园"

①《梦游者——世情诗卷》。
②《回归家园——田园诗卷》。
③《梦游者——世情诗卷》。
④《回归家园——田园诗卷》。

只有在诗美的太阳之下才能显耀:“但他总是无穷无尽地翻过去,/ 把他那硕大的印章 / 打在一处处画面上 / 哈,这画册是属于我的 / 这蓝天绿野,河山沧桑 / 这大千万象,寰宇浩茫”(《阿波罗》)[①]。只有以诗意的眼光看待自然时,自然才是“家园”。当然,诗人也来自自然,但是真正的诗人的生命具有先天的诗性,是天地之精华,因而真正的诗人只能是天生的:

诗人也是大地的一滴血
是一个韵脚,响亮而简单

(《回归家园·雪峰初照》)

来自大地的诗人因而总是有着强烈的生命意识:“生命,支撑在锋利的冰刀上 / 永远寄托给行动”(《红冰鞋》)[②]同时也对生命的高级状态有着执着的信念,而不甘于在凡俗与平庸中将生命耗尽:“人呵 / 必须在光晶中疾走 / 不再向阴影里退却”(同上)因而诗人总喜欢向后看,向生命的自然之源中汲取力量和诗意。然而这种向着自然状态的回归,却不是简单地返本复初,在对自然家园的寻觅中,寻觅的是存在的本源,寻觅的是诗意:“在早春你变雨,在大海你变浪 / 流过我心中的是诗意的冥想。”(《潜流》)[③]在诗意的阳光中,灵魂得以暂时地安宁,而生命也在神圣的颤栗中被提升了一个螺旋:

这来自宇宙深处的声音
这不可企及的永恒的音乐
注满一个匍匐于尘俗的灵魂
启示它在神圣的颤栗中
庄严的上升

(《梦游者·天籁》)

①《梦游者——世情诗卷》。
②《梦游者——世情诗卷》。
③《回归家园——田园诗卷》。

诗人有两种:诗“人”和“诗”人。前者诗渗透、裹挟了“人”,诗就是人,人就是诗;而后者诗只是其生命中的一瓣。后者也可能写出纯粹的“诗”,但只有前者才是纯粹的诗人。后者把美和善分开,在其心目中二者界限分明,具有相等的地位;而对于前者来说,美即是善,善即是美,二者密不可分。所以对于纯粹的诗人来说,非实在的善与美既不易把捉,尽善尽美的诗便成了诗人存在的最后根据:诗以善为核心而以美为外表。于是,一个纯粹的诗人心中只有诗,只有美,他把神也当成了美,他把美奉若神:

天边那永存的圣迹
恋着一颗虔诚的心
那美丽的图纹标满启示和预言

(《梦游者·朝圣者》)

诗人以近似于对上帝的虔诚,把发自自己生命深处的声音当成“来自宇宙深处的声音”,当成“不可企及的永恒的音乐”,当成神性的启示,踏上美的朝圣者之途。但这条路只是通向神座而不是通向神,诗人不是宗教徒,诗人甚至是上帝的反叛者:当他来到上帝的面前时,他才发现,自己朝圣的目的原来是想赶走神座上的那个陌生人,用那个华美的座椅来乘载自己神圣的灵魂。诗人的信仰最终只是指向自己生命中的神性,而不是指向外在的上帝,诗之神座中供奉的最终只是诗人他自己。也正因此,诗人的灵魂最终也不得安宁,诗人便是那种最需要上帝而最不能有真正的上帝,最需要家园而最不能有永恒的家园的人。这一切,便是诗人的宿命:

连接出发和归宿的
是一行长长的足迹

(《梦游者·旅人》)

如果说刁永泉早年的部分诗作以今天的眼光看来，往往会觉得略显单薄、拘谨，句式有些单调，象征指向也过于确切，但是，当我们一旦看到诗后标明的写作时间时，同时想想那个时代的贫乏与单调，又往往会大吃一惊，乃至为时间的错位而感到眩晕。刁永泉近些年来的诗作(以及早年的一些作品)，当然早已是点画狼藉，一片混沌，摆脱了单向度的抒情而转向立体式的概括与抒写，凝重的语言有着古瓷瓶般的质地。如《黄土印象》[①]这首诗就以诗的方式，重新组构了黄土地上苍凉的精神生态史，诗句纵横开合，内蕴浑茫深厚，是一首成功的现代诗，堪称刁永泉的代表作之一。同时，刁永泉在诗的体式上也作了多种探索。他曾出版过一部歌谣体的诗集《山谣》[②]，在古朴的形式和琉璃似的语言中，不时闪烁现代色泽，表现出融合古今的可贵探索。同时他也写有一部旧体诗集。在众多的体式中，使得诗意多向度地展开。总之，在刁永泉的诗作中，一种具有现代精神的“古典美”已经确立。

生命，始于自然，终于神性。

诗，始于爱，终于美，凝定为一个纯金般的光彩夺目的神座。

由神性的至善与诗中的至美合成庄严华妙的诗境，从茫茫天宇中照耀大千。

2000 年 10 月 28 日

①《回归家园——田园诗卷》。

②《山谣——歌谣诗卷》，陕西人民教育出版社 1994 年版。

词汇学写作的可能性
——读奔雷《语言碎片》组诗

对于语词及其刺激的敏感是诗人基本品性。然而可以称为“词汇学写作”的写作范式的特定所指，却并不在此。最近，笔者读到诗人奔雷的题为《语言碎片》（A—R）的组诗和《雨天格调》《夏日琐记》等同主题的近作，确信，这个名目也许可以作为奔雷所启示的某种写作范式的命名。

人们通常设想一个初始的作为主体性的延伸的、对于世界进行隐喻式命名的语言与词汇学的扩张过程，因此，语言被认为带有一种基本的隐喻特质。当然，这种设想来自于主体作为世界理性秩序和意义中心的幻觉，来自于出自主体激情与焦虑的对象化的隐喻式移情。人们赋予隐喻的原初诗性，就在于主体在饱胀的中心感之下，对于黑暗的融解和世界的敞亮功能。这种曾经诗意过、真实过的“幻觉”，在人的死亡、主体消解的情形下像雾一样被吹散后，暴露出的是残酷而空洞的、顽冥不灵的有如太初的基岩：

而犹可谛听的——
除了溃疡的风溃疡的河溃疡的酸曲
恐怕还有从白垩纪寒武纪漫漶的空洞中

隐约泄出的手术器械诵咒似的磨牙

（《语言碎片》(G)）

在貌似繁华的光怪陆离之后，是死灰般的漫漶与黑暗。对于诗性灵魂来说，它只能带来一种在激愤的否定中的无言的痛苦——这里的无言，指的是不能通过隐喻式的命名构成任何真实的诗性经验。这时词语的宝石黯然变质，隐喻的诗性论证不足。于是，诗歌的意象派（它不仅是西方某种诗歌流派的而且也是中国古典诗歌的写作模式，西方的意象派倒是深受中国古典诗歌的影响）式的、唯名论式的写作模式，在本体论与存在论的层次上被抽去根基。因此，像多数当代写作者一样，叙事成分是奔雷运用得相当熟练的一种手法（在奔雷这里停留在伪叙述的句法上，原因见后）：

软包装饮料的排泄孔标着经济增长指数
音乐快餐涎笑着漫入米色太阳裙的波段
青光眼　电吉他　迷乱的心电测试仪
一束又一束妖冶的灯光用溃疡式的抒情
柔靡地追逐着紫丝绒会议紧裹的肥臀

（《语言碎片》(B)）

在对于“语言家园”的理解中，最大的悲哀，莫过于一上来就把语言仅仅只是当成了板结一块的语言——这时语言的家园便永远是地平线外的海市蜃楼，是对我们无用与我们无关的东西。在浪漫主义主体的精神现象学式诗歌书写模式当中，语言是诗意的被过度信任的垫脚石；在现代主义中，语言作为一种被质疑的媒介，在一种消极的否定性中物化、结石为密不透风的实体。而在后现代的视域中，应该对语言持一种辩证的理解：语言既呈现世界，又否定世界；语言与世界既同质又异质；语言既是又不是它自身。这一切并非一种理论的主题，而是在浓郁芳芬的诗性经验中，清清亮亮地得以澄明的。精神与语言两者之间的内外重轻关系，应该颠倒过来：不再可能的精神现象学转换为语言现象学，而诗歌中的叙事成分，正是写作的语言现象学态度的表征。叙事的语言现象学态度，意味着诗意在语言的指缝中洒下，而不是盛满在“语言家园”的盆景中，在叙事中，语词将自身编织入一种立体性的、既是又不是其自身的辩证结构当中。在这里，语词作为语词自觉，也作为非语词自觉，而语词的自觉又意味着对于叙事之为诗性的自觉。因此，叙事不是一种文体上的态度，叙事是一种对语言的态度和对诗意构成的理解方式，诗意从被高浓度地封闭于纵向聚合的隐喻胶囊，转向在疏荡的横向连结的语词的肌理界缝中洋溢。

在诗人奔雷的笔下，充满了像苍蝇一样在我们耳旁嗡嗡作响的、拂之不去的“现代”流行语汇——这只能表明诗人对之进行诗意化处理的能力：“投资环境”“螺旋楼梯”“珠光指甲油”“三叉神经疼”“真丝领带”“昂立一号”“创意经典”“减肥茶”“安神补脑液”“盗版光盘”“商业性微笑”……“词汇学写作”的特点，正在于与其说是对于语词之诗意的自觉，倒不如说是对于语词之缺乏诗意的自觉。因此，这里所进行的超位格的组合，带来的就不是现代主义式的张力——这需要以语词的隐喻式的诗性意义具足为前提，伪叙事所完成的，是一种对于残缺不全的、无力的隐喻的拆解，在叙事（句式）中从词汇学的角度剥离语词的遥远象征和隐喻，而倾向于一种寓言性表达和反讽性的诗意结构：

生日晚宴在尴尬的一怔之后绽开谀词的花束
巧克力小甜饼轻盈而至诱发了幸福浪漫的胃口
闭拢双眼陶然于葡萄酒柠檬汁醉染秋林的感慨
稍一吟哦便痉挛起卧在轮椅里的那段风雨泥泞

（《语言碎片》(Q)）

我们所面对的，无疑是一个诗意极其匮乏的时代：

惨愁的仅仅是咳血不止的肺结核文学
他在满地嚼湿的瓜子皮上锻錾精神基座
西皮摇板　二黄散板　鱼贯亮相的脸谱

一个个极潇洒地甩下一程水袖美丽而去
剩落泊的琴声悻悻地讥诮成
放浪狰狞的饕餮纹舞蹈

（《语言碎片》(B)）

要在没有诗意的情况下完成诗意的表达，不仅仅需要激情与愤怒，也需要智慧与超然，因为表达本身已经是诗意的完成，因此，诗性语言需要将自己包裹起来，诗意需要一种抱韵的结构。我们在奔雷的诗作中感到有点不足的，正在这些地方：诗性叙事带来的反讽仅只停留在句法上，而非全篇的诗意结构上，一种甚至带有暴力性的痛快淋漓的、单向集束的批判性句法，除了给人以单调感以外，也容易将诗意耗尽。但诗人奔雷之所以作为“词汇学写作”范式的启示者，或许正在于后者并非其出于自觉的选择而是为完成诗意表达，迈出的不得不然的步伐。然而正因此，词汇学写作不仅是我们时代的一种诗歌的可能性，也应是诗人奔雷以其自身优秀的诗人质素，所应予以发扬光大的写作范式。我们在作者写作时间稍后的一些诗作中，看到对于这种写作模式运用得老练自如的趋向，我们希望并相信，一个老笔纷披的更加成熟的境界，对于奔雷来说将一定是一个并非遥远的现实。

2002 年 3 月 15 日

圣光中的心灵之花

诗人的心灵就像一座圣殿,其中供奉着的是自己的神圣的情感。

然而,不知从什么时候开始,人们的情感开始变得像易拉罐一样表面光洁、但却单薄空洞、声音刺耳,为了捕获与表现那吉光片羽的真诚的心灵触动,人们动用了沉重的理性工具来捕捞与支撑、用了繁琐复杂的技艺来呈现、固定那点稍纵即逝的真实。这也许是对的,但诗歌从此变得晦涩滞重,诗意变得微茫曲折。这也许是不得不然的,但我们总还是期盼直接、简单却并不单薄幼稚的诗歌表达与理解的意义通道,期盼厚实、复杂却并不抽象难懂的诗歌情感结构。

诗人于炼的新作《圣洁的玫瑰花》由三辑诗作组成,分别被冠以“蓝玫瑰”“红玫瑰”“紫玫瑰”的名称。玫瑰原也不过是自然界的一种植物,本也无所谓圣洁、美丽与否,人们赋予它的种种美好意味不过是人们心灵中美好情感的寄托。具体到眼前的诗集来说,它们实在不过是盛开着的诗人的情感之花、心灵之花,而在这其中尤其令人称奇的是,这三朵“玫瑰”及其排列方式,从历时的角度讲,它们似乎是赋予诗人过往岁月中的情感经历的一种秩序,和对于这种秩序的诗意的理解和把握;而从共时角度讲,它们似乎又提示给我们一种隐然符合“情感辩证法”(钱钟书)的“正—反—合”的辩证程序,一种诗歌的心灵机制——即使诗人作出这种安排不是自觉的,但它出自以成熟的心智,人们也应该相信其暗合这种诗歌情感处置的心灵规律的可能性，或者反过来，作为一种成熟的诗人心智，它需要包含这种基本的心灵机制，否则，它将是幼稚的、单薄的。由此，也可以说明，“蓝玫瑰—红玫瑰—紫玫瑰”的排列顺序反映的不一定是一种时间上的前后关系，它也可能是一种共时的情感成分与心灵状态、心灵机制。

“蓝玫瑰”从情感色调上讲，更多的是一种少年式的忧郁情怀与离愁别绪的黯然伤感：

多年岁月宁静成一个/水一样清透的夜晚/你的眼睛/是悬飘在空中的月亮/啊，忧伤/我的一生都漫射着/思念的光芒

（《忧伤》）

我独自孤泊于银河两岸/陪伴烁光寒星/轻轻地踏响命运的钟声/低吟逝去的年华，逝去的梦……

（《早春的伤痛》）

“真实”在今天是一个说不清楚的哲学命题，然而世上总是存在着一些不能被证明、却还是被相信、被信仰的真实，存在着一些不能被模仿、却是被羡慕的情感。总有那么一些古老的情感穿透厚重的历史之墙与时间之雾积淀在每一个人的心底，以此来建构基本的人性；总有那么一些诗歌以此种情感为武器，来击中每一个人的心灵。问题在于，可能不可能带着这种美丽的情感走向自身的成熟？结论是肯定的，诗人于炼正是有意识地调动与起用这种情感构成，来组织情感处置与诗歌写作的心灵机制，并将其带向自身的成熟：

从悲惋的夏/学着蓝蜻蜓/飞向成熟的秋

（《蓝蜻蜓》）

此种蓝色的情感，从情感动力与诗歌机制上讲，是诗歌的起点。这种蓝色的情感是一种被阻滞、被遏止的情感，对于诗歌来说，它却是正向的力量，古人说，

“为赋新词强说愁”，“强说愁”当然不可取，但其中所讲述的正是这个道理。通过这种情感动力与心灵机制，诗人把那些忧伤的诗歌写得美轮美奂：

可我隐约看到／几滴细雨划过你美丽的脸／击落了／一群飞翔的鸟

（《望雨》）

尽管如此，这一情感的抑制机制还处在自发的心灵状态之中，通过这样的机制当然也能写出好诗，但它毕竟还处于诗人心智的第一阶段，它还带着少年式的怯弱与青涩成分。它因此还需要自己的对立面作为自身的“否定”与补充。

于是“红玫瑰”便来到人们面前。“红玫瑰”的特点是情感的热烈、明朗、简捷、直接，它从质地上不同于第一阶段的蓝色情感，它是一种情感的舒展与释放，它将赋予第一阶段的蓝色情感以强度和力度，一种艾略特所说的“情感的明晰度”：

只要我活着，那诗那歌／阳台外的那块蓝天／以及咬破舌尖／所吐出的《命运交响曲》/就属于你了

（《属于你》）

你已经拿去了我的生命／只要把它放在神圣的地方／我浸泡痴情的血液／就会奔流成不息的大江／没有半点吝啬／终生流淌

（《给你》）

但作为诗歌写作的情感与心灵机制来说，它的简单与过度使用将导致诗歌的单薄、直白，缺乏情感的厚度。古人所说的“欢愉之辞难工”也正是这样的意思。总的来说，这是一种很难掌握的情感方式。因此，我们有理由要求前两个阶段的综合，“蓝玫瑰”与“红玫瑰”的综合：情感色调与质地上的综合，还有作为诗歌情感处置的心灵机制的综合。

在色谱上，“蓝”加“红”得到“紫”，“蓝玫瑰”与“红玫瑰”的综合得到“紫玫

瑰”。在“紫玫瑰”中，诗人的情感得到冷凝、沉淀：

岁月苍茫已记不清你的脸 / 滚滚红尘却忘不掉如梦的从前 / 恨爱交错出悲欢 / 已成云烟

（《往事如烟》）

在这种情感的冷凝与沉淀中，经常有两种甚至两种以上色泽、质地与指向不同的情感交错、综合到了一起。然而，与通常的对于情感的现代主义式处理不同，在这种综合中的理性介入尽可能保持在了最低的程度上，因此，这种综合是情感与经验的综合，而很少理性与观念层次上的综合。所以，在这里，我们虽然不再能够如在“蓝玫瑰”与“红玫瑰”中那样对之进行简单的情感类型区分与理解，但它并不晦涩难解，这是诗人贯彻情感主义的结果：

沧桑不再成为经历的勋章 / 圣餐一样让诗人吞嚼出悲壮 / 浪漫的红玫瑰收藏起羞涩的月光 / 思念只是风景线上一处点缀的感伤

（《世纪之门》）

两种以上的情感在综合中获得了某种平衡，两种情感机制也综合为一种更加复杂的情感处置方式。在“紫色”的复杂的心灵机制的处理下，即使看似依然纯真、简单的情感，也带上了厚重的经验成分与复杂的思想意味：

一条路在我的眼前 / 晃动 / 白色的……/ 脚印的轮廓 / 挂满无知的欢乐 / 随着寒冷 / 在大地上飞奔——一个幼稚的岁月

（《童年》）

在更多的时候，在这样的双重的综合中，诗歌获得了饱满厚重、浑朴苍凉的美学品质，像《岁月》《故乡》等诗就是诗人十分耐人寻味的优秀作品，堪称于炼这本诗集中的压卷之作。然而这还不是全部，诗人从诗歌中获得的并不只是心力的劳作与精神的愉悦，通过诗歌，像一种秘密仪式一样，诗人也获得了一次次心灵净化与提升的深刻体验：

> 无论黑色怎样涂满命运／晴朗和憧憬一次次被枪声击落／快乐的鸽子／只能在别人的天空里飞翔／即使这样／我仍铺平心灵的圣洁／执著而坚定地走向唯一的真理
>
> （《走向唯一的真理》）

这样，岁月的沧桑转换为心灵的充实、丰富、坚定，情感的经历归并于诗人心智的健全与成熟。我不想说这本诗集中的诗作都很完美，诗人付出了走向这种健全与成熟的代价，但诗人最终拥有了它们。更为重要的是，在这两个向度的转化中，诗人的心灵获得了一种自我提升的机制，后者可能与诗有关，但它超出了诗，它不是一般意义上的“用笔写的诗”，很可能它就是真正意义上的“用心写的诗”（《玫瑰色的想象》）。在心灵的这种自我提升中，一种圣洁的光线将会降临，照耀着那些心灵之花更加绚烂地绽放……

2006年5月4日

于炼：《圣洁的玫瑰花》，中国文联出版公司2005年版。

史诗艺术的现代开拓

——读刘文玉的《黑土壮歌》

“史诗”从来都是一个与浩大、宏伟、崇高等意味连接在一起的字眼。的确，无论中西，那些古昔以来的浩瀚磅礴的史诗，总是带着一种让人无法逼视的神秘苍凉而又大气盘旋的力量：在它们面前总是让人感到个体的微不足道，因为在史诗中跳动的是一个民族的集体心灵，在诗史中完成的是一种主体与历史(包括自然)的巨大的精神置换。经过这样的置换，历史仿佛被赋予了一种灵性与生命、甚至于似乎是被人格化了，从此以后开口说话的不再是个体的人，不是帝王将相，也不是历史学家，而是“历史”本身；主体自身也因此深深地没入历史的肌理，成为不可磨灭的历史记忆，一部诗史，就是一个民族文化的全体。对于诗人来说，面对一部有如长江大河一样的史诗一定使得他既如一个婴孩一样赤条条怅然若失，同时又有一种如重返母腹的归宿感、家园感，因为史诗实在是诗歌的诗歌。

然而对于现代文明来说，社会的原子化、历史的观念化和文化的体制化终究使得史诗更像一个惊心动魄的悠远的残梦。现代的智性化的、分裂的心灵再也聚合不起那像飓风一样的精神力量和像海洋一样的集体意识，史诗只能成为“诗人”案头笔下的“创作”、智力情感的产物。不管这是幸与不幸，它首先是事实。然而更加无可争议的事实是：不但成功的史诗写作凤毛麟角，而且绝大多数的诗人蜷缩在个体性的硬壳中,熄灭了内心中哪怕是最后一丝的史诗冲动。因此,我们忍不住要问,史诗的时代是否真的永远一去不复返了?史诗的写作是否是绝对不可能的了?对于这样的问题,刘文玉先生的《黑土壮歌》(春风文艺出版社,2002 年版)所给予的启示相信应带给我们不少安慰:这部作品不但保持了可贵的史诗写作的报负与雄心,而且从艺术上进行了不少新的开拓,从而使得我们相信,史诗艺术还没有穷尽其可能性,通过现代转换与艺术更新,其生命力还有很大的延展与开发空间。就像刘文玉的《黑土壮歌》一样,史诗艺术还是可以寄托人们的期望的:

题材主题的精心结构 作为关东黑土地上成长起来的"闯关东"的后代,刘文玉先生企图通过这部作品,复活"闯关东"这一历史上最大的移民潮以及在黑土地上生存的闯关东人的全部经历。(《再版絮语》)在这样具有史诗气魄的写作规划中,作者一方面尽量全景式地描绘概括闯关东的历史,(《后记》)另一方面又没有面面俱到地去铺陈,而是进行了精心的提炼与选择:作者选取了一个叫做"柳树屯"的地方,来浓缩从"爷爷的爷爷"以来五代人的移民历史与生活经历。而"柳树屯"之所以叫做"柳树屯"是因为,在逃难的途中,在这个地方"讨饭棍子长了叶 / 惊鄂中,认定了这块土地,/ 就是我梦中要寻找的家园"。于是,"讨饭棍子,/ 长起的大柳树啊! / 就像一杆难民潮的大旗,/ 飘在长天"。这样的一棵大柳树,正是那片莽莽苍苍的黑土地之魂的化身:它经历了数百年的岁月,枝繁叶茂,应该能够将那黑沉沉的大地整体囊括在自己的清荫之下,它根系发达,在肥沃的地底无尽蔓延,直到长进每一个"闯关东"的后代的心灵。它同样也笼盖了《黑土壮歌》整部长诗,使得这部长诗整体上在氤氲恍惚的象征氛围中展开,形成一种象征结构。在古代史诗生长的有机社会中,文化是日常生活中手边的实在,而在文化个体化与精神化的现代社会中,无论对于个体还是对于群体,象征大概是统合心灵能量的唯一路径。刘文玉对于这一或许是不得不然的现代史诗的意义结构方式别出心裁的成功采用,可以说明这一点。它所形成的震撼力和感染力,也必将使得柳枝插遍《黑土壮歌》的读者的心灵。

观念视角的多元编织 现代史诗作为个体精神现象,必然远离古代史诗翻腾汹涌的文化流体的性质,但是这种弱势也未尝不可以转化为现代史诗的优势。

作为人类理性的成熟的结果,可以将思想的力度加入史诗写作。同时,只要通过精心的安排与擘画,仍然可以在凸现现代史诗的智性特征的同时,保持其浑灏流转与滂沱气势——虽然这仍然是智性的结果。反过来,纯粹的抒情与干扁的叙事,恰恰是现代史诗写作容易误入歧途的但肯定是注定失败的结局。刘文玉先生对于这样的诗史的现代走向,显然有过严肃认真的思考:不但有"诗人面对黑土地的沉思"从内容上注入诗行,而且对于史诗总体上的观念展开与意蕴结构进行了开放的、多元的组织。在《黑土壮歌》的序诗中,作者明确地以"多棱视角"为题对于长诗的诗性叙事的思想焦点进行了预演式的展示:(1)"渴望土地人们的泪",(2)"农民要改变一下活法",(3)"抚摸努尔哈赤当年的座椅"。以此为小标题的三首短诗组成的《序诗》的一个部分,实际上标示了贯穿在整部史诗中的观念主题,它也是作者诗性思考的结晶,那就是:生命本能的规律、变革的规律和历史的规律。这种多棱的视角支撑与推动着诗性叙事的展开,它在最大程度地扩充了史诗的精神内涵与艺术意味的同时,作者也以此解决了向来困扰现代史诗写作的概念化的枯燥机械与智性化的机巧单薄的问题。

叙述者非人格化与人格化的交错展示 作为史诗写作,叙述问题理所当然在所讲求之列,而从叙述者与叙述视角的角度进行突破,则可给予现代史诗写作以艺术更新的巨大可能性。由题材与主题出发,作者对此有着自觉的意识:"……这么厚重的题材,既有流民的泪和血的故事,又有民族风俗相融的文化演变,我不能只做有头有尾的单纯叙事,还要把深埋在地下的历史碎片对接起来。用多角度的、时空交错的艺术手法,以诗人感情的体验去写它!我自己也是诗中的一员。"(《后记》)在《黑土壮歌》的叙述进程中,非人格化的叙述视角与人格化的叙述视角交错展示,叙述者也实现了在灵视的、抒情的、代言的与角色的等文本身份之间大幅度地自由穿梭。非人格化的视角使得诗性叙事神秘、幽邃,具有时空的穿透力和诗意的整合力,人格化的视角则使得长诗具有厚重的情节性和亲和性。人们从现代的文体观念出发,总觉得史诗艺术的现代投影只不过是简单的叙事或者叙事加抒情,从而忘记了古代史诗所自来的大制无割的文化的整体性与混沌心灵。因此,今天要写出成功的史诗作品,虽然我们不可能回到古代,但也首先需要冲破这种现代文体观念的羁绊,打碎文体界限的内外壁垒。这种叙述者文本身份的多样变换，扩充了史诗的文化包容量与诗意书写空间，将现代史诗的艺术推进到某种无与伦比的复杂性，而这些又都与现代文化以及现代心灵的构成机制相对应。

形式与语言的浑朴自然 现代史诗如果在其形式的层次上不能还原与复现出某种文化意味与文化构成的丰富性与复杂性的话，肯定会走向以单纯的语言信息来抒情或叙事的浮薄；即使现代主义诗歌以之进行的复义生产与编织，也仅只是在语义的层次上再现了语言的某种原始生态，对于史诗写作来说，这还是远远不够的。刘文玉清楚地知道，归根到底，史诗其实终究是自己完成的，诗人不过是其借以寄生和生长的工具："……我珍视这种黑土之魂的精神……我生怕碰坏了它，甚至只能直抒胸臆地去写，否则用其他方法会把那真实的精灵给抖搂掉了"(《再版絮语》)。"直抒胸臆"与通常的意义也许正好相反，在这里的实际所指，是最大程度地摒弃自我的干扰与影响，让史诗自己去奔腾，去涌现。因此在《黑土壮歌》中，叙事体、抒情体、代言体、问答体、寓言体、民歌体……所有这些现代诗歌可以采用的体式，失去了它们在不同层面上的严格的界限与区分，随物赋形地汇聚在那条汪洋澎湃的黑色的文化河流之中。当然，后者也同样冲决了语法的栅栏："……/我们眺望长江呼唤，/询问珠峰之神长叹，/女娲补天能否补地？"面对这样的语言，总是使我们觉得不是诗人自己在说话，而是那在诗人身上呼吸着的数千年的文明在役使诗人"眺望"与"询问"，是那黑土地、那段不平凡的历史自己在说话：在"呼唤"，在"长叹"……而与此同时，诗人自身也崇高地非个体化了。

刘文玉只是谦逊地将自己的作品称作"长篇叙事诗"，实际上，它已经具备了现代诗史的文化厚度与艺术品格。尤其可贵的是，其对于史诗艺术的现代探索与开掘，将给予我们现代诗歌乃至整个现代文化创造以足供珍视的启示，而它们如果被忽略的话，肯定将是某种遗憾。

2004年3月19日

蓝色的诗情

——读吴思敬的《诗学沉思录》

吴思敬的《诗学沉思录》作为“新时期文艺学建设丛书”之一种出版了。这本书既是吴思敬二十多年来诗学思想的结晶与硕果，也是先生人生历程与理想的记录。

《诗学沉思录》中的文章可以分成两部分。一部分是诗学原理与心理诗学方面的研究文章(这些成果后来都体现在《诗歌基本原理》和《心理诗学》这两部诗学专著中)。我们不知道吴思敬的诗学理论研究起步时，在多大程度上受到当时的文艺学潮流和当年的显学“文艺心理学”的影响，但有一点是可以肯定的，进行此方面的理论建构，就视野的全面开阔、理论准备的充分和批评实践经验的丰富而言，恐怕很少有比吴思敬更适宜的人选；而就其理论的精湛经得住时间的考验而言，甚至与后来更晚出的同类著作相比，我们都觉得是罕有其匹的。吴思敬没有随着升沉不定的理论潮汐的涨落，动摇其研究路径与理论意向，而是以一以贯之的理论自信与坚持不懈的求索精神，推出一部部的学术精品。收在《沉思录》中的此方面的文章，都是吴思敬诗学理论研究的精粹，值得我们反复涵咏。因为它们已作为专著出版并已经有多篇评述文章，我们这里就不再一一介绍了。

另一部分文章主要是对新时期以来诗歌潮流的考察与追踪。20世纪90年代以来,中国诗坛发生了一系列深刻的变化,其中一种重要现象是诗人从事批评成为风气。这对于职业批评家的身份合法性无疑是一种考验,而在我看来,吴思敬在当今诗坛的重要地位,恰恰是在这种格局中决定的。一方面,当年与吴思敬为了朦胧诗的崛起一起并肩作战的一部分批评家,由于过于固执于自己那未必靠得住的诗歌与美学观念,实际上已经丧失了与当下诗坛展开实质性沟通与对话的能力;另一方面,诗人批评由于其主体自身的机制,往往具有结构性的缺陷:在写作时,今天的诗人恐怕很少有人不懂得尊重语言的客观性,但在批评过程中,诗人批评家(尤其是在对自己和与自己同族类诗人进行批评时)往往沦为一个意向主义者、一个文本研究上的主题论者,批评文本往往在一种看似谦卑的、无关价值的、形式主义方法的展开中,不自觉地迁化为一种价值寓言。因此,一个健全的诗歌场域对于职业批评的需要,主要还不只是出于学理上、知识上的原因,而更是出于结构性的原因:勘破诗人自我论证的神话,将诗歌写作导向学术乃至社会的公共领域,是诗歌批评有效展开的也许残忍的、但却不得不然的初始步骤。正是在这种情形下,吴思敬在当今诗坛日益显示出其批评大家的风范:既有能够同时与主潮诗歌和先锋诗歌展开对话的统观全局的视野与胸怀,同时又能有效地与诗歌写作、尤其是先锋诗歌的写作保持密切的沟通。以视界的宽广与见解的精微而言,对于当下诗坛有着直接的指导意义。可以毫不夸张地说,收在《沉思录》中的如《启蒙·失语·回归——新时期诗歌理论发展的一道轨迹》《90 年代中国新诗的走向》等文章,在当今诗坛,非吴思敬先生不能为。

对于吴思敬而论以“成就”,未免世故。我们能够理解先生。在先生清通爽朗的外表之下,胸中所燃烧的仍然是不灭的诗意的圣火——这是最使我们这些麻木不仁的后生晚辈无地自容的地方。先生的身份与使命,使他没有成为一个诗歌的书写者,却成了一个诗坛的引领者和守护者,熊熊的火焰转化为幽蓝色的理性之光,使得那看似冷峻的智慧,仍然充满了和煦的诗意的温度。

2002 年 11 月 7 日

吴思敬:《诗学沉思录》,辽海出版社 2001 年版。

史家镜鉴　诗人赤心

——读野曼《中国新诗坛的喧哗与骚动》

《中国新诗坛的喧哗与骚动》一书是野曼先生 20 世纪 80 年代以来的文论的汇集，其中最主要的部分是对于这二十多年的风起云涌的诗坛潮汐的“扫描”与“透视”。野曼先生书中的很多文章与命题牵动了当代诗歌一系列敏感的问题，对于许多理论难题都有所触及，并给出了自己的解答，亮明了自己的观点。这些文章与观点有的诞生于激烈的论争氛围中，但是今天读来仍然觉得语重心长，尤堪回味；有的在当时便引起广泛的关注与巨大的反响，波及深远；有的引发与推动广泛的论争，促使人们正视并深入探讨某些被忽视与遮蔽了的问题……因此此书的出版不仅是野曼先生多年工作与思考的一个总结，而且对于希望考察与撰写当代诗歌史及诗歌思潮史的人来说，都有很大的参照与镜鉴价值。

朦胧诗的艺术变革构成中国新时期以来诗歌史上的第一次引起广泛争议的公共话题。从今天的角度来看，这场变革可以反思之处甚多，其中，“新诗潮”不新是大家普遍的感觉，其对于旧有的艺术伦理的冲击意义远大于艺术上的美学变革意义。但是由于历史视野的狭隘与局限，当时人们更多地沉浸在“崛起”的激情中，对于这些方面都少有触及。野曼先生在当时就肯定了这种变革的必然性与意义，也指明了它变革的限度：“新诗潮的涌现，可以说是‘势所必至’的产物。它使新诗第一次失去了统一……一方面它带来了新诗观念及艺术表现手法的变革,有新的拓展;另一方面它又仍是继承了‘五四’时期的追求。而不完全是一种新的创造。”同时,对于这种变革的根本缺陷给出了实事求是的分析:“明摆着,中国大陆不少青年诗人和青年诗歌爱好者,对世界的和自己传统的诗歌,都知之不多,都处于极端贫血的状态,尤其是对于西方诗歌,他们多是从第二、三手间接地模仿和学习,因而出现了对西方盲目的、紊乱的追求,和对自己的传统盲目的、紊乱的否定。”其实这并不是野曼先生一个人的看法,与此极其类似的提法,像郑敏就在不同的场合讲过很多次,甚至字句都很相似。郑敏与野曼观点不同,侧重点有异,但对于新诗的殷殷厚爱则一,结论完全相同,而这样的问题在今天也仍然存在,它是今后新诗发展所需要着力加以解决难题之一。

20 世纪 90 年代以后,市场经济的全面开展对于诗歌的生存构成一种严峻的考验。原有的价值天平在滚滚商潮的冲击下失衡了,商业文化对于诗歌和严肃文学的挤压更使得后者趋向边缘化,很多诗人感受到了空前的失落感,“新诗衰亡论”盛行一时。野曼身处得改革开放之先声的广州,以诗人的敏锐,对于多数诗人拙于应对、却善于哀叹的市场经济体制本身的局限与可能带来的新的生机,有着过人的洞察;而他对于新诗的热爱与信念也使他决不会轻易地认同新诗衰亡的论调。野曼雄辩地指出,市场经济有其残酷的一面,但也有其平等合理的一面,在市场的逻辑面前,诗坛原有的秩序被打破了,所有的诗人必须在市场面前重新定位。更重要的是,市场经济本身也孕育着巨大的新生的可能性:正是市场经济,为文化与诗歌的繁荣提供了物质基础与可能空间,这当然并不就等于文化与诗歌本身的繁荣,但却是由量变到质变走向繁荣的必要条件与必经过程,中国新诗正喧腾于一片辉煌而广阔的空间。野曼有一个深刻的观点,那就是中国新诗自诞生以来就徘徊于知识分子的层面上,一直处于一种“神秘的”“半封闭的”状态中,而在野曼看来,新诗走向市场就是走向大众,由此我们可以希望在某种程度上打破新诗文化质性上的缺陷,走向自身的健全与强大。

新诗对于自身的历史传统的眷顾与焦虑无论如何都应该看作是新诗向成

熟境地迈进的标志与新一轮的成长的动力。在近期的关于新诗自身有无传统的争论中，野曼的加入使得一种对于新诗传统的比较独特与富于个人色彩的言说，变成一场具有深远理论意义的学理探讨。当然，双方对于“传统”概念的理解与使用不尽相同，对于“传统”的期许也有差异，因此使双方在有无传统的问题上强求一致没有必要也没有意义。比简单地作出一个“有”或“无”的回答更值得欣慰的是，大家在对于新诗建立自身传统的必要性的认定与新诗本身的共同关切层面上，汇聚到了同一个理论平台与对话场所中，在这各种不同的观念、话语的错综交织中，将形成推动新诗成长的巨大历史合力。

以上只是挂一漏万地讲述了一下对于野曼先生的几个主要观念的粗浅感受，这很可能包含着很大的“误读”的成分。然而在这些观点与文字的背后，更能时时真切地感觉到一个无私的人格、一种炽热的精神在支撑着这些思想观念，在为着新诗而呕心沥血，这不仅是给予人们以理智上的启发，同时更令人感动；这不仅是野曼本人的思考动力，更是中国新诗歌的幸运。

野曼是以对于诗歌、尤其是中国新诗的无限的挚爱与热忱，投入理论工作与其他关于诗歌的实际工作的。精诚所至，金石为开，人们可以在具体的观点上不同意野曼先生，可以展开探讨，但谁都不能否认，野曼笔锋所向，往往准确地切中了新诗发展的脉动，揭示了新诗初萌的症候，为人们考察新诗问题提供了思想坐标。同时，野曼先生的文章很少有从理论到理论、从概念到概念的演绎，而总是出自于对新诗现状真切的、带着感情的体察与感悟，这也使野曼的文字不仅具有亲和力和感染力，而且具备了实践的价值。此外，野曼诗歌观念之所出，有着开阔的视野与实际工作的实践基础。早期从事革命工作与革命文艺活动的经历，使得野曼不仅仅是书斋里的诗人，同时也是诗歌活动家与诗歌活动的组织者。人所共知的《华夏诗报》的编辑出版，在大陆诗歌界与港台、海外的华文诗坛之间架起了一座沟通的桥梁。在此基础上，野曼进一步组织了国际诗人笔会，为世界范围内的华文诗歌、诗人提供了一个展示场所与交流的平台，可谓诗界空前盛事——《中国新诗坛的喧哗与骚动》一书中收录了野曼关于这些方面工作的大量相关文字，可以按而察之。而这一切反过来，又为野曼思考诗歌问题提供了一个国际性的视野和实践支持，使得其诗歌思想远离了故步自封的陈腐与象牙塔里的书生之见。

野曼对于诗歌的思考与评论，是出自于对于新诗无微不致的、实实在在的考察、关注与呵护，这使他亲身经历或者掌握了大量的历史细节与第一手材料，比如关于新诗潮的艺术变革，野曼中肯地提出："……应该说，一些勇于变革的青年诗人，是起了积极作用的。但是，也应该看到，对于过去诗坛那种封闭的僵化的态势，许多中老年诗人同样是极为不满的。新诗潮蜂拥而起，中老年诗人也在其中起了推波助澜的作用。没有他们的'推'和'助'，新诗潮要造成当时那么浩大的声势，是不可能的。许多中老年诗人都同样的在反思、探索和变革。"历史叙述往往忽略了很多的复杂性与细微之处，而大多数人都是通过这样的历史叙事来了解历史的。因此，我们的历史知识往往是残缺与可疑的。读野曼之书，可以帮助我们了解真实的历史细节，加深我们对于历史的认识。再比如，对于朦胧诗，野曼是有许多保留意见的，但是即便如此，野曼也决不是一棍子打死，而是有着细致的、客观的辨析："……所谓'朦胧诗'，它本身就没有什么规定性。有的很朦胧（如顾城等）；有的不很朦胧（如舒婷等）；有的不朦胧（如骆耕野等）；有的黑雾一团；有的无以名之，人们称之为怪诗。可见，以'朦胧诗'之名，来概括它，是困难的，也是不恰当的。"这样的辨析不仅是符合实际的，同时也可以看出，野曼对于朦胧诗的意见，实际是出于对于诗歌和这些年轻诗人的爱护，而非对于这些诗歌诗人本身的成见，与很多人相比，这样的态度不仅难能可贵，也显示了真诗人的本色。

读完野曼的著作，感受最深的一点就是觉得，诗坛其实很小，因为诗人之间的差别微渺得令人感动：凡是真诚的诗人，都跳动着一颗纯真质朴的赤子之心，这使得那些为诗艺而生的争执变得美丽和可爱。时至今日，中国新诗积百年之力，已经到了一个大规模的秩序重构、再次出发的时刻，诗坛的地质构造将会在地壳的大面积的震荡、断裂、错位、翻转中重新形成，这时，新与旧、古与今、中与外、甚至诗与非诗的对立，都将经历模糊、融合甚至颠倒过程，在一个新的高度上重新对接、统一起来。一种在多元中求共识、在共识中实现多元的格局有望渐次形成。野曼此书的出版，并非是为了将自己的观点定为一尊，如果借此能够引起对于此间涉及到的问题的关注或再关注，就这些问题展开讨论与再讨论，则不仅大大有益于诗歌的健康生态，同时也必定深契野曼之雅怀——这将比具体问题的提出与解决，具有更大的意义。

2005 年 10 月 30 日

野曼：《中国新诗坛的喧哗与骚动》，中国文联出版社 2005 年版。

生命诗意的双重承诺

——读沈奇的诗与诗论合集《淡季》

诗与诗论合集《淡季》，在沈奇的写作生涯中应该具有一种非同寻常的意义:《淡季》的编辑、出版之于沈奇有如一个仪式,它不但是沈奇多年以来写作的总结,而且是对于其生命意义的一种庄严的体认与确证,对于其生存方式的一种整肃的规定和安顿。《淡季》必须被看作是沈奇个体生命历程中的一个关键性事件。

作为诗歌与诗论的“两栖”写作者,沈奇多年以来一直将自己保持在这种诗意的书写张力中。在中国当代的诗人与诗歌批评家中,不管是否公开,诗人兼事批评与批评家兼以创作的,人数着实是不少。这其中的原因大概在于:诗性的生命大概天生就是不那么安分的,总是不停地在不同的极致间波荡与跳跃,或者不如说，诗意必须伴随着这种生命本体在跌宕与敞开时升腾起的丰裕生命感，才能显耀。没有什么比诗歌的诗意书写与诗学的理论思辨之间的距离更为辽远,然而同时,也没有什么比它们更为切近生命之源,并且共同寓居于“亲密性之纯一性”(海德格尔)之中。诗意在此,大概更倾向于在这种生命样态的二元绽放中的意义间性。《淡季》的重要性就在于,它将这种诗意的生命机制或者说生命的诗意,以诗思同体、形制同构的诗歌与诗论合集的文本方式,呈现并固定下来,以此成为对于生命诗意的双重承诺。

与许多当代诗人与诗论家一样,沈奇的诗学观念也可以称之为是一种"生命诗学"。然而,沈奇的不同寻常之处在于,"生命"对于他来说既不是一种写作动力、题材主题,也不是一种中心观念与优势话语,那种诗意的张力,也不仅仅是存在于心意能力与运思方式的层面上——无论是沈奇的诗歌还是诗论,其中都饱含着一种破纸而出的、直接的生命践行感。因此,沈奇的"生命诗学",不是多种理论架构、甚至也不是不同的"生命诗学"的理论观念中的一种,而是笼罩其个体生命展开的精神气压。现代诗歌从总体结构上无不氤氲着观念的雾霭,而不是单凭观感情绪就可以促生并被把握的——这与现代生存的观念化特征相对应。但是对于沈奇来说,取代这种文本结构与语言的本体论的是全幅意义上(而非仅仅作为一种理论与观念)的"生命本体论",他拒绝在生命本体与语言的置换之间的任何中介环节与公共话语的隔碍与侵扰,这其中包括诗学、甚至于一般意义上的"生命诗学"观念形态本身。因而,这种置换似乎是在这种"生命诗学"的精神压力圈内部完成的,写作本身沉潜入生命的水深处展开,构成一次透明的 "水晶之旅": 诗歌因此便是在这种精神压力之下的生命涌流与自然生长。未曾引起人们注意的是,沈奇的写作对于这种生命透明性的抵达,可能是东方式的诗人心性的本真呈现,因而也是对于当代诗歌写作最具有示范性意义的地方。这样,对于沈奇来说,写作就具有了一种"前观念"层次的居留特征,与对于生命本体的内在性特征,"生命诗学"意味着全体生命气象与生命履迹的整合形态。

需要特别说明的是,这一结论不仅适用于沈奇的诗歌写作,同样也适用于其诗论的写作。我们在这里并不仅仅是指后者的诗化语言与个体化的体悟特征,而是出自于结构性的必然性:沈奇意义上的"生命诗学",同时也必然决定了任何理论形态与概念织体的非自足性、非独立性。不知是否与沈奇成长与生活的千年古都的文化氛围有关,沈奇在这一点上,也自觉不自觉地接续了中国古典诗学的精神血脉:收录在《淡季》中的诗论文本,采取了沈奇为之骄傲的"现代诗话"形式。对于这些"新诗话"的文本来说,不管它们的来源如何,它们都曾经是充分地沾溉了生命灵性的部分与生命深层感动的对应物,它们的摘录、删汰、遴选、汇辑本身,便意味着一种大规模的生命还原与诗性整合,而这一切又肯定是来自于作者对于自身生命本真形式的顿悟与皈依。“诗话”的形式在非系统、不完整的表象之下,正是对于生命诗意之完整性与纯粹性的维护。在这一意义上,“诗话”完全可以看作是一种正面意义上的“观念诗”,而诗歌反过来又是目击道存的观念具体化形式。

总之,《淡季》让我们看到了在诗歌与诗论的双重音响中弹奏出的生命的诗意复调,看到了一种真正的诗意的生存方式——由于太多的轻率的言说与名不副实的自我标榜,我们几乎已经不再相信它的现实可能性:那些简约、清邃的文字,所构筑起的是像梦一样丰富与旷远的蔚蓝色的精神故都,而那份珍贵的疏朗与宁静所击中与唤醒的,也正是我们每个人心底沉埋已久的东方心性与灵魂原乡。

2004 年 6 月 3 日

沈奇:《淡季》,中国台湾高格出版社 2003 年版。

灵魂深底的无声恸哭

——读冉正万的《纸房》

初看起来，冉正万的长篇小说《纸房》的情节并不复杂：小说写的是一个叫做“纸房”的地方，先是发现了金矿，后来又遭遇到地震，随即整体搬迁到一个名叫“香溪”的镇上，在此期间纸房人中间发生了一些并不算稀奇古怪的事情。不过，这部小说的深度不在它的情节，而在于它整体上是一个关于现代生存的寓言，正像小说标题“纸房”所提示的，这是一种处于危险和失重境况中的生存，这是一种令人压抑、绝望，却又让人悲诉无门、欲哭无泪的状态。小说也并没有指明一个走出绝望的方案，但整体上却是对于这个生存世界提前给出的一首挽歌、一场“哭丧”，它虽然无声无息，却更为震撼人心，因为它发自于灵魂的深处，或者说，因为它发自于一个有深度的灵魂。

一

小说是从第一人称“我”(周辛维)的视角展开的叙述。与“我”形成对照的最重要的两个人物，一个是纸房有名的“哭丧匠”赊文忠，一个是在香溪中学实验室当管理员的李国田。由此在这种比照中写出的，是一种生存领域当中的犬牙交错的缺失和荒诞状态。

赊文忠是纸房的一个“哭丧匠”，也就是以代替有丧事人家的家人哭悼死者为职业的人。这是一个被纸房人所鄙视的职业。然而，赊文忠并不只是一个“职业”哭丧匠，所谓“职业”，仅只是他与这个现实世界发生联系的地带，是他生存与生活于这个现实世界之上的方式与手段。因此，赊文忠在哭丧的时候很“肮脏”，但不哭丧的时候却有一种“圣洁的光泽”。他有自己的一个几乎没有人可以分享的世界，他的生活神性般地自足：赊文忠的世界万物有灵，隐秘而又神奇，这不是用“迷信”“愚昧”的现代评判可以概括的，而是可以“自圆其说”的一整套世界观念和知识谱系，它来自于一个已经消逝的、已经不被人们所熟知的生活世界。赊文忠生活于自己的世界当中时，肯定是镇定而又安详，这时，他的“幸福指数”之高可能是旁人无法想象的，只是在“世界之夜”来临之际，在“纸房”的现实意象的映照下，他才显示出其令人恐惧和不安的哭丧匠、守夜人的不祥形象。因此，赊文忠的哭丧，也很难说是在履行一种“职业”责任，而他哭丧时声泪俱下、感天动地的水平也远远超出了“职业道德”的要求，因为他不但无钱请哭丧匠的人家死了人要哭，而且大地冒光、蚂蚁出逃同样也要哭，甚至平时连大牲畜死了也都要痛哭一场。纸房人只知道赊文忠是“有名”的哭丧匠，只知道他的“职业水准”高超，只知道哭丧是一门“手艺”，但却可能唯独不知道赊文忠所哭者究竟为何物。赊文忠的哭丧“手艺”无与伦比，但很多时候，赊文忠所哭悼的对象，可能根本就不是眼前的死者和尸体，而是这个堕落和危机当中的世界整体，每当灾难征兆来临的时候，他胸中原本无泪可哭的对于这个世界的大悲悯、大哀痛，可能只是由于哭丧的“手艺”才化为了眼泪。“手艺”可以学，但胸次当中大的悲悯和哀痛不能学，赊文忠最终也没有将“我”或其他人收为传承哭丧“手艺”的徒弟，大概也正是由于或者在这方面没有信心，或者连这样的“手艺”也已经根本不再需要了。

如果说赊文忠是因为他的“手艺”而遭纸房人鄙弃，那么作为他的“干儿子”李国田，则是因为他的“手艺”而受纸房人的崇拜。李国田不仅对于“修理”的手艺是天才，而且善于进行各种工艺和技术方面的发明创造。李国田本人尽管也是纸房人，但他对于纸房的事情漠不关心，而他对于“二姨”的拒斥，可能也正是对于纸房“没什么感情”的表征。尽管如此，这并不妨碍李国田通过他的父亲对于纸房人产生影响，以及纸房人对于他的膜拜。当然，李国田本人有些无辜，正如小说中曾讲到过的，他自己并不是那么“自以为是”的人，而且最终他也被纸房人所抛弃：当纸房人搬进香溪变得富裕之后，李国田尽管在“手艺”和发明方面天赋过人、机巧百出，但显然不是发家致富的能手，被纸房人所不齿是必然的，何况，纸房人早就曾经鄙弃过某种“手艺”。最后，李国田设计出一套“生态还原补缀及救赎系统”，这是一套试图恢复纸房“面目全非”的“生态系统”的屠龙之技，这究竟是李国田复活的灵魂背叛了他自己，还是“手艺”最后背叛了李国田，已不易区分。不过，自从李国田失去在“我”心目中的偶像地位之后，只是在此时，“我”第一次发现了李国田的“善良”。在此，人们可以看到的是，“手艺”和技术本身，似乎也具有一种可以被赋予某种类似“良心”和“灵魂”的东西的可能性。然而同样说不清楚的是，这究竟是希望还是绝望。

赊文忠有灵魂、有眼泪，李国田无灵魂也无眼泪，那么，“我”则处于他们二者之间，我有灵魂，但无眼泪。“我”和赊文忠的天然的亲近感，来自于灵魂的相近和相通；而我对李国田的崇拜，除了和其他纸房人相同的原因之外，或许正由于我的某种“手艺”方面的缺失，所以更加崇拜，更加真诚地崇拜。小说中讲到，“我”是一个有着“阴冷忧郁的天性”的孩子，充满幻想和对于神秘事物的敬畏。小说就是从“我”9 岁时候的纸房开始的。从纸房人的角度看来，肯定会认为这是一个怪模怪样、与周围世界格格不入的孩子：他好像很少开心地大笑，同时他好像更不怎么会哭，他在一门叫做“哭”的“手艺”方面不怎么在行，以至于父亲死了都没有哭。但这一切，并不是由于“我”的内心没有幸福和悲哀，恰恰相反，“我” 的内心充满了别人无法领略的幸福，那是那种孤独的孩子式的内心的幸福，它来自于一个敏感、丰富而又完整的灵魂；同时，“我”的内心充满了一种悲悯的情怀，尽管“我”的悲天悯人和感物伤怀，在别人看来也许是杞人忧天。在面对显然是灾难和地震的征兆时：

……村里人的恐惧我没法描述，他们刚开始很害怕，很快又不以为然。不像我，直到现在仍然惴惴不安，我不是害怕那束光变成一团火砸到我家屋顶上，而是担心纸房万劫不复，从这个世界上永远消失。

正因灵魂状态的相通，赊文忠一直将“我”当作传承他的独门“手艺”的最佳人选。“哭”是人人都会的，起码纸房人大概不会认为除了哭丧匠，还有人需要专门学习“哭”；他们尽管都认为哭丧的“手艺”很荒唐、很可耻，但却不会认为在“哭”的问题上，由别人来代替自己是荒唐和可耻的。因此，可以想象，在这样本末倒置的逻辑当中，与“我”心中的大悲悯相比，通常意义上的“哭”，将会显得多么矫揉造作和荒唐无聊。“我”不会哭，“我”对于“哭”的拒绝，似乎是必然的。小说中讲到，为了哭母亲，“我”曾经真诚地动过向赊文忠学哭丧的念头。然而，那样的“手艺”真的能够被“我”学会吗？“我”真的需要那样的“手艺”吗？或者说，“我”真的不会“哭”吗？“……可他们不知道，我不哭则已，一哭起来就会像火星落到干树枝上，把自己烧成一堆灰。”因此，“我”的哭，“我”一旦“哭”起来，不会是作为“手艺”层面的一般意义上的“哭”，而将是一场灵魂中的灾难与地震：小说的结尾，写到了“我”所遭遇的一场车祸，然而，车祸的内在的、甚至直接的因由，正是内心世界的破碎与崩溃。

二

如果说赊文忠代表的是一个灵秘的世界，它属于已经消失的过去，李国田代表的是一个技术的世界，指向“幸福”的未来，那么“我”所归属的，就是一个现实的、在世的生存世界。赊文忠和李国田毕竟还都是这个世界的一员，但正是他们属于这个世界的那一部分，导致“我”与他们之间的隔绝与区分：“我”对赊文忠的厌恶感，正是由于处于舆论压力中的他那被人瞧不起的“职业”身份，而李国田的绯闻，则导致他在“我”心目中的偶像地位的坍塌。这是因为，“我”尽管也属于这个世界，但“我”所怀念与希望的，不仅仅是像纸房人那样卑微而又百无聊赖地活着，而是一种生活在自己的灵魂中的、本真的生存状态。因此，“我”的世界，既无法简单地超升进李国田的世界，也不能做回到赊文忠的世界。

在世的、现实的生存,不能消除对于死亡的恐惧。对于死亡的恐惧很具体,但对于一个有灵魂的存在者来说,对于死亡的恐惧尽管不是终极性的,但没法彻底解脱:"我真想更加幸福,或者更加不幸。当我沉浸在自己也说不清的情绪中时,心里隐隐约约地升起一种替他人鸣不平的遗憾:那些死去的人,永远享受不到这种简单的快乐了。我觉得没有比死更让人感到恐惧的了。"死正是一个界定生存的界限,相对于死,生本身就是快乐,就是这么简单。对于死亡的感受力,使人能更加领悟到生的简单快乐,因此无论是"更加幸福",还是"更加不幸",都是生的延展,都使生存更加丰富。然而,小说中写到过一个寓言性的场景,当纸房人搬进香溪之后,"在纸房时棺材放在后屋檐,平时看不到。香溪的新房子前后都没有房檐,这可让人为难了。如果房顶是平的,放在上面也可以,可修房子的时候为了好看,做的是尖顶,盖的是琉璃瓦。一楼关了猪和牛不能放,客厅要安沙发也不能放,卧室除了床没有留下多余的空间也不能放——如果能放他们并不忌讳天天睡在棺材旁。没办法,只好将就放在面门外没有房檐的阶沿上。这就等于放在大街上,纸房人并不以为奇,见惯不惊,那些没见惯的人见了,就像见到死人一样恐惧。两百来户人家,一半门前有棺材,成了香溪乃至全世界独一无二的风景"。和死亡相伴而眠,却可以做到"不以为奇,见惯不惊",在旁观者看来,是一个和"见到死人一样"令人恐惧的荒诞场景,只是身处其中的人浑然不觉,而这只能更加显现出其荒诞性质。

失去了对于死亡的恐惧,生活便像"哭丧匠"的眼泪一样栖栖遑遑和无所适从:"在纸房,人人都有一本难念的经,他们心里都在抱怨,都在渴望。乍一看似乎无恨无爱无欲无求,其实那股什么都想要的心劲像山坡上的野草一样从来没有消失过,不过是随着季节的变化表现出不同的情态而已。"这种对于利益和欲望失去了方向和目的的追逐和恐惶,最后只能指向一种灵魂的疯狂状态:

> 在一些成人的心里,也蕴藏着难以说清的疯狂,忍不住想干点什么出格的事儿,否则无法安慰那颗不知所措的心。只不过成人的疯狂藏得很深,常人难以一眼就看出来。被挖坏的大地满目疮痍,这使他们有种莫名其妙的惊慌,而越来越多的收入也让他们惴惴不安。冉光福的女人每煮一桶猪

食，心里都有那么点儿内疚，因为这些一钱不值的猪食全部被冉光福当成猪肉卖掉了。可冉光福把猪赶回来时，她却又忍不住想方设法让它们尽量多吃，如果哪个猪不吃，她还要骂它：挨刀瘟，你是不是在想杀猪刀哇！这么咒骂的时候自己的喉咙有一种冰凉的感觉，心里那点小小的内疚一下变成了小小的恐惧。每到这个时候，她都要走进屋看看箱子里的钱到底是真的还是假的。

灵魂本身失去了重量和目标之后，生命变成了一个生活的“手艺”和“技术”，而在“手艺”和“技术”背后，并没有别的更重要的事情和目标，只有更多的“手艺”和“技术”。一切都成为“手艺”和“技术”的绵延和复制，这只能使得生活变得更加不真实。因此，只有疯狂，仿佛才可以暂时给予那失重和飘浮的生存以一种向下的重力和沉淀感：小说中写到王光路恶作剧似地无缘无故将他女人的手舂碎的震撼人心的场面——从写作的角度讲，这样的地方已经无法用“真实”和“虚构”的艺术“成就”来考量，而就仿佛是在一场灾难中，生活本身突然将它的地壳掀开和翻转过来，让我们看到的熔岩般危险和残忍的生存真相。

这样的一种生存状态，正像20世纪的一些伟大哲人们所指出过的，是一种“技术化”的生存。这是一种从根基上“技术化”了生存，或者不如说，是因为“技术化”而直至完全失去生存根基的生存状态。因此，这既不是一个偶然的错误，也不是一个拂之可去的表面的不良现象，正如前面讲到过的，它是人的灵魂和生存本身被深层次的“技术化”入侵，以至于灵魂和生存自身变成了“手艺”和“技术”性的东西。人们可以鄙视具体的“手艺”和“技术”本身，但却绝不会鄙视这个世界与“技术”之间的“绯闻”，因为人们无法拒绝来自于“技术”神话的诱惑。“手艺”和“技术”当然从来都有，但只有在眼前的这个生存世界当中，在这个没有神话的世界中，它变成了在“未来”的天际线上向人们许诺幸福的“救赎”功能的一个神话：仅仅是一个生硬的技术世界本身，不能令人感受到“幸福”的光芒，因此必须重新发明一种神话，或将它本身“神化”为一种灵韵。李国田就用“救赎”来命名他那套纸上谈兵的发明：“首先是为了还原生态，可生态实际上是不可能还原的，所以只能叫补缀，补缀是为了救赎。”既认识到“还原”的不可能，又以为“补缀”式的修理手艺就可以做到“救赎”,这正是关于“技术”的“理性”而又疯狂的神话。小说结尾,赊文忠临终之前,将作为哭丧技艺传承标志的祖传的“火戳子”,误打在了李国田身上:一个无根基的“技术化”生存,重新被赋予了某种神秘的灵光。赊文忠未必不知道这是一个根本性的错误,但却没有选择、不得不然,“哭”了一辈子的赊文忠最后的笑声,一定既感满足又无限绝望。

三

这部小说最生动的地方,正在于它写出了生存领域的某种不规则感:将那些不规则的残缺和荒谬赋予一种规则性的比照,使它成为一个意味深长的倾诉结构,将那些变迁与颓败中的规则劫持下来,让它凝聚为一种绝望的表达。除了上面讲到的方面之外,小说用了不小的篇幅,来写“二姨”这个就好像是“我”的无意识和脚下土地般的不幸的女人,从与“我”相依为命到像“两头蛇走路”,写出了生存本身的歧义百出和没有底线的“变”与不可靠。因此,最终“我”的灵魂世界的土崩瓦解,在一定程度上未始不是自我背叛的结果。在这里,我们也就逐渐接近了艺术本身的良知和写作本身的灵魂状态——那种硬生生地撕开光滑坚硬的“生活”地壳的表面,残酷地凝视横陈其中的素朴的艺术真理的能力,总是一种艺术才能的标志,而在这背后是同样残酷地审视和坚守自身的作家的灵魂:

> 只有小孩,才会乐此不疲地进行简单的游戏。我们三个像散布恐怖预言的巫师,后面的人用头抵着前面的人的屁股,腰弯到只能看见自己的脚尖,用凄凉的声音叫唤着:
>
> 老天爷呀,怎么办呀?
>
> 老天爷哟,怎么办啰?
>
> 我们被自己的声音吓得毛骨悚然,但我们无法停止这个游戏,好像是为了用它驱赶恐惧,也好像是一种使命,我们身不由己。

作家的写作,往往并不是出自于一些冠冕堂皇的因由,而很可能正是某种本原意义上的"恐惧"和"使命",它们比人们通常对于这些概念的理解要"简单"和"朴素"得多。在某种意义上,作家正是像儿童一样,他无法抵御在拒绝和拥有、"恐惧"和"责任"的张力中灵魂的自足和富有状态当中生活的诱惑,直到把自己"生活"成一个哲理和一种哲学。而或许也正是由于这些,宿命般地注定了艺术背后的那颗"身不由己"的灵魂的痛苦,因而人们只要用心倾听,总能在艺术构造的后面,倾听到那来自灵魂深底的悲恸而又无声的诉说。

2008 年 11 月 10 日

爱与死之间的生命醉舞

——论水荻的小说

作为小说的作者,水荻总是“残忍”地将她笔下人物的命运置于“爱”与“死”这两个无法解脱的生命死结当中。

一、水荻小说的主题原型

这里的“爱”,与其说是某种生命的原始的本质状态,倒不如说更像柏拉图讲述的那个古老的神话,它代表了某种致命的缺失,由此也决定了生命漂泊无依的被放逐状态。很多情况下,它代表爱情或与爱情相关,水荻写了许多凄美感伤的与爱情有关的故事。但经常也有更广泛的含义,《故乡在天边》就包含了这样的象征的广义:小说中写的是一支奔波四方的工程队,小说中的那只亦真亦幻的穿着高跟鞋的“红狐”,在王汉民那里,她是其初恋的情人,在王汉民儿子那里,她是其“狠心”的母亲,而在马东猛那里,她就是女工小九。而将这三个或真或幻的形象联系起来的,是“咔儿”“咔儿”的高跟鞋的声音,而那是三颗残缺的心灵的共振。这个文本的象征意味也就由此大面积辐射开来。因此,漂泊倒更像是生命的本质,它甚至能带来绝望之余的荒谬的满足感。它就像是王汉民地图上标识的红三角一样，界定着生命的刺痛性的本质，同时也意味着生命本质的无奈的荒诞展开。

将这种荒谬的生命本质状态拎出来，从这种缺失与放逐状态出发，死亡便像是天经地义的约定，它的出现显得那样的自然和随便：《如果你告诉我你是谁》中，美丽的少女战胜了白血病，却又随即死在找爱的路上；在《长兄》中，周家“长兄”因着一个莫须有的“戒箍”，在扼杀自己和他人的幸福之后，把一家人宿命般地带入死亡，最后他自己也多余地死去；即使是像《老崔》中那样，作为一个温暖的喜剧的情节来表现，也最终没有离开这一死的主题；在《男孩尘骁》结尾，作者虽然没有点明，但死亡的气息已经像黑夜一样降临，而扑向死亡时的美丽幻觉也已经不祥地出现，因此作为读者有理由担心，尘骁也会像水荻很多小说中的主人公一样，和轮椅一起滚落于生命的阳台之下……此外，水荻的小说还写了这样一种死亡：在此，在人物的肉体的死亡之前，他已经死过一次，那是他身上爱的死亡。此后他解脱了，他洞悉一切，也看透了一切，他扶着其衰朽的肉体成了“神”。这样的人，有时让人可憎、可怕，然而他第二次的肉体的死亡就好像上帝之死一样，好像与世界上的任何人都没有关系，但同时又让世界绝望。《明天我要嫁给你啦》中的“老毛老至”与《聪明的孩子，提着易碎的灯笼》中的“敏翁”大概就是属于这种情况。

从小说的技艺来看，像《独醉》这样的小说中，主人公赴死的理由也许铺垫得不够充分，但在另一方面，这样的情况有时也成为造成一种不可抗拒的宿命感与震惊效果的原因。在这样的文本中，重点并不在于死亡的现实因果关系的描写，或者说，现实的内容已经凝缩与简化到了最单纯的地步。作者似乎是存心要展示自己小说的一个主题原型。水荻非常专注于对于这样由爱赴死过程中如痴如醉的生之迷狂与生命醉舞的诗意叙写：

> 伴着月光，婉郁翩翩起舞，犹如醉酒的绝代美人杨贵妃。
>
> 天完全黑下来，月亮高高地挂在天空，空空的酒瓶无声地站在黑夜里，醉了的婉郁浑身散发着酒香，酒香醉了身旁的花朵，空气。她舞着，舞过一生，她想每个人的一生都在跳舞，只不过舞姿不同，程度各异罢了，完成一

个,又接着下一个,有成有败,有掌声有落寞。

舞代表着一种对于时间的空间化,对于时间的遗忘,在舞当中,人们忘记了生命的起始与终点,或者说,忘记了生命是有起始和终点的,而执迷于生命的当下状态。在舞当中,"自我"暂时空心化了。在舞中,人们不知疲倦,然而,舞究竟是一种游戏还一种加倍的执著,究竟是因为自我的执著而投入舞姿,还是因为生命的舞动而更加执著,可能谁都难以说得清楚。这大概正代表着生命的迷狂与醉态,正如《独醉》中主人公所说,醉态才是人生的本质状态,而并非是酒精的作用。在水荻那里,这一切都是因为爱,或者更准确地说,因为爱的缺失。人们为了悬置生命原始的应然本质投入舞姿,但在一个迷乱的世界上,这样的投入往往进一步加剧了这样的荒诞的悬置。只有在"老毛老至"和"敏翁"那里,在他们爱的生命死亡之后,他们衰朽的身体停止了肉体之舞,躲在阴暗的角落里,冷眼旁观这个迷离的世界。在他们那里,生命像是一种财富,但更像是一种负担。然而生命的焦虑还是折磨着现实中的芸芸众生中的大多数,而客观的时间也并未中止,无论是惊心动魄还是绚丽多姿的舞的节奏并未打乱它无动于衷的钟点,它依然冷漠如常地将那舞动的生命向着生命悬崖的边缘拖去:

> 月光里的少女平展着伸出双臂,她深吸一口气,脚下猛地一跃,身子朝前一倾,她飞出去了,她身姿舒展,裙摆飘荡,月光在她的裙摆里跳跃,银色冰凌花一簇簇,盛开,变幻。她犹如一只蹁跹的蝴蝶,在夜空中飞舞,仙仙飘然,透明的世界立刻在她面前展开,她的身形慢慢缩小,再缩小,当她哀怨地缩小成一个黑点的时候,世界在安眠中变得无比广阔。
>
> (《穿越今生与来世的迷茫》)

因此,死亡似乎是必须的。海男这样表述过她对于小说与死亡主题的看法:"……小说便是可怕的死亡,巨大的、无可阻拦的死亡……每一个小说中的人都该平淡而从容的死去。作者必须让他们死,如果不缓慢的死就迅速的死。生者是没有的，生者便是死亡，每一个生者必须死……小说的艺术就是处置一个活人死去的艺术”（海男《出发》，《花城》，1992 年第 4 期）。这其中的原因大概在于，死使得时间凝缩、命运凸现，死使得生命过程更像是一种艺术，一种着意的排演：在此，生命在醉舞的迷狂中，似乎暂时延宕了、然而终究无可避免地坠落于黑暗的深渊。死亡带来的强度与空档，使得生命过程在成为写作的主题之前，已经变得像是一个精心构造的艺术文本。

二、水获小说的文体策略

爱和死是水获小说的主题原型，与此构成十字交叉关系的是艺术表现上的辩证法：在这样由爱赴死的生命醉舞中，正因为爱总是意味着荒谬的缺失，因此缺失的东西总是显得格外美丽，而附着在美丽上的阴影、美丽的东西的残缺也总是具有惊心动魄的悲剧性力量。水获深深懂得这样的艺术表现上的辩证法。

在《故乡在天边》中，那只漂浮于悦耳动听的高跟鞋声音之上的“红狐”，正是三颗残缺的心灵的对应物，或者说，正是三颗心灵的残缺部分。因为它代表了缺失，所以它格外美丽；又因为它所代表的缺失各不相同，所以它又缥缈不定；但那穿透现实与梦境的“咔儿”“咔儿”的高跟鞋的声音却是真实的，所以它又亦真亦幻、若即若离，而这又更增加了它的美感，使它仿佛是美的概念本身。当然，它的美的程度，在王汉民、王汉民儿子与马东猛那里具有逐次递减的性质，而这恰恰正是因为它的现实性在这三人那里逐次递增。只有在王汉民那里，它才是纯粹的美的典范，正是因为它之于王汉民几乎是一个纯粹的梦幻。当然，最后王汉民不再痛哭了，认可了心的残缺，不再企求它的完整，或者说认可或懂得了残缺的美丽、残缺当中的美丽，这大概就是“老”。与此形成对照的，《聪明的孩子，提着易碎的灯笼》中的田在明对于命运中缺失的东西总是过于执著、过于“认真”，对于一切都“需要一个理由”，当这一切无法索解时，他会为此感到万分痛苦。田在明执著于自我世界的完整，然而在现实生活中后者却像“易碎的灯笼”

一样，残缺和破碎才是它正常的宿命。照一般人的眼光看来，他得到的本已经不少，但别人却不可能从他那里得到什么，这当然不是可以用“自私”简单地加以解释的，不过他作为“煞星”的“煞气”实源于此。最后，田在明只能从这个“不属于他的世界”消失，他最后留给这个世界的，只是郑重其事地保存在保险箱中的一条人造假臂，那是留给为了寻找他而在车祸中失去一条胳膊的大哥的。然而，这条意味深长的假臂，其实很难说究竟是在补足这个世界的完整，还是在论证着它的残缺。由此，我们也可以明白作者为什么如此专注于这种缺失状态的描写，因为通过这种缺失，可能使残缺之物的原初本质更加突出。正像在《男孩尘骁》中幼年尘骁与蚂蚁玩耍的令人动容的场景一样，这里患小儿麻痹双腿残疾的尘骁与蚂蚁构成一种生命本质相互观照、相互论证的状态：因为残疾的孤独与缺乏行动能力，微渺的蚂蚁在尘骁的眼里仿佛是生命的定义本身，在此我们仿佛可以看到尘骁的几乎是苍老的眼光；而正是由于对于这种生命本质的领悟与向往，才使尘骁残疾的身体焕发出了悲凉的活力，于是才有尘骁拖着残疾的双腿学着蚂蚁在土地上爬行的场景。

在《长兄》中，与此有点类似，但从相反的方向上体现着水荻小说艺术表现上的另一种情形。《长兄》中，作者不惜笔墨将那只谁也看不到的“翡翠戒箍”描写得璀璨无比，然而正是它带着一种邪恶的力量，牢牢地约束着周家人的宿命。在它上面雕刻的是一只精工无比的精卫鸟，“鸟头会摆，鸟羽会振，眼睛会闪，尾巴会扬”的栩栩如生的雕刻技艺，在此恰恰突出了宿命力量活生生地在场，而关于精卫鸟的美丽传说在这里也构成残酷的反讽：周家长兄正像精卫填海一样不辞辛苦，他可能比精卫更痛苦，然而他的所作所为的结果却与精卫正好相反，他执著地将包括他自己在内的一家人带向死亡的绝底深渊。而所有这一切所包含的矛盾意蕴和多重内涵，在小说中都体现在对于这个翡翠戒箍的描写中，或通过它凝聚起来。在《永不疲倦的女人》的结尾，也有一段可以称为神来之笔的描写，在那里我们可以看到欲望，看到天使的翅膀，或许还可以想到古老的传说（“白蛇”的传说？），大概作者就是要通过这些来告诉我们一个复杂的关于“永不疲倦的女人”的、同样也是关于人本身的普遍性定义。而小说就是要在对于世界的这种复杂性的把握与表现中，来展示它的艺术力量与文体优势。

另外值得惊奇的是，在水获那里，爱与死亡并不只是小说书写的主题内容，它同样与小说的文体形式及艺术结构相关。

爱在水获那里，从狭义的男女之爱到扩展、升华为具有社会学意义的广义的爱的过程，常常伴随着从短篇小说到中篇小说的文体转换。水获熟练地掌握了短篇与中篇之间的文体特征：中篇并不只是字数上的拉长，而且也表现为艺术结构上的复杂化、立体化。一个有趣的例子是，在一篇小说中，水获将爱情比作维纳斯的断臂："我过去就对你说过，爱情对你来讲就是维纳斯的那条断臂，寻找和神秘才适合你，要保留她的身体，她的身体是婚姻，看得见摸得着，供他人看，她的身体很平常是因为她存在，何必砸碎身体寻找一条毫无希望的断臂，其实那是一条索然无味的断臂。"(《明天我要嫁给你啦》)而在另外一篇小说中(《聪明的孩子，提着易随碎的灯笼》)，同样是由一条断臂组织起了更为复杂的故事线索和思想内涵。不过需要说明的是，前者并不是一篇短篇，而同样是一中篇，当然据此衡量，也可以说，前者从小说的艺术结构上看，更接近于短篇小说，而后者才是一个更为成功的、内蕴更为丰厚的中篇。

同样，死亡在水获那里不仅仅具有主题学上的意义，而且也将之映射为一种小说艺术的结构：在一种情况下，爱与死亡代表小说的起始与终结，以死来终结小说表现为引人思考的困惑和没有答案的答案：在《穿越今生与来世的迷茫》中，是一个由猫到托生为人、又由人羽化为猫的由"爱"与"死"连接而成的循环，它纯粹、简洁，好像与这个凡庸的世界无关，只是固执地在这种循环主题中首尾相连成一个意义自足寓言，与这个世界剥离开来，穿透堕落的世界之夜来刺痛人们的思想。在另一种情况下，死亡或者作为一个美丽的传说和寓言，贴附在小说艺术结构的内壁上，赋予其立体的景深：在《无路可逃》中，为爱逃亡的主人公逃往美丽而纯朴的丽江古城，而在这座如画的古城与古城中发生的故事背后，还叠加着纳西族关于殉情的美丽传说，然而在这三度景深的终点，在故事结尾，却只有一条逃往古老传说的道路，那就是死；或者像一个幽邃的孔洞，透漏着神秘的亮光，从小说的内部凝聚着不同的人物和线索，赋予故事以一个深层结构与意义密码，正如"老毛老至"和"敏翁"的死那样。

三、水荻小说的思想踪迹

因此,在水荻那里,死亡的话题让人绝望,然而它同样也说明作者还没有绝望,死作为一个执著地不断出现的小说主题原型与文体策略,代表了作者的一种思想探究:

> 婉郁已经认不出这座城市了。她儿时常去的那条河早已不见,河两岸的四季也封存在她的记忆里。那时候她常到河边的那片树林里去,尤其是秋天,她喜欢踩着厚厚的积叶在树间穿行,那感觉就像在自家的棉被上游戏。可是不知不觉,人们改变了城市,城市又以它日新月异的自由发展改变着人们,婉郁想。
>
> (《独醉》)

我们的这个世界可能确实在改变,它可能改变到了这样一种程度:我们经常连一个像样的悲剧都弄不出来,一不小心就变成了无用的怀旧和百无聊赖的伤感。水荻执著地将她的人物一个一个地推向死亡,为的就是在悲剧性的震撼中穿越轻飘飘的怀旧和无聊的伤感,考究与凝聚生命的最后意义,同时也在这样的无路可逃的绝望中、在死亡主题所留下的艺术空白中,指向或召唤着一种正向的思想力量。水荻的小说大概写了这样的几种人或这样几种故事:(1)为爱而生也为爱而死,这在现实的生活中,因为其过于理想化更像一个美丽的传说或者寓言,而落实在小说的文体上,也确实经常具有寓言的意味;(2)不相信爱也不会去死的人;(3)正像前面讲过的,死过一次,不会再为爱去死的人,成了"神"的人;(4)有爱但还不能去死的人。对于第一种不需要过多地探究,只需要描写出它的美丽就可以了,让它作为一个可以与我们无关的寓言,漂浮在这个并不美丽的世界的上空,或者叠加在其他的故事内部。第二种人是作者所不能认同的,可能也是现实中多数人无法完全做到的。第三种人或许令人崇拜、敬仰、依赖,但无法让人去爱,同样也是多数人无法效仿或不愿效仿的。而只有第四种人构成现实世界上芸芸众生中的大多数,他们尘俗的、有限的生命为爱而焦灼、迷醉和狂舞,但还不能像传说和寓言中的人物一样去死。也许正是为这尘世中大多数人探寻出路的意图,构成水荻小说写作的内在动力与现实指向。死亡的主题只是这种思想探究的尖锐化体现,它是为了艺术上的富有强度的、完美的完成。这使得小说具有了一种可贵的思想的锋芒与批判性眼光:

> 她们依然那样踉跄地走着,她们走着。这是个嘈杂毫无秩序的社会,在这样一个男人不像男人女人不像女人的社会里行走,她们永远觉得自己没有走错,那是她们回家的方向。
>
> (《世纪淑女》)

在这个缺少信仰的时代,并不缺少对于自我的迷信。如果人们都像上帝一样自负,而又缺少上帝那样的责任感和道德感,那只能导致这个世界的混乱无序。而那种自我信仰也只能是空洞的欲望的聒噪与放纵的虚无。正像《屋宇》这篇寓言意味的小说所揭示的那样,坚硬而虚骄的自我的硬壳,只是封闭心灵的欲望的"屋宇"。这样的自我的信仰最终也只能导向自我迷失。

尽管如此,水荻的一些小说仍然让人觉得缺乏一种思想的距离感,也因此,水荻的一些具有寓言意味的小说总是写得精警玲珑,如《穿越今生与来世的迷茫》《屋宇》等。这或许就要归于功寓言所形成的思考距离。另外水荻小说不少篇章或明或暗受制于一个有点自恋的性别视角,在熟练的技艺和情绪感染之外,由于批判性的思想维度的缺乏,并不能给读者以心灵深处的触动,给读者造成的印象比较一般化。小说不是一种仅凭情绪和感觉就能完成的文体,小说的作者需要一颗思想家的头脑,小说需要一种思想的结构。这当然不意味着小说要去进行道德的说教和概念的说理,而是要将思想的主旨转化为一种小说文体的艺术构成与艺术力量。对于水荻的一部分小说来说,需要用思想的能量爆破开其美丽的伤感情绪和诗意的光洁文体,离析出荒芜奇崛的现代心灵与扭曲荒诞的现代生活的全方位景深,并将其熔铸为一种具有锐利的智性棱角和思想召唤空间的小说艺术结构。水获的小说有时思想求索和观念象征的安排过露痕迹，有时它又让我们和作者一起迷惘，水获小说的思考内涵并不是总能获得完美的文体形式：

> ……你看天暗了上帝睡了，不，一定是上帝死了，这个世界才如此意乱情迷，上帝不再理睬这个世界了，没谁能拯救这个世界了。
>
> （《明天我要嫁给你啦》）

小说的作者创造文本就如同是上帝创造他的世界，在他精心构置甚至施用狡狯的文本的边缘，作者也像上帝一样离开这个世界，然而他这么做不是因为绝望，也并不多余，而是为了期待衣冠翩然的思想凭吊。

2007 年 7 月 29 日

那里的星光

按照通常意义上小说的标准,罗根·皮尔骚尔·史密斯的《玫瑰树》,是一篇在情节设置上显得过分素朴甚至“笨拙”的短篇小说。这里,绝对没有“扣人心弦”的力量:一位才结婚的太太与丈夫在旅行途中,由于一个偶然的机会,在一座山城中结识了一位在婚姻爱情上不幸的老人,老人以一枝玫瑰树的插枝相赠。仅有的一点曲折(老人讲述的故事)语焉不详,甚至连人物的名字都没有。因此,当继续这种让人感到不适应的“小说”阅读时,能够仅仅抓住人心的,肯定只能是以下这种优美、真切的而且一再出现的诗化描写,作者仿佛存心要让那些暗淡的情节仅仅作为背景和铺垫来衬托它们:“……直到月亮消逝,山轻轻着上了晨曦的淡红,突然市镇像为一种光辉照亮,阳光投到一个个窗户上,又反射回来,直到最后整个小小的城像一群星星在天空闪烁着。”

在一种令人眩晕的动人力量中,读者被带向那座意大利小城。是的,就是那座小小的山城,作者竭力强调的,是与那座小城一样古朴、淳厚的那里居住的人们人心的古朴和民风的淳厚:那里有着充满了“生气和喧闹”的生活气息,那里有着“和善的侍者”,那里的人们并不以不幸为可耻而竭力掩饰,更不会对他人的不幸幸灾乐祸,他们甚至会将不幸中的率真而忠实的灵魂“引以为荣”,也因此,那里的仇恨也像玫瑰树一样灿烂、美丽……在一篇极为简短的短篇中,作这种不惜笔墨的奢侈的描绘一定不是无谓的，它在使整篇小说充满浓郁的浪漫的诗意的同时，也使得那座小小的山城变得不像是人间的所在，而像一个来自某颗星辰上的遥远的神话或童话。

老伯爵的故事却不是神话或童话，这个老人只是那神话国度中的普通的一员，在他身上发生着一桩普通的事件。然而，对于远离了星光和神话的人世来说，这一点平常小事也足以惊心动魄、感人至深：老人与那位传说中的小姐之间只是狭义的男女之爱，然而，当老人把从那株象征着他的愤怒与热望的玫瑰树上剪下的插枝，送给一对来访的新婚夫妇时，通过玫瑰枝所传递着的，就已经转换成了对于人间最美好事物的衷心祝愿，已经是普泛的、博大无私的人间之爱、人类之爱。而这篇小说也许正可以看作是作者对于“英国人”的繁华世界与“美丽的葱茏的花园”掩盖下的浇薄世风的批判，和也许虚幻的、但终究是美好的愿望的寄托与传达。

星辰好像无论中外都有象征爱情的作用，李商隐写道：“昨夜星辰昨夜风……”当一切在时间中淡去，星辰再一次升起的时候，唯有不朽的星光见证着人世间璀璨的真爱和真情。

2002年12月7日

在命运的激流中涉水梦游

——记诗人牛汉

牛汉，这是一个写在历史的急湍、涡流上的诗人的名字。当一切的苦难成为过去，牛汉因其冰消雪融之后更为葱郁而纯净的诗意抒发，而成为当代文学一个不可忽略的重要存在。

2001 年 4 月 20 日，牛汉先生应邀来到首都师范大学诗歌研究中心，一次与牛汉先生的对话活动在这里举行。在座的除牛汉先生本人以外，有吴思敬教授、王光明教授和相关专业的研究生们。映衬着春天里午后的阳光，年已七十八岁高龄的牛汉先生，一米九〇的身躯没有丝毫衰老的迹象，而停留在诗人花白头发上明媚温暖的春日艳阳的光影，让人觉得这个世界毕竟值得无限地留恋和珍惜。

牛汉先生 1923 年出生于山西定襄，十三岁就参加牺牲救国同盟会，十四岁离开家乡。1946 年春在西北大学读书时，被校方诬陷杀人，因被捕时奋力反抗而被打伤脑部，留下了梦游的后遗症至今未愈。于是，在梦游中做诗、在诗中梦游，成了牛汉最为本真的生命形态。牛汉先生是蒙古族人，他的性格里有着在草原上纵马驰骋的祖先的遗传："经过各种各样的痛苦、梦想，留下时代的烙印，我从来没有选择逃离回避。当然，回避也是一种态度，比如回避罪恶，也是高尚的，我也理解；但要是我，我就会跟他斗，揭露他，彻底跟它拼搏。"

“我是历史的伤疤，活着的伤疤，我的肉体与心灵里里外外布满着看得见的和看不见的伤疤，每一首诗都是我的伤疤在诉说。读者如果能从我的诗中感到历史的疼痛，我就知足了。”经历了太多的不幸和苦难，牛汉特别强调的是诗的生命体验、生命感：“我的诗与我所经历的一切坎坷、屈辱无法剥离。我羡慕现在的年轻人，他们是历史的一句诗、一朵花、一枚果实，多么美。”对于自己的诗，诗人自认为他没有、也不信什么规矩，他和诗总在跃动，总在不停地奔跑，找寻远方水草丰美的地方，不愿定居，这一点似乎也与蒙古族的游牧习性有关。六十岁以后，牛汉开始写散文。对于散文的写作，牛汉说是受与他父亲同龄且性情十分相近的聂绀弩的影响，聂绀弩对牛汉说，在中国这样一个生存境况中，人能“散”起来，个性能发挥，很难。于是，他就让生命随着那些松散的文字自由飞飏。

人们可能不知道，对于1986年以后当代先锋诗歌的“新生代”的命名，就出于牛汉先生《诗的新生代》一文。在担任《中国》的执行副主编时，刘恒、翟永明、唐亚平、残雪、海男、格非、西川等很多人的作品，都是经牛汉和《中国》几个献身文学的青年编辑发表的，其中好些是他们的第一篇作品，而他们的作品当时发表是很难的。方方的小说《白雾》，已经交邮局寄给另一家刊物，是作者从汉口邮局要回来，发表在《中国》上的。对于年轻的诗人作家，他从来都持真挚的态度。所以，当有人问及对于年轻诗人的“宽容”态度时，牛汉说，他不是“宽容”，也不喜欢“宽容”这个词，而是出于对年轻诗人们真诚的肯定和关爱。年轻人粗糙一些是很自然的，对于这些粗糙的诗人，他引用前段时间他在《中华文学选刊》上一篇文章中的话说，他会见面先抡他一拳头，然后拥抱他。他衷心地希望不久的将来，诗人不再像他和老一代诗人们有那么多的伤疤，那样沉痛的历史负担，写出透亮、美丽、新鲜的诗。

牛汉属于这样一种诗人：读了他的诗，未必完全了解他的人；只有了解了他的人，才更渴望读他的诗，更懂他的诗。我暗下决心，以后我不会放过任何遇到的署名“牛汉”的篇章。

和牛汉先生告别时，夜色已深。我们在灯火阑珊的路边，目送牛汉先生乘坐的汽车渐渐远去，直到消失在历史的黑夜中：在那里，四周到处是凄冷的残月照不透的黑暗，琤琮的水声刺破死寂残忍地回响，朦胧中，一个巍峨高大的身影，就像一株梦游的松树一样趺趺撞撞涉水而来……

2001年10月29日

筑向心智深处的圣殿
——吴思敬的诗学道路

1978 年 12 月一个寒冷的星期天，在北京朝内大街路南人民文学出版社的围墙外边，一场心灵的地震，在当时任教于北京师范学院的吴思敬身上悄然发生了：围墙上张贴的是油印的文学刊物《今天》，在那些粗糙的印刷品上，吴思敬第一次读到了舒婷、北岛、芒克等人的诗作，这些诗作以其大胆的艺术创新，强烈地冲击着吴思敬先前的文艺观念……于是，周围寒冷的空气也在轻微地波动，这种波动，在此后二十多年的中国诗歌历史上留下了深深的印迹。

此后，吴思敬相继结识了青年诗人一平、江河、顾城、杨炼、林莽等。在不久以后的关于"朦胧诗"的论争中，吴思敬一开始就旗帜鲜明地站在青年诗人的一边，成为"朦胧诗"的主要辩手之一。这其中的原因，一方面固然在于吴思敬与青年诗人年龄的接近：吴思敬属于"文革"前的大学生，朦胧诗人大体属于"老三届"，但是二者之间的年龄相差也不过七八岁，即使有"代沟"，也还较易沟通。应当说，同这些青年诗人的交往，对他们生存状态、思想状态与创作状态的感性了解，是吴思敬在"朦胧诗"论争中义无返顾地站在支持青年诗人一边的重要原因。但另一方面，我们这里也愿意用一种更积极的眼光，来看待吴思敬、包括"崛起"派批评家整体与朦胧诗人群落之间，由于"代沟"所造成的文化人格构成的差异。在那种特殊的年月里，七八岁的年龄差异不算大也不算小，朦胧诗人在当时主要是以一种叛逆者、反抗者的身份出现,而“崛起”派的批评家虽然负有肩扛起传统观念闸门的重任,但总体上还是现存秩序的主体。这其中当然也包括双方的社会地位、身份职业、知识结构等方面的差异所造成的结果。但是总的来说,朦胧诗人是凭借一种看似离经叛道的美学原则要求,呼吁一种只能算是基本的道义精神、人道主义——他们本来可以专心诗艺,对此不闻不问,而“崛起”派的批评家则主要是凭借一种(虽然是对于艺术的)道义精神的支撑,维护了一种并不算新奇的美学原则的合法地位(虽然经历了几十年的封闭隔绝的状态,以他们的学识修养也不会不明白这“新诗潮”实在也“新潮”不到哪里去):这二者构成了一种奇迹般的错位与互补关系,而没有这层关系,恐怕就不会有朦胧诗“崛起”的造山运动和美学奇观。

在这里揭示出这层关系本身就意味着,这其中当然包含了非学术的成分在内,但这非学术成分的加入,与其说是历史所造成的局限,倒不如说是历史所给予的机缘和动因。正是附着与凭依着这种“不纯粹”的成分,当这种错位、互补关系的螺旋上升到一个新的层次时,“崛起”派的批评家由道义的主体走向历史的主体。而作为历史主体的他们,又恰恰不再是以艺术道德家、而是以诗歌批评家的身份,确立与强化自己的主体性地位,或者说,是以诗歌批评家的主体身份,承担与张扬艺术道义与艺术伦理。在这个过程中,从新时期以来当代诗歌发展的更为长远的历史眼光来看,“朦胧诗”和“崛起”论批评,主要不是从美学上确立了一个可供继承与借鉴的源头,而主要是从艺术伦理学的意义上,为当代诗歌的发展提供了一个富有动力性的起点、一种美学叛逆的伦理原型。历史进程有时就是这样富有戏剧性,而此时,一个真正广阔的艺术实验空间才被打开:当“朦胧诗”被社会秩序和意识形态全面接受并被经典化的时候,在当代诗歌的艺术实验空间内,作为一个历史时代的文化象征符号,它早已成为抗拒与超越的对象;同时,作为“文化英雄”的朦胧诗人群体由“地下”到国外、以地理的迁徙来完成心灵皈依的活动轨迹,也可以表明“朦胧诗”的“崛起”远不是一个简单纯粹的、直线性的艺术进化运动,而是与当时的社会文化场域有着复杂的错综纠葛关系,同样也对于后者有着广泛深远的震动与影响。于是,当代中国诗坛有了谢冕、有了孙绍振、有了吴思敬……这是中国当代诗歌的幸运,而“崛起”派的批评,不仅负载了沉重的历史内涵,还闪烁着诗论家人格的光辉。这种内化了道义原则的人格主体精神,反过来强有力地撑开了辽阔的历史天空。

“朦胧诗”的论争退潮以后,当别人转心他向或博涉兼通、无暇专事诗歌研究的时候,吴思敬却把主要的精力投注到了诗学研究这块寂寞的领地之中。因为,他从事诗歌研究原本就不是主要出于个人的价值实现的考虑,而首先是为了培植与守护中国诗歌的火种,为了让它有朝一日燃成熊熊的圣火。于是,吴思敬将道义激情内化为学术探究的动力, 将艺术伦理升华为理论体系的严深,以自己的智慧来构筑诗国的观念圣殿。此方面的工作,吴思敬分为两手来进行,一手抓理论建设,一手搞诗歌批评,两者并重,使它们之间形成一种良性的互相支撑、互相补充的关系。

就理论建设来说,当然首先是其本人的理论研究。吴思敬先生多年来潜心于新诗理论的研究,这方面其著作和成果有目共睹,无须在这里多说。除此以外,我们认为更重要的,是吴思敬力图通过本人学术研究的带动、理论刊物的创办、高校学位点的建设与研究生培养、学术会议的筹办等多方面的努力,将“中国新诗理论”作为一个独立的文艺学学科(分支)树立起来,区别于现当代文学的文学史研究。经过吴思敬先生的多年经营,已经成效显见、成果斐然。由于历史与现实的种种原因,当代诗歌研究领域的观念陈腐与理论滞后的状况,恐怕更甚于小说,这与诗歌写作的强烈的探索与实验精神恰成反比。常识化的观念背景,诗人式的直觉,中西混杂的琐碎方法,海德格尔、里尔克的语录搅拌在一起,成为我们的诗歌知识谱系。众多的诗歌研究者学不到诗人的才华,却学会了诗人的骄傲和对理论的轻视,半懂不懂地背诵了几条引文,记住了几个外国人名,某一日忽然幡然悔悟,觉得理论空洞无物、面目可憎,于是痛骂理论,恨不能把关于两个月前出版的诗集的研究文章,写成乾嘉学派的考证文字。经历了“朦胧诗”论争的吴思敬深知理论的重要性与价值,他在此方面的工作是任何人无法替代的,当然也可能是一些人暂时所无法理解的。没有吴思敬先生不计个人得失一心为了诗歌心忧天下、宽广仁厚的胸怀,没有吴思敬先生高瞻远瞩的深邃眼光与理论气魄,这样的工作谁也做不到,甚至也根本不会想到去做。

一个健全的诗歌场域对于职业批评的需要,除了出于学理上、知识上的原因，也是出于结构性的原因：勘破诗人自我论证的神话，将诗歌写作导向学术乃至社会的公共领域，是诗歌批评有效展开的也许残忍的、但却不得不然的初始步骤。随着时间的流逝，当年与吴思敬为了朦胧诗的崛起一起并肩作战的一部分批评家，由于过于固执于自己那未必靠得住的诗歌与美学观念，实际上已经丧失了与当下诗坛展开实质性沟通与对话的能力，这是令人遗憾的。吴思敬的情形却正好与之相反：作为批评家的身份与使命，高度自觉的职业批评的主体意识，使得吴思敬不是把个人的趣味而总是把对于中国新诗的前途、命运的责任放在第一位；由于同样的缘故，吴思敬从来也不仅仅满足于各种程度不同的印象式批评，多年来孜孜不倦的理论探索，使得他不仅有愿望、更有能力对于日新月异的写作趋势作出强有力的阐释与评判。正是在这种情形下，吴思敬在当今诗坛日益显示出其批评大家的风范：既有能够同时与主潮诗歌和先锋诗歌展开对话的统观全局的视野与胸怀，同时又能有效地与诗歌写作尤其是先锋诗歌的写作保持密切的沟通。在当今诗坛，吴思敬的睿智而又清新的文字，不仅为众多的同行所瞩目，同时也令桀骜的诗人折服；不仅对于当代诗歌现象作出了确切的判断分析，同时也充分地体现了批评的职业尊严。

吴思敬不是诗人，我们透过吴思敬二十多年如一日的学术道路与煌煌的学术成果，首先可以看到的，是吴思敬以一种近乎神圣的、无上虔诚的主体精神，对于学术良知的自觉秉承和对于诗坛的道义感、使命感和责任感的自觉承担。这其中一方面，当然包含着吴思敬这一代知识分子的成长历程与心路历程，所铸就的人格构成的整体基调这一共同因素在内，但另一方面，也完全是发自于先生那面对诗歌与学术的真诚的博大之心、仁者之爱。仁义之人，其言蔼如，这一切使得那筑向心智深处的理论大厦，也充斥了浩大的天地之正气，缭绕着庄严的良知的心香。

2004年4月11日

关于"元文论"的若干问题

我本人目前从事的学术研究，大致可以分为政治哲学与文化理论、中国古典诗性文明、文艺理论、新诗及其他文体的研究评论等几个方面。在文艺理论方面，主要是完成了关于"元诗学""元理论""元文论"的三本书。眼前这本书的由来，经历了一个比较长的过程。这种"元思维"或"元思考"的思路，首先形成于以我2002年完成的硕士论文为基本内容的《元诗学》(大众文艺出版社2007年版)。不过，即便是《元诗学》写作的当时，所谓的解构主义、后现代主义之类，在中国都已经成为"昨日黄花"。那时虽然还没有完全理清这其间的头绪，但我本人一开始就对这套东西不太以为然，因此那时的所想就是在一片"解构"与"后现代"的废墟之上，寻求与建立某种肯定性、正面性的东西。因此《元诗学》做法是暂时悬置"文化"的具体内容，而探求一种形式性的东西，即"诗性文化的意义机制"。这个研究路径至今也没有失效，现在仍然从事的"中华文明的诗性轴心"的题目，最初就是产生于《元诗学》，也是后者在某个层面或领域当中的展开与具体化。不过，这与人们通常概念上的"文学理论"或"诗学"问题，距离实在是有点遥远。

因此，接下来的《理论的文化意志——当下中国文艺学的"元理论"反思》(天津社会科学院出版社2009年版)一书，就是对于中国当下文艺学和文学理论各个方面问题的批判性考察。这里所谓的“元理论”,不是指“文学的基本原理”,而是指一个“理论的理论”的问题反思层次与方式。这本书抱有一个单纯的愿望,即中国当下被人们称之为“文艺学”与“文学理论”的东西,究竟有什么问题、有什么缺失?同时坚持一种对于“理论”态度与品质的强调,即对于“理论”本身反思,不能比理论本身更“低”,不能变成情绪、随想、义气、感慨等等。作为一种对于问题性的展开、审视与省察,这本书虽然没有一个封闭的、统一的结论,但它为后来聚拢为“元文论”的形式与性质做了某种准备。而这本书当中的类似关于“皇帝的新装”的一些揭示性的论证、结论,可能为部分人所难以直面,但直至今天我仍然觉得是有些道理的,虽然着眼点或许已经有所不同。

在《理论的文化意志》的结束部分,就在考虑“元文论”的问题,不过 2010 年和 2011 年发表了两篇关于“元文论”的提纲性质的论文之后,这方面的研究就陷入了一个比较长时间的停滞当中。这其中最主要的一个困惑,就是在带有理论及文化价值取向的“元文论”与中立性、工具性的“元文论”之间犹豫不决。之后又出版了几本书,尤其是在写完《东方传统:文化思维与文明政治》(上海三联书店 2015 年版)一书之后,我想明白了一个问题,即没有什么纯粹客观、中立的“元文论”,这种意义上的“元文论”,也不是最初出发时的目标。于是,到真正集中精力来完成这本书,已经是 2016 年了。尽管如此,目前完成的这部分内容,仍然更多地属于一种尝试性的,也就是说并非“元文论”唯一的展开方式。而当我萌生了“文明诗学”的想法之后,更觉得它本身也还有“未完成性”:或许可以将目前完成的部分算作上部,而“文明诗学”才是“元文论”的下部。

回顾这三本书的共同特点,一方面,就是它们都在力图以不同的方式(形式性的、批判性的、肯定性的“元思维”或“元思考”),偏离与跳出通常的“文学”视野、“文学” 理论的观念重心与理解核心——后者不只是指题名为《文学理论》《文学概念》的一类著作,而是指当代文学理论思维的整体:如果在这一点上没有认识与知解上的转型和变动,所有的文学理论都是大同小异的复制品,因为人们那种对于问题性的设置本身, 其实就已经包含了文学的定义与问题的答案。我们已经有那么多的大同小异的“文学概论”“文学原理”之类的著作以及相关的附属品、衍生品,这种外在的客观语境、情境条件本身,也会成为一种认知与理解格局,在这种情况下再写什么“元文论”,也会被当成是又一种“文学的基本原理”,那就真是多此一举了。然而无疑,在一种习惯于将一切学术问题都“小题大做”、螺蛳壳里做道场的学术语境当中,要做到“跳出”无疑是不容易的,对于“文学”问题来说尤其如此。哲学和历史的研究对象使其不会将自己当成一切,而文学包括文学理论的这种关于“本身”的自恋症,似乎是渊源颇深,但正如我在别的地方说过的,这种文学化的“情绪记忆”与迷离影响的知解方式,至少是一种“80 年代的后遗症”。

另一方面,这也可以看出我自己在文学理论这个领域的兴趣所在。本书当中以不同形式引入一些对于中国古代经典与古典文论的诠释,这些古代经典文献对于本书而言,不只是一些引文和论证材料,虽然有时的论证离开它们很远,但它们对于本书的核心理念与基本理论框架的形成,是非常重要、甚至是根本性的。基于此,在这本书当中,我将自己对于“文明诗学”的一些想法分散在各个部分当中,而对于它的真正展开,可能要等到下一本书《中华文明的诗性轴心》完成之后才着手了。这种“文明诗学”是出自于中国文化精神与文明传统的诗学,我期待它是一种真正意义上的“中国诗学”,它与源自于西方哲学性真理与价值观念、尤其是审美现代性或者“美学”的诗学视野形成对照。在此,本书包括将来的“文明诗学”对于“美学”的反思,只是现代性反思的一个局部的、顺带的结果。我所指的“美学”,是指从鲍姆嘉通与康德以来,在西方特定的哲学思想背景与社会、历史、文化条件下形成的一种艺术理论、“审美理论”,如果将“美学”当成是一般性的文学艺术理论的总称,则跟我这里的讨论并没有什么关系,只是我自己从来不这样使用这个概念。

本书各章的标题乃至本书整体上,或许会被认为充满了一种“二元对立”的思维。事实上,这样的认识根本没有分清问题性的层次。至少就中国当代学术思想领域来说,对于“二元对立”的指认以及对于“二元对立”的解构与超越,大多都是停留在一个纯粹理论演绎和概念思维层面上的抽象空转与想当然。之所以要讲“文化政治”或者“文明政治”,就在于新世纪以来,有越来越多的人意识到,很多问题不是停留在思想和理论层面上说说就能解决,这就好比:讲讲“解构主义”世界上某些地区就能统一而不再“二元对立”了吗?讲讲“后现代主义”,美国就不再“二元对立”地围堵中国了吗?能够挣脱西方的现代、后现代话语制造的“理论”幻象,逐渐把握到这其中的某种文化与文明价值层面的政治性的真实,是新世纪以来中国当代学术思想领域取得的可喜成就。当然就这个问题来说,对于西方而言,解构主义与后现代主义并非是纯粹非现实的“理论”:每个时代都有以不同面貌出现的、对于中国文化历史与文明传统进行虚无主义的“解构”的思想和理论,这些思想言论大概可以归结为西方的现代性、后现代性话语的文化政治性与文明政治性“登陆”的结果。因此,如果时至今日,在任何问题层面和领域当中都继续欢呼“解构”与“后现代”,那无异于开门揖盗。自然,对于仍然盼着西方文明来“拯救”中国、把中国彻底变成西方的文化殖民地的人来说,则另当别论。

在某种观念看来,本书或许会被认为缺乏一些具体的例证与“文本分析”的素材来印证自身的问题与结论。不过,在我看来,没有例证不能说明它与文学更远,而充满了“文本分析”也不能说明其与文学的真理更接近。经常能够听到这样一种说法:文学批评乃至文学理论其目的是为了理解与解释作品,而不是为了建构理论。当人们这样说的时候,或许正在自负于他的某种叫做“感悟力”的东西,甚或以为上天赋予了他某种可能柏拉图也缺乏的“感悟”器官。事实上,人只能看到他能够看到的东西,人也并没有一种专司“感悟力”的器官。没有经得起考量的理论上、学理上的纵深拓展,出自于“感悟力”的批评其实也没有什么意义,因为这时的文学批评的“感悟力”,只是在比三流作家更加笨拙地重复文学创作的意识流程:后者高度赞扬这样的文学批评对于他亦步亦趋的“到位”模拟与还原,并且满意于批评者比他自己更胜一筹的拙笨……其实,这种将文学理论与批评实践打成两截的看法,正是本书曾经在一些章节当中处理过的一个问题。借助于当下越来越莫名其妙的学术分工与学科体系,不同学术领域的学者,似乎快要成为具有不同的“学术”器官与生命机能的无法沟通、不同种属的生物了。当下的中国文学批评非常精确地复制了这个问题。人们对此似乎也普遍地不满,但提出的解决方案无非是要继续“贴近”作品、不要“套用”理论之类。其实中国不缺乏这种“贴近”意义上的文本分析,而此类无关大体的批评理论,即使是从西方趸来,也勉强可以对付。然而,如果缺乏的是一个关于文学的开阔且有效的问题思考空间，那就永远只是在重复过去、重复自己，并在这种重复当中一再证明自己的“开阔”“有效”与“正确性”；同时，这也非出自于中国文化与文明传统的文学理论应该具有的精神气质与气度。

事实上，包括“美学”及理论与实践的悖论问题在内，这都可以看成是现代性视野与现代性问题本身在各个不同层次上的体现与变种。这三本书的完成借用诗人们的一句话，可以说是为结束过去而进行的写作，它对于我自己来说的另一个收获，就是在文艺学与文学理论领域，帮助我清理了“现代性”的思维“洞穴”。中国文化与学术思想如果到今天仍然不能彻底超越西方的现代性话语体系，那就只是在为20世纪80年代、甚至更为久远的过去作注脚，为西方的问题性作注脚。刘小枫先生曾经在某本书的前言当中讲过，他读了十年施特劳斯也仍然感觉仅仅是开始，即便以刘小枫的才智，这话也不是谦虚，而是深味甘苦之言。读施特劳斯最大的障碍，就在于克服自己头脑当中顽固地存在着或不时冒出来的现代性思维与认知方式，这个过程的困难，几乎可以用拔着头发离开地球来形容。如果人们以为凭一些想当然的主观臆测，或“解构主义”“后现代主义”乃至哈贝马斯“未完成的现代性”之类的理念，就可以轻易绕开或置身事外，那就太过自以为是了。当然“现代性”与“现代人”的基本特征，就是自以为是。所以，据我所知，真正能够理解施特劳斯式的问题性的人，很少会有与人辩论的欲望，这不是故作清高，而是因为实在是辩论不出个所以然来。以前以为自己出于纯粹的学理辩白的目的，就能把一些问题辨析清楚（比如《理论的文化意志》一书），现在则肯定不再会这样认为；另外，我本人于具体的作家、诗人和作品很少关心，更不会在作家、诗人的意识形态当中兜圈子，本书对于一些问题和现象的批评，包括这篇后记当中所说的一切，都是指向中国文学与学术思想领域的普遍现状，所以切勿对号入座！

这本书的基本内容，大部分都曾以论文的形式发表，而其中绝大多数，都发表在《文艺评论》期刊的首篇，因此这里首先要感谢《文艺评论》和韦健玮老师、林超然老师两代主编，以及刊发这些文章的其他刊物！这本书后来又被列为2012年度天津社会科学院院重点课题，以及2016年度院出版基金资助项目，所以要感谢学术委员会各位领导、专家的支持与关心！在本书完成之后，首都师范大学我的导师吴思敬教授、张桃洲教授，辽宁大学张立群教授，天津社会科学院王之望研究员、闫立飞研究员，为本书写出鉴定意见，这里感谢各位师友给予的诸多鼓励！另外，按照相关要求，将吴思敬教授与张桃洲教授的鉴定意见作为书序列于卷首，为本书增光添彩许多！随后，在院学术出版基金的申请过程当中，科研处的领导和同事们给予诸多帮助与方便，特此感谢！天津社会科学院出版社副总编张博先生、责编高潮女士等出版社编辑老师，多方关照本书的编辑、出版过程，专此致谢！

总结以上所说的这些，并不是要证明眼前的这本书有多么的高明，而是想借此说明，即便对于文学这样一种并非人类世界当中特别重要的事物，能够有一些现实的理会与知解其实也是很不容易的。“唯上智与下愚不移”，这个世界上的绝大多数人，可能都只能停留在种种“意见”秩序和“观念”形态当中，因此，或许要付出很多额外的努力与曲折的心力，才能有一点认知上的进展。衷心希望我们的文学和文学理论能够如它们自己所认为的那样，真的理解与看清这个世界！

2017年4月17日

后　记

本书是我的一部论文集，首先需要解释一下的是书名当中所谓的“文明诗学”这个概念。从西方的传统来说，“文明诗学”指的是与“城邦”生活有关的问题性领域，而“城邦”就是生活方式问题，也就是文化与文明问题。这样，古希腊的哲人与诗人所关心的问题领域，大部分都可归入事关“人应该如何生活”的“文明诗学”的范畴。就中国传统来说，它指的是作为“经学之总归，六经之管辖”（廖平《知圣篇》）的孔门诗教传统所涉及的问题维度。在这样的问题性格局当中，中华文明传统说到底，就是中国人的生活方式与生存价值秩序，而这种生活方式与价值秩序之所在就是“文明”，就是“中国”，将这种生活方式“文而明之”、“明”之以“文”，或许就是出自于中华文明传统的文学定义，与“文明诗学”意义上的文学概念。

在我看来，沿着西方现代性传统的思想线索与文明价值格局，所展开的“美学”化的与现代主义、后现代主义的文艺理论或诗学思路，从大方向上已经走入死胡同。在连西方人自己都翻不出花样的地方，中国人比西方人更了解“美学”是怎么回事吗？中国学者比海德格尔、德里达更有才能吗？要么就是继续制造“文艺美学”式的皇帝的新装？然而，时至今日，学术思想领域的一些人还在刻意混淆视听，把西方“现代性”传统的特定思想背景与文明价值取向，以及西方世界一个特殊的历史进程，视为人类文明的普遍性的“现代”道路与唯一“现代”出路，或者认为反思西方“现代性”就是要回到古代。其实，在西方世界内部，也不是只有“现代性”一个传统，批判和质疑现代性传统的思想与学人多如牛毛，并不是什么了不起的罪过；但另一方面，检讨现代性传统并不是因为它是一个“伪问题”（如果确实是一个“伪问题”，那倒是可以不去管它），而是因为它实实在在地、深层次地影响了中国人的现代思想方式与现代价值抉择，但它在这些方面却恰恰是有问题的。我之前的三本文艺理论方面的书《元诗学》《元理论》《元文论》，大体上是想从现代性视野内部来解决文艺理论的困境，但现在觉得只有彻底反思、跳出现代性范畴，或许才能找到真正的“出路”。这是“文明诗学”的基本前提。

当然，即便是这种广阔无边的意义上的“文明诗学”，也只是我关心的一部分问题。我做其他领域的问题，并不是为了“回来”再做文学与文艺理论问题；做文学与文艺理论问题，也不是为了把它们做成哲学问题或其他领域的问题——它们属于同时进行的、各个不同的问题领域，这是一个很难理解的问题吗？我随后会有一部系统的《文明诗学》的著作，就目前这本书来说，除个别文章之外，大部分文章只是在问题领域上覆盖了“文明诗学”范畴。不过，这个基本属于预支的概念，也为这本论文集中内容与主题大相径庭的文章，找到了放在一起的理由。

这本论文集中的文章，从最早写的一些学术文章、批评文章，到今年写的东西，时间跨度之长，令人眩晕。基本标准是以不同方式进入之前出版的六本专著的文字不再收入，但有少数文章因为变动较大，也再次收进来；不过按此标准，还有一部分文章可以收，但主要因为是与我现在的观念差异较大，也不再收入。

对于我自己来说，这本论文集最有意义的地方，或许是它收入的那一部分因为种种原因未曾发表过的文章。比如，第二篇三万多字的文章，是我于2015年完成的一项天津社会科院院应急课题，性质上属于一种研究报告性质，与一般的学术论文有些差异，完成得也不够理想，不过属于一种新的领域与新的研究方式的尝试。另外，这其中收入了我写的为数不多的诗歌、小说的评论文章。这些评论性文章，基本都不是主动选择而是出于某种不得不完成的任务或应酬之作,但我今天看来恰恰觉得有一种陌生的亲切感,因为它们或许曲折地记录了我自己当时的某些所思所想与精神状态,就像我自己写诗、写小说一样。因此,对于我自己而言,就像那些从观念上我已经无法认同的文章一样,它们或许更加具有一种自我检视的纪念意义。也出于这样的目的,我将所有的文章都加上了写作的日期,为此查找了陈年的日记,甚至奇迹般地打开了一些十几年前的那种花花绿绿的、叫做"软盘"的东西,也因此,各篇文章的时间的标记基本是准确的。

天津社会科学院出版社总编辑张博先生及各位编辑老师,多方关照本书的编辑、出版过程,为本书付出诸多心力,不胜感激,专此致谢!

张大为

2017年10月29日